Michael K
Der Zw

Impressum

1. Auflage Dezember 2016
Copyright © by Michael Kamleitner
m.kamleitner1409@gmail.com
Loibersdorf 6, A-3650 Pöggstall

Das Buch

Als drei Detektive einem Vermisstenfall in einer leer stehenden Villa nachgehen, rechnen sie zwar mit unangenehmen Entdeckungen, aber nicht mit dem bizarren Albtraum, in den sie verstrickt werden.

Um alten Anzeigen und unabgeschlossenen Ermittlungen, die bei der alltäglichen Polizeiarbeit gerne in die „Akten" verfallen, weiterhin Aufmerksamkeit zu schenken, hat das Clarentown Polizeirevier (CPR) eine Detektei als zusätzliche Abteilung installiert. Drei der dort beschäftigten Detektive (zwei junge Männer und eine junge Frau) sollen einem Vermisstenfall nachgehen.
Die Suche beginnt in einer verlassenen Villa. Als sie dort ankommen, treffen sie auf ihren „Kontaktmann", einem vermeintlichen Butler, der einige Jahre für den vermissten Viktor Theissen gearbeitet hat, und ihnen bei Fragen zum Anwesen zur Seite stehen soll. Dass sich dieser Butler höchst seltsam verhält, die drei Detektive schon bei der Ankunft eine unheimliche Entdeckung machen, und es um Mitternacht zu einem gewalttätigen Übergriff fremder Personen kommt, soll nur den Anfang einer unausweichlichen Bedrohung darstellen, der die drei Ermittler bald gegenüber stehen.

CPR

Clarentown Polizei Revier.

Dort begannen die drei zu arbeiten, und Val wusste immer noch nicht so richtig, wie sie dort gelandet war. Steve und Jay wussten das schon etwas genauer, aber das spielte keine Rolle. Der Leiter der Abteilung machte aus ihnen ein Team. Das spielte eine Rolle. Und natürlich, dass sie keine Waffen trugen. Das war Vorschrift. Waffen bei einem Einsatz, also bei laufenden Ermittlungen, waren verboten. Auch wenn gerade eine neue Gesetzesnovelle in Arbeit war, die das ändern sollte.

Hey Boss, wenn der Drogendealer, den ich ausfindig mache, eine Waffe trägt, soll ich ihm dann Angst mit meinen großen Ohren machen? Solche Sprüche kamen meistens von Steve. Aber mit bewaffneten Gangstern kamen sie selten in Kontakt. Generell waren die Fälle, die sie in letzter Zeit bekamen, relativ anspruchslos. Aber jeder von den dreien liebte den Job. Den Außendienst.

Den Fall, den sie am Montag vor sich hatten? Nichts Großartiges. Einen alten Knacker in einer verlassenen Villa suchen. Kein Ding.

Doch manchmal kann es gefährlich sein, etwas Unbekanntes auf die leichte Schulter zu nehmen. Und manchmal ist es schon zu spät, um noch etwas am Lauf der Dinge zu ändern. Manchmal nehmen die Ereignisse überhand. Und wie soll man sich dann verhalten?

»Jay. JAY, wach auf, Mann!«

Es passierte mir nicht zum ersten Mal, dass ich in einem Lokal einschlief, wobei es die ersten beiden Male nicht direkt an der Bar, sondern einmal auf dem Sofa einer Sitznische und einmal an einem Esstisch gewesen war. Klingt komisch? Ist es auch. Aber wenn ich Alkohol konsumierte, gab es bei mir drei verschiedene Pegel: Den Ich-spüre-nichts-Pegel, den Ich-bin-gut-drauf-und-habe-alle-lieb-Pegel und irgendwo dazwischen den Schläfrigkeitspegel. Letzteren hatte ich an diesem Abend erreicht und wenn sich dann auch noch ein anspruchsloser Gesprächspartner zu mir gesellt, dann fallen mir schon einmal die Augen zu.

Aber egal. Dieses Mal war es kein sauberer Tisch, sondern ein mit Bier befleckter, hölzerner Tresen auf dem mein Kopf schlummerte, bevor mich Steve wachrüttelte, was ebenfalls ungewohnt war, da das bis jetzt immer ein Kellner getan hatte.

»Lass uns verschwinden, Jay«, murmelte er und schaute mich mit runzelnder Stirn an, so als ob ich etwas im Gesicht hätte. Vermutlich war es so. »Morgen muss dein Köpfchen hellwach sein.« Da hatte er allerdings Recht. Ich folgte ihm hinaus zur Garderobe, während im Hintergrund noch ein Anstoß vom Billardtisch und ein paar besoffene Gelächter zu hören waren.

Steve hörte sich etwas bekümmert an. Er war in letzter Zeit nicht besonders gut drauf, und das wusste ich natürlich am besten. Schließlich war er der Typ von Mensch, der in solchen Zeiten unbedingt seine besten Freunde um sich brauchte, zu denen ich dazu zählte, das war ja wohl klar. Es ging wieder einmal um ein Mädel, das hatte er mir gestern erzählt und war ganz sicher nichts Neues für mich. Jetzt mal im Ernst: Wer sagen würde, dass sich Steve mit Frauen ein bisschen schwer tut, der könnte genauso gut behaupten, dass beim Start der SpaceX-Rakete Falcon 9 ein klein bisschen was schief gelaufen ist. Das Verhältnis mit seiner letzten Partnerin hielt genau zwei Monate und neun Tage. Und dann: RUMMS! Und kann mir mal jemand helfen, die Scherben einzusammeln?

Wenn es ihm wegen einem Mädel schlecht geht, will er meistens reden. In letzter Zeit bin ich Ansprechpartner Nummer eins für solche Belangen und ich habe keine Ahnung, wie mir dieses Privileg zuteilwurde. Wir treffen uns deshalb in einem Pub und ich sage ihm Sachen wie: »Lad sie doch erst einmal ein ins Kino und geht was essen. Danach könnt ihr immer noch in die Kiste.« Und in dem Moment, wo ich es sage, weiß ich genau, dass ich ihm Ratschläge gebe, die ich vermutlich selbst nicht befolgen würde, und er weiß es genauso wie ich und sagt darauf: »Komm mir nicht mit der Nummer.« Dann lächelt er, bestellt uns zwei Bier, und das war's auch schon mit meinem Pensum als Therapeut.

Wurde auch langsam Zeit.

Wir sprechen weiter über Sachen, die uns wirklich interessieren, wie zum Beispiel die Entstehung des Weltalls, wie die Menschheit und die Wirtschaft in tausend Jahren aussehen könnten, und wann Menschen wohl angefangen hatten, zum ersten Mal über Schwachsinnigkeiten wie Beziehungen zu reden. Steve und ich konnten stundenlang über solche Dinge quatschen. Die hypothetischen Sachen waren dabei immer die besten Gesprächsthemen.

Wie dem auch sei. Steve und ich verließen also gerade das Closed Street und der Typ hinter der Garderobenausgabe sah mich an, als wäre ich ein Geist. Verdammt, sah ich wirklich so schlimm aus? Ich überlegte, noch zur Toilette zu gehen, entschied mich dann aber, dass es mir egal war, wie ich auf meinem Heimweg aussah. Ich trotzte seinem Blick und schob im kommentarlos mein Ticket zu.

»Was Val wohl gerade macht?«, murmelte ich.

Steve sah mich an. »Glaubst du, die macht jetzt noch Faxen? Ich sag dir, die pennt gerade und erholt sich von ihrem Schock.«

Wir stiegen in das Taxi, das gerade vor uns geparkt hatte.

»Hast du die Bilder in der Zeitung gesehen? Sie saß in dem verdammten Restaurant, als das Ganze passierte.«

»Ich weiß, ich hab gestern noch mit ihr telefoniert«, erwiderte ich.

»Und?«

»Sie hörte sich nicht so an, als ob sie geschockt wäre ... ehrlich gesagt hörte sie sich ganz anders an als sonst. Sie hat wörtlich gesagt, dass sie uns gern hat und uns nächste Woche einen ausgeben will. Steve, wann hat Val das letzte Mal gesagt, dass sie jemanden gern hat?«

»Wann hat sie uns das letzte Mal einen ausgegeben?«

Darüber mussten wir lachen.

»Das stimmt. Jedenfalls hat sie an dem Tag ganz anders geklungen als sonst. Aber das Abgefahrenste kommt erst.«

»Schieß los.«

»Das mit dem blauen Laster war kein Unfall. Ein Typ ist aus dem Gebäude geschlichen und hat die Handbremse gelöst. Sein Partner, den er um die Ecke bringen wollte, saß am Fenster. Val hat den Fall anscheinend aufgeklärt.«

»Echt jetzt?«

»Ja.«

»Die Frau hat's sowas von hinter den Ohren.«

»Gott sei Dank hat es sie nicht erwischt. Stell dir mal vor, sie wäre – «

»Ich hab's mir vorgestellt, Jay. Und ich will es nicht nochmal tun.«

Die Fahrt dauerte gute zehn Minuten, bis wir in meiner Straße ankamen. Steve sagte noch etwas von wegen, er würde am Montag selbst zum Anwesen fahren und nicht das Taxi nehmen. Eine gute Idee, für den Fall, dass wir dort nicht übernachten wollten.

Ich hatte kein gutes Gefühl bei der Sache, die am Montag anstand. Das klang alles zu dubios. Der Mann lebte seit geraumer Zeit alleine in einer Villa und wird jetzt als vermisst gemeldet, und das von seiner Frau, die ihn verlassen hatte. Irgendwie komisch. Andererseits waren wir ja genau dafür da. Um komische Sachen aufzuklären. Trotzdem warnte mich mein Unterbewusstsein vor etwas. Es musste wohl einfach der Umstand sein, dass es sich um eine völlig leer stehende Villa im Nirwana handelte. Oder es lag ganz einfach an mir. Immerhin war ich schon immer gut darin gewesen, mich von etwas Unbekanntem verrückt machen zu lassen. Manchmal ging es soweit, dass ich mir eine Liste mit allen Argumenten machte, die eine Angst oder Nervosität vor etwas begründen könnten. Dann entkräftete ich diese Argumente nach der Reihe mit irgendwelchen rationalen Überlegungen. Allerdings hatte mein Unterbewusstsein bis jetzt noch immer gesiegt. Das Unterbewusstsein, das ich nicht beeinflussen konnte, und welches stets versuchte, mir Steine in den Weg zu legen. Ob das eine Art Schutzfunktion des menschlichen Verstandes war? Nun, das mochte schon sein, aber in meinen Augen war es eine verwerfliche Eigenschaft. Immer durch die eigenen Ängste und Sorgen von etwas abgehalten zu werden, konnte doch nichts Gutes sein, oder? Aber wenn ich mich zurückerinnerte, stand den meisten Sorgen, die ich mir so machte, immer eine gewisse Berechtigung gegenüber. Manchmal mehr, manchmal weniger. Trotzdem hatte ich diesen Job als Detektiv. Trotzdem *gefiel* mir dieser Job. Und irgendwie wusste ich ganz genau, warum. Weil ich diese Aufregung im Außendienst einfach geil fand. Weil es trotz der ständigen Grübeleien über irgendwelche möglichen Gefahren doch immer wieder seinen Reiz hatte, selbstständig und in Eigenverantwortung Verbrechen nachzugehen und sie aufzuklären. Und dann folgte stets die Erkenntnis, dass die meisten Befürchtungen, die man hatte, ja gar nicht eingetreten sind, und dann ging es befreit und unbeschwert in den neuen Fall. So war das schon immer bei mir. Es war nie anders. Es würde auch am Montag so sein. Keine große Sache.

Als ich zu Bett fiel, erinnerte ich mich an einen dummen Streich. Einen Streich, den ich einem Arsch namens Jürgen Garowski mit zwei Freunden gespielt hatte. Damals waren wir elf Jahre alt und Garowski fuhr mit seinen Freunden gerne mal auf den See hinaus. Nicht um zu angeln, oder zum Zeitvertreib, sondern um dort zu rauchen. Die meisten Kinder, die das Rauchen ausprobieren und dabei nicht von den Eltern oder anderen Erwachsenen erwischt werden wollten, versteckten sich in einer Seitenstraße, in einer alten Scheune oder gingen in den Wald. Garowski und seine Kumpanen ruderten dafür immer mitten auf den nahegelegenen See der Ortschaft. Eigentlich keine schlechte Idee. Das Beweismaterial konnte man dann sehr einfach und unauffindbar verschwinden lassen. Jedenfalls war dieser Typ ein ziemlicher Rüpel und meine Freunde und ich hielten es für notwendig, ihm eines auszuwischen und kamen auf die glorreiche Idee, ihm und seinen Jungs einfach ein paar Löcher in ihr Boot zu machen, mit dem sie sich immer ins Gewässer begaben, um dort zu paffen. Der Plan ging auf und ihr Boot unter, aber bei dieser Unternehmung hatte ich damals schon meine zweite Seite kennengelernt. Die Seite, die immer alles genauestens abwog und auf ihr Risiko abschätzte, um mich dann zu ermahnen, dass es ein Fehler sein könnte, sich auf so etwas einzulassen. Denn was, wenn einer der Jungs nicht schwimmen konnte? Was, wenn es hier von einem dummen Streich zu einem tödlichen Unglück kommt? Meine Freunde hatten damals gelacht, als das Boot unterging, hatten nicht daran gedacht, dass irgendeiner der Jungs so dämlich sein und dort hinaus rudern würde, ohne schwimmen zu können.

Ich hatte nicht gelacht, sondern nur gebannt zugesehen, ob einer von ihnen Schwierigkeiten hatte, sich über Wasser zu halten. Niemand war untergegangen und sie schafften es wieder an Land. Aber ich hatte solange hingesehen, bis auch wirklich alle vier wieder auf festem Boden gewesen waren. Bereits damals konnte ich die aufgeregte Freude spüren, als wir gemeinsam die Löcher in das Boot gebohrt hatten, um anschließend die dummen Gesichter von Garowski und seinen Freunden zu sehen. Aber da war auch noch dieses ständige Gefühl der Besorgnis, das mich davon abhalten wollte, weil ich in dieser Tat ein großes Risiko erkannte. Schon immer stellte sich die Frage, welchem dieser beiden Seiten ich den Vorzug lassen würde. Dem Feigling, oder dem Draufgänger.

Und irgendwie fühlte es sich auch heute so an. Einen Tag, bevor wir uns zu dieser elenden Villa aufmachten.

| Erster Teil |

Nächtliche Erkundungen

KAPITEL 1

Die Ankunft

1

Ich war wieder einmal eingepennt. Dieses Mal lag es aber ganz klar nicht an mir, denn die gut gepolsterten Sitze dieses SUV waren einfach unverschämt bequem und der Wagen lag auf der Straße wie eine Luftmatratze auf Wasser, was natürlich auch der angenehmen Fahrweise unseres Chauffeurs geschuldet war. Ich schielte kurz hinüber zu Val, und ja, sie war auch eingenickt gewesen, zumindest machten ihre Augen den Anschein danach. Was konnte man schon erwarten? Die Fahrtzeit laut GPS betrug etwas mehr als drei Stunden. Da durfte man schon einmal ein Auge zu machen. Allerdings hatte ich mir vorgenommen, die Route zu diesem Anwesen zu verfolgen. Es hätte mich interessiert, wie der Weg zum Arsch der Welt so aussah, und wie er sich so fuhr.

Der Mann, um den sich unsere Expedition drehte, hieß Victor Theissen. Er war zum heutigen Tag 52 Jahre alt und hatte nach seinem Hochschulabschluss sechs Jahre lang in der Privatwirtschaft gearbeitet. Laut seinem ehemaligen Arbeitgeber hatte er seinen Beruf gekündigt, da er ihn, nach eigenen Aussagen, über die Jahre als immer ermüdender und eintöniger empfunden hatte. Theissen begann daraufhin ein Studium der chemischen Biologie. Ein Thema, das ihn laut damaligen Lehrern und auch Familienmitgliedern schon immer fasziniert hatte. Der menschliche Körper, und wie er in seinen Einzelheiten funktionierte, war etwas, mit dem sich Theissen stundenlang auseinandersetzen konnte. Mit 31 Jahren beendete er sein Studium erfolgreich und entschied sich, weiterhin an der Universität zu bleiben, um dort als Professor und Laborant zu arbeiten. Seit diesem Tag pendelte er von seinem Anwesen zur Uni, wobei er unter der Woche auch oft in seiner Mietwohnung blieb; das bestätigten zumindest Kollegen aus der Universität. Seine Eltern, von denen er das Anwesen geerbt hatte, verstarben jeweils, als er im Alter von 35 und 37 Jahren war. Er selbst war ein Einzelkind und lebte fortan mit seiner Gattin und seiner Tochter in der Villa, bis sich seine Frau und er trennten und sie das Sorgerecht für das Kind bekam. Seitdem lebte er alleine an diesem Ort.

Den letzten bekannten Kontakt mit ihm hatten seine Familienangehörigen. Das war vor ungefähr sechs Monaten, am Sterbebett seiner fünfjährigen Tochter, die einer lymphatischen Leukämie erlag. Nach ihrer Beerdigung gingen die geschiedenen Eltern wieder auseinander und sahen sich seitdem nicht mehr. Fünf Monate später wollte seine ehemalige Gattin ihn besuchen, denn er war weder per Post, noch per Telefon zu erreichen. Nachdem sie und ihre Schwester die Villa persönlich nach ihm abgesucht hatten und nicht fündig wurden, erstatteten sie eine Vermisstenanzeige bei der Polizei, die den Ort einer ersten Inspektion unterzog. Den Rest der Geschichte sollten Val, Steve und ich darstellen, wie wir auf dem Weg zu diesem Herrenhaus waren, um Licht ins Dunkel zu bringen, wobei Steve zum jetzigen Zeitpunkt schon mit seinem Privatwagen angekommen sein dürfte.

»Wie weit noch?«, nuschelte ich ihn Vals Richtung, ohne zu erwarten, dass sie mir eine Auskunft geben konnte.

Sie seufzte und erwiderte: »Ich habe absolut keinen Schimmer.«

Darüber mussten wir beide kichern, denn Val war für gewöhnlich alles andere als die Person, die keinen Schimmer hatte. Wenn jemand immer aufmerksam war und ein Auge für die Details hatte, dann diese Frau.

»Sind noch knapp zehn Kilometer«, informierte uns der Fahrer.

Wir blickten interessiert nach vorne.

Der Lenker sah kurz in den Rückspiegel, um unsere Aufmerksamkeit zu prüfen, und fuhr dann fort: »Sollte sich in einer Viertelstunde ausgehen. Kommt aber drauf an, wie gut sich das da befahren lässt.« Er deutete mit einer flüchtigen Handbewegung auf sein GPS, wo eine Abzweigung von der Hauptstraße in Richtung Anwesen durch das umliegende Waldgebiet erkennbar war. Ich erinnerte mich an ein längeres Wegstück aus den Satellitenbildern im Internet, das alles andere als asphaltiert ausgesehen hatte. Möglicherweise erreichten wir bald Terrain, wo sich Fuchs und Hase *Gute Nacht!* sagten. Oder waren es Wolf und Hase? Ich hatte es nicht so mit Sprichwörtern, aber dieses traf hier zu, soviel wusste ich.

»Wird sicher spannend«, sagte ich. Der sarkastische Unterton war dabei deutlicher hörbar als ich es beabsichtigt hatte.

Der Fahrer betrachtete mich kurz durch den Spiegel, ging aber nicht weiter auf meinen Kommentar ein.

»Sagen Sie, wissen Sie zufällig etwas über den Ort, wo wir hinwollen?«, fragte ich aus Interesse, aber auch, um von meiner dümmlichen Bemerkung abzulenken.

»Leider rein gar nichts«, antwortete der Mann. »Ich kenne aber jemanden, der hier in der Gegend seit ein paar Jahren wohnt. Wenn Sie wollen, kann ich ihn anrufen.«

Ich hob die Augenbrauen und auch Val schien über seine Hilfsbereitschaft überrascht zu sein. Der Fahrer wurde zwar vom CPR organisiert, war aber keineswegs dort angestellt.

»Das ist nett von Ihnen, wird aber nicht nötig sein«, sagte Val mit freundlicher, aber bestimmter Stimme.

Mir persönlich wäre es gleich gewesen, ob er ihn angerufen hätte oder nicht. Vielleicht hätte die Bekanntschaft unseres Fahrers sogar brauchbare Informationen gehabt, die uns in irgendeiner Art und Weise auf das Bevorstehende vorbereiten hätten können. Val hatte in diesem Moment aber entschieden, dass uns niemand mehr über einen bevorstehenden Auftrag sagen konnte, als die Recherchearbeiten unserer Kollegen im Büro bereits ergeben hatten, und ich fügte mich ihrem Urteil. Val war in unserem Team diejenige, die Entscheidungen traf, und sie hatte uns noch nie einen Anlass gegeben, diese in Frage zu stellen. Dass sie die Hilfe des Chauffeurs abgelehnt hatte, war eine Entscheidung, sich nicht auf Informationen Dritter zu verlassen und sich auf die Fakten zu konzentrieren, die relevant für unseren Einsatz waren. Was ein Ansässiger wohl über diesen Ort gehört hatte, was Leute aus umliegenden Dörfern sich erzählten und an Gerüchten verbreiteten, konnte einer Person wie Val gestohlen bleiben.

»Wie Sie meinen«, entgegnete der Taxifahrer.

Wie sich im Laufe des Tages herausstellen sollte, hätte uns sowieso niemand angemessen auf die Ereignisse vorbereiten können, die uns bevorstanden. Und noch vor zwei Wochen hatte ich sogar die Wahl gehabt, den Außendienst abzulegen, als mein Vorgesetzter auf mich zugekommen war, und mir einen Job im Büro angeboten hatte. Ich hätte dann zwei bis drei Jahre als sein Assistent fungiert und anschließend seine Position eingenommen, da seine Rente bevorstand. Kein Scherz. Er hatte offen mit mir darüber gesprochen und mir vermittelt, dass ich sein Wunschnachfolger sei. Ohne lange nachzudenken lehnte ich dieses Angebot jedoch dankend ab. Im Außendienst zu sein fand ich nun mal aufregend, und soweit ich von Freunden und Bekannten gehört hatte, musste ein Bürojob genau das sein, was ich am wenigsten wollte. Abgesehen davon wäre mir das unangenehm Steve und Val gegenüber gewesen. Ich wollte vor ein paar Tagen mit ihnen darüber sprechen – denn ich sprach mit ihnen über alles – aber da die Sache für mich gegessen war und ich abgesagt hatte, so dachte ich mir, sollte ich es für mich behalten. Ich wollte das Gleichgewicht zwischen uns keinesfalls aufs Spiel setzen. Es würden sicher noch passendere Gelegenheiten kommen, wo ich mich zum Ekelpaket machen konnte.

Im Nachhinein betrachtet war die Absage an meinen Chef aber auch kein wirklicher Grund, um sich zu ärgern. Schließlich rechnete man mit dem, was auf uns zukam, nur dann, wenn man ins Kino ging oder einen Roman las.

2

Es dauerte noch eine Weile, bis wir am Waldrand ankamen. Der Anblick der Abzweigung war nicht weniger klischeehaft als ich es erwartet hatte. Direkt an der Kreuzung ragten zwei vermoderte Holzpflöcke aus der Erde, die jeweils mit einer metallischen und völlig verrosteten Halterung versehen waren. Links daneben, fast versteckt vom dichten Gras und dem wuchernden, meterhohen Unkraut erkannte ich einen straßenbreit langen Balken, der wohl einmal in der Halterung der Pfeiler gelegen hatte, um als Schranke zu dienen. Ich versuchte noch Ausschau nach einer Tafel mit der Aufschrift »Durchfahrt verboten« oder »Betreten auf eigene Gefahr« zu halten, welche hervorragend in dieses misstrauenswürdige Bild gepasst hätte. Aber diese wurde wohl sorgsam entfernt, wahrscheinlich, um geplantem Besuch keine Sorgen zu bereiten.

Da kommt mehr Scheiß auf euch zu, als ihr erwartet, das weißt du genau.

Die Stimme in meinem Kopf, die mir diese Worte flüsterte, war eine gut bekannte. Ich nannte sie die Bauchstimme, weil sie meinem Unterbewusstsein entsprang, und müsste ich das Unterbewusstsein einem bestimmten Körperbereich zuordnen, dann wäre es mein Bauch. Nicht zuletzt deshalb, weil sich Zweifel und Sorgen so gut wie immer auf eben diesen niederschlugen. Und wenn sich jemand selten verzettelte, dann war das mein Verdauungstrakt. Wenn dort unten Nervosität zu spüren war, dann war sie berechtigt, soviel hatte ich über die Jahre gelernt, und das hatte noch lange nichts mit meinen schlechten Eigenschaften als Drückeberger zu tun. In irgendeiner Fachzeitschrift hatte ich einmal gelesen, dass die Nervenstränge, die im Unterleib angesiedelt sind, unser zweites Gehirn seien. Der Artikel stammte sogar von einem anerkannten Professor, und ohne den Bericht damals vollständig gelesen zu haben, konnte ich mit diesem Gedanken sympathisieren. Mein auf Rationalität und Erfahrung beruhender Verstand bestand darauf, sich keine Sorgen zu machen, schließlich ging es doch bloß um einen Kerl, der gerade nicht auffindbar war oder –

15

und das war der naheliegendste Gedanke, wenn ich an seine Sippschaft dachte, die letzten Dienstag beim CPR angetanzt war – einfach nicht gefunden werden wollte, und der Job war es jetzt, Hinweise über seinen Verbleib zu suchen. Nicht mehr und nicht weniger. Meine innere Stimme dagegen vermittelte mir alles andere als ein Gefühl der Sorglosigkeit, denn sie beruhte auf der Tatsache, dass ich die Satellitenbilder des Gebiets gesehen hatte, und dieses abgelegene Anwesen nahezu kreisrund von einem riesigen Waldgebiet umgeben war.

Komm schon, Jay, welcher kranke Kerl würde da schon wohnen wollen und noch dazu alleine?

Diese Stimme hatte durchaus ihre Berechtigung. Und als ich zurück an die Luftaufnahmen dachte, fiel mir dieses Dorf ein. Das nächstgelegene Dorf – wobei ich nicht sicher war, ob diese Bezeichnung überhaupt zutraf, da es sich lediglich um eine Gruppierung von fünf oder sechs Gebäuden handelte, die genauso gut leer stehen konnten – war etwa vier Kilometer entfernt, was allerdings der gemessenen Luftlinie entsprach. Welche Strecke man durch den Wald und zur nächsten Siedlung tatsächlich zurücklegen musste beziehungsweise wie viel Zeit man dafür brauchte, war bis jetzt noch ungewiss, da unser Chauffeur soeben in den zweiten Gang geschaltet, und in den Weg, der uns zu unserem Ziel bringen sollte, eingebogen hatte.

»Okay, das sieht ganz in Ordnung aus«, meldete sich der Fahrer zu Wort.

Eine gekieste Forststraße, auf der locker zwei Wagenbreiten Platz hatten, führte in den üppigen Nadelwald hinein. Unser Mann am Steuer überlegte kurz, in den dritten Gang zu schalten, nahm jedoch seine Hand vom Schalthebel weg, als er sah, dass gleich hinter der ersten Kurve ein starker Anstieg bevorstand.

Es folgten zwei Serpentinen, bevor die Fahrbahn wieder eben weiterverlief, aber um einiges schmaler wurde. Jetzt passte nur noch eine Wagenbreite auf den Weg, der mittlerweile auch nicht mehr mit grauem Kies überdeckt war. Der Boden, auf dem die Reifen unseres SUV nun lagen, war teilweise matschig und vor allem sehr holprig. Zwischen den erdigen Fahrspuren wucherte Unkraut, das der Unterboden unseres Gefährts allerdings locker wegsteckte. Der Wald selbst wirkte alt, und er schien, obwohl ich nicht viel Ahnung von so etwas hatte, nicht bewirtschaftet zu werden. Dürre, farblose Nadelbäume säumten den Boden links und rechts neben der Fahrbahn. Die Gewächse siedelten so dicht nebeneinander, dass das Sonnenlicht den Boden nur an sehr wenigen Stellen erreichte und den Großteil dieser einsamen Natur in Schatten hüllte.

Diese Umgebung trug nicht sonderlich viel zu meiner inneren Ruhe bei und ich beschloss, ein wenig mit Val darüber zu plaudern. Schließlich wirkten die meisten abschreckenden Dinge gleich viel weniger abschreckend, wenn man darüber sprach.

»Val?«

»Ja?«

»Irgendwie hab ich ein komisches Gefühl bei der Sache. Was meinst du?«

Sie überlegte ein paar Sekunden, bevor sie antwortete. »Ich denke, dass der Mann bei einem Unfall in diesen großen Waldgebieten verunglückt ist. Das Gelände hier ist felsig. Gebirgig. Könnte mir einen Unfall bei irgendwelchen Forstarbeiten oder auch bei einem Spaziergang vorstellen. Jedenfalls glaube ich, dass das nicht besonders spannend werden wird.« Sie sah mich einen Augenblick lang an und sprach dann weiter. »Du glaubst das nicht, oder?«

»Nein«, erwiderte ich. »Ist nur so ein Gefühl, aber ich glaube, dass dem Kerl nichts passiert ist, sondern er nicht gefunden werden will.«

» … nicht gefunden werden will?«, fragte sie.

»Ich meine nur, dass wir nicht zu unvorsichtig sein sollten. Wir kennen den Mann zwar nicht, aber die Tatsache, dass er alleine in dieser Gegend hier lebt, deutet schon eher auf eine exzentrische Person hin. Es könnte doch sein, dass er durchaus noch am Leben ist und hier draußen vielleicht etwas zu verbergen versucht.«

Meine Worte riefen einen nachdenklichen Ausdruck in ihrem Gesicht hervor. *Da ist was dran*, dachte sie sich wohl.

Der Fahrer hatte mich ein paar Mal durch den Rückspiegel gemustert, während ich meine Besorgnisse geäußert hatte. Vermutlich war er heilfroh darüber, dass er wieder nach Hause fahren konnte, nachdem er uns am Ziel abgesetzt hatte.

Val sah mich an und nickte.

»Tja. Wo du Recht hast, hast du Recht. Wir sollten das wohl nicht auf die leichte Schulter nehmen.« Es tat gut, dass Val mein Unbehagen nachvollziehen konnte. »Wie lange noch?«, fragte sie den Chauffeur.

»Keine fünf Minuten mehr.«

Sie atmete durch und ich blickte aus dem Fenster, auf die noch immer befremdlich und ungesund aussehenden Bäume.

Bald waren wir da und würden sehen, womit wir es zu tun hatten, und es würde sich zeigen, ob meine Sorgen berechtigt waren. Aber das spielte ohnehin keine Rolle. Denn selbst, wenn man glaubte zu wissen, wie etwas kommen würde, kam es in den meisten Fällen erst recht anders. *Also erstens, mein lieber Jay, kommt es anders …* , hatte ein Kollege in der Hochschule einmal zu mir gesagt, als ich ihm am Tag einer Prüfung erzählte, dass ich nichts gelernt hatte, weil ich glaubte, beim damaligen Vertretungslehrer ohne Probleme schummeln zu können, *… und zweitens bist du im Arsch.*

In beiden Fällen hatte er damals Recht behalten.

3

Ich kannte diese Illustrationen aus Zeitschriften, getitelt mit »Landgut zum Verkauf« oder »Neuer Besitzer für Herrenhaus gesucht«, und hatte Gebäude, die man gemeinhin als Villa bezeichnete, schon häufiger in Fernsehserien gesehen. Ein saftig grüner Rasen und strahlend weißer Kies, der durch ein silbernes Tor bis hin zum Eingang des Gebäudes verlief, vor dem sich ein großzügig angelegter Springbrunnen befand, aus dem glasklares Wasser sprudelte. Das war es, was ich mir unter einer Villa vorstellte.

Bevor wir ankamen.

Die Fahrt durch den Forst hatte zwanzig Minuten in Anspruch genommen. Als dieser sich lichtete und den Blick auf unser Reiseziel freigab, fiel mir fast die Kinnlade runter, und ich wusste im ersten Moment nicht, ob sie das im positiven oder im negativen Sinn getan hätte. Der Anblick, der sich uns durch die Windschutzscheibe bot, war sicherlich ein atemberaubender, zumindest, wenn man so etwas vorher noch nicht gesehen hatte und man sich aus freizeitlichen Gründen an einem solchen Ort aufhielt. Wenn ich aber daran dachte, dass wir vorhatten, hier die Nacht zu verbringen, um einen angeblich Vermissten zu suchen, war das vor uns Ersichtliche eher abschreckend, beinahe furchteinflößend. Die Satellitenbilder hatten kaum auf ein solch gewaltiges Areal schließen lassen, welches vom dunklen Grün des umliegenden Waldgebiets vollständig eingekesselt zu sein schien und keinen Blick in die Welt dahinter erlaubte. Von Westen nach Norden erstreckte sich ein imposanter Gebirgszug, der ebenfalls mit Wald überwuchert war und einen mächtigen, finsteren Schatten über den Hang hinab auf das Landgut warf, denn die Sonne stand an diesem Novembernachmittag bereits tief.

Das Gebäude selbst machte den verlassensten Eindruck, den ich je erlebt hatte. Die Vorderseite des Gebäudes glich aus der Ferne betrachtet einer groß angelegte Festungsmauer, die irgendwie an Helms Klamm aus *Herr der Ringe* erinnerte. Die kleinen dunklen Kästchen auf dem Gemäuer ließen auf Fenster und ein zweistöckiges Gebäude schließen und wiesen den gleichen grauen Farbton auf wie die Bedachung des Anwesens. Um Details zu erkennen, waren wir noch zu weit weg, aber was wir neben dem Bauwerk noch erspähen konnten, war ein Hof vor dem Haupteingang und darum herum befindliche, opulent angelegte Gärten. Kahle, dürre Bäume und Sträucher, vom Hof getrennt durch ein metallisches Ziergitter, welche bereits vom Schatten der Hügelkette erfasst wurden und so ein düsteres Bild erzeugten.

Ich schluckte und warf einen Blick zu Val. Ihr Mund war – im Gegensatz zu meinem – geschlossen, während sie gebannt auf die Szenerie vor uns starrte, obgleich ihr Staunen dem meinen wohl in nichts nachstand. In Gedanken malte ich mir aus, wie ein paar Touristen hier vorbeigingen, Fotos von diesem Anblick knipsten und dann unbeschwert weiterzogen. Wir würden heute nicht unbeschwert weiterziehen. Für uns gab es hier einen Job zu erledigen und wir würden hier übernachten und dass mir bereits jetzt unwohl bei dem Gedanken war, konnte keine gute Voraussetzung dafür sein. *Sechs Monate*, dachte ich. Sechs Monate stand diese Gebäude möglicherweise schon leer und ohne Aufsicht des Hausherrn. Die Scheunen und Unterschlüpfe dieses Landguts konnten bereits von der Natur zurückerobert worden sein. Hungrige Wölfe, die nur auf leichte Beute warteten, die hier auf dem Grundstück herumstolperte, und nach dem alten Herrn suchten, den sie letzten Monat zerfleischt hatten. Oh ja, solche Vorstellungen waren äußerst förderlich für meinen Aufenthalt hier. *Das machst du klasse, Jay!*

Unser Chauffeur hielt an, was mich abrupt aus meiner Fantasie und zurück in die Realität holte.

»Da wären wir«, sagte der Fahrer und drehte sich zu uns um. »Also dann: Ich wünsche einen angenehmen Aufenthalt.« Er setzte ein Grinsen auf.

Sehr witzig. Auf mein Lachen wartest du lange.

»Das Finanzielle dürfte ja schon über unser Institut gelaufen sein«, sagte Val.

»Ja, ist es. Sie sind mir nichts mehr schuldig.«

»Gut, dann haben Sie vielen Dank«, bedankte sie sich und öffnete die Tür, um auszusteigen.

Ich folgte ihrem Tun.

»Alles Gute«, wünschte uns der Fahrer, bevor wir die Türen schlossen. Und diesen Wunsch schien er ernst zu meinen.

Val und ich sahen zu, wie er den Wagen auf dem geschotterten Vorhof wandte und im Wald verschwand. Der Weg zurück in den Forst war eine mäßige Steigung, weshalb wir vorhin einen halbwegs guten Blick auf das Anwesen hatten. Wo wir jetzt standen, sahen wir so gut wie nichts, außer helle, sandsteinfarbene Säulen, die in einem Abstand von etwa fünf Metern nebeneinander aufgereiht und durch ein dunkles, metallisches Gitter miteinander verbunden waren. Das Grundstück schien auf diese Art umzäunt und von den umliegenden Wäldern getrennt zu sein. In der Mitte befand sich ein offenes Tor, und auf den beiden Säulen daneben thronten Statuen, die die Gestalten von Löwen hatten. Die Gesichter der Statuen sahen aber nicht nach Löwe, sondern eher nach Mensch aus, und am Rücken hatten die Skulpturen Flügel, wie man sie von den Engelsstatuen aus katholischen Kirchen kannte. Ein bizarrer Anblick, der vortrefflich zu diesem befremdlichen Ort passte.

Rechts vor dem Tor entdeckte ich den Wagen von Steve, der gerade am Beifahrersitz saß und nach etwas zu suchen schien.

»Ich bin nicht sicher, ob ich da rein will, Leute«, sagte er, als wir auf ihn zukamen. Er zog gerade eine Zigarettenschachtel aus dem Handschuhfach, stieg aus, und schloss anschließend den Wagen ab.

»Jay und ich fühlen uns auch nicht wohl, aber vielleicht sieht es drinnen ja gemütlicher aus.«, antwortete Val. Die Hoffnung starb bekanntlich ja zuletzt.

»Hey Jay, Hey Val.« Steve schüttelte uns beiden die Hand und schien sichtlich erleichtert zu sein, uns zu sehen.

»Wie lange bist du schon hier?«, fragte Val.

»Ach, eine Viertelstunde etwa. Ich war inzwischen pinkeln dort drüben und hab mich umgesehen. Nichts als Wald, müsst ihr wissen, und irgendwann so dicht, dass ich nicht mehr tiefer rein wollte.«

»Sieht man irgendwas durch die Gitterstäbe?«, erkundigte ich mich und deutete auf die Metallumzäunung, die tief in den Wald hinein verlief.

»Keine Chance. Hecken, Unkraut, Nadelbäume und weiß der Teufel was für Hölzer.«

Val seufzte. Man merkte ihr an, dass sie endlich loslegen wollte. Diese Ungewissheit, was uns erwartete, und diese düstere Gegend schienen auch sie etwas unruhig zu machen. Sie wollte Licht ins Dunkel bringen und sehen, was hinter dieser düsteren Facette lag, denn meistens war es nur das Unbekannte, das unheimlich auf einen wirkte.

»Na dann packen wir's.«, sagte ich und erntete dafür ein Lächeln von ihr. »Vom Herumstehen wird diese trübselige Landschaft auch nicht besser.«

Wir marschierten durch das offen stehende Tor, als uns ein kalter Novemberwind um die Ohren sauste und wir erkannten, dass uns jemand entgegen kam. Ein sehr zügig voranschreitender Mann, der uns mit aufmerksamem Blick maß, während er sich auf uns zu bewegte. Er trug eine schlabbrige, ausgewaschene Jeanshose und einen braunen Strickpullover.

»Ist er das?«, fragte ich Val leise, ohne dabei mit dem Kopf in ihre Richtung zu sehen.

»Das muss er wohl sein, ja.«, erwiderte sie. Die Auftraggeber hatten von einem ehemaligen Hausangestellten gesprochen, der sich mit uns hier treffen und für Fragen zur Verfügung stehen sollte. Der Mann war als eine Art Butler hier eingestellt gewesen und damit wohl die Person, die sich am zweitbesten in diesen Gemäuern auskennen durfte. Ein Umstand, der uns zu diesem Zeitpunkt eigentlich suspekt hätte sein müssen – und den unser Team im Büro bei der Recherche hinterfragen hätte müssen –, war, dass sein Name am Telefon nicht erwähnt wurde.

»Es freut mich, Sie hier begrüßen zu dürfen«, sagte er, als er nur noch wenige Meter von uns getrennt war und streckte die Hand aus, um sie dann jedem von uns zu reichen. Den Falten in seinem Gesicht zufolge musste dieser Mann mindestens sechzig Jahre auf dem Buckel haben, schien aber körperlich erstaunlich fit zu sein. »Mein Name ist Vincent Homberg, und bitte, nennen Sie mich beim Vornamen.«

»Sehr gerne, Vincent«, entgegnete Steve.

Homberg lächelte und sprach weiter, als er Vals Hand schüttelte: »Da Sie die einzige Frau hier sind, nehme ich an, Sie sind Frau Wolff.«

»Das ist richtig«, antwortete Val und sah dann zu Steve und mir. »Das sind meine Kollegen Jakob Langert und Stefan Sommerer.«

»Das freut mich sehr«, verdeutlichte er noch einmal. »Meine Lieben, was halten Sie davon, wenn wir gleich hinein ins Warme huschen? Der Pullover, den ich da anhabe, ist nicht der dickste.«

»Ich glaube, da gibt es nichts einzuwenden«, antwortete ich. Was für ein freundliches Wesen in einer solch trostlosen Gegend. Vincent Homberg hatte mit seinem angenehmen Empfang meine Nervosität merklich verstummen lassen, und auch Steve konnte seine erste Zigarette auf diesem Gelände vorerst vertagen.

Die Einfahrt, durch die wir gingen, war seitlich durch ein hüfthohes Gemäuer begrenzt, hinter dem Erde aufgeschüttet war, welche mit dornigen Gewächsen überwuchert war. Am Ende der Durchfahrt hatten wir endlich uneingeschränkte Sicht auf das Gebäude und den Hof, der sich davor erstreckte und dessen Größe beinahe an die eines Fußballplatzes heranreichte. Das Haus war wirklich nichts weiter als ein riesiger, hellgrauer Klotz, der am Eingangsbereich ein paar Efeugewächse und eine dunkle, zweiflügelige Eingangstür aufwies. Die Fenster sahen schummrig und zwielichtig aus und erlaubten (zumindest aus unserer Entfernung) keinen nennenswerten Einblick in die Räumlichkeiten dahinter. Mitten im Hof befand sich ein trockengelegter, verschmutzer Springbrunnen mit drei absteigend großen Becken übereinander. Von der Einfahrt bis zum Brunnen zog sich ein Streifen grauer Kies. Der Rest des Hofes war unregelmäßig und lieblos mit ungleich großen Trittsteinen gepflastert, zwischen denen trockene Erde mit vergilbtem Gras gesäumt war.

Was mir dann ins Auge fiel, brachte mich etwas aus der Fassung und ich war schon im Begriff, Homberg darauf anzusprechen, aber Steve kam mir zuvor.

»Sind das da Grabsteine?«, stutzte Steve, der auf die farblosen Steinblöcke deutete, die am Rand des Hofes aus der Erde ragten.

23

Homberg blieb stehen. »Ach Gott, ja. Bitte lassen Sie sich davon nicht beunruhigen. Es war ein Brauchtum innerhalb der Familie, die Verstorbenen hier zu beerdigen. Sogar Maria, die Tochter von Herrn Theissen, wurde hier begraben, nachdem sie verstorben ist«, erklärte er.

»Und die Mutter hat eingewilligt?«, erkundigte sich Val.

»Ja. Maria lebte nach der Scheidung zwar bei ihrer Mutter, aber sie wäre sehr gerne hierher zurückgekehrt. Laut Frau Theissen hat sie während ihrer Krankheit sehr oft über dieses Haus und ihre Erinnerungen gesprochen. Sie hielt es letztendlich für richtig, sie hier zu bestatten.«

Ich war erstaunt, wie entspannt ich unter der Tatsache blieb, dass unter dem Boden, auf dem wir standen, Leichen begraben lagen. Auch Steve schien nur kurz überrascht worden zu sein, musste schlucken, und war dann wieder ganz bei sich. Es war ein bisschen so, als ob uns dieser Umstand aufgrund der allgemein recht obskuren Umgebung nicht sonderlich verwunderte. Es passte ganz einfach hervorragend ins Schema. Was mir – und wie es schien auch Steve und Val – jedoch nicht entging, war die Art, wie Homberg seine Worte gerade vorgetragen hatte. Vorgetragen war genau das passende Wort dafür, denn es hatte sich angehört, als hätte er von einem Manuskript abgelesen, um uns den Hintergrund dieser Grabsteine zu erläutern.

Was Val noch mehr interessierte als die Weise, wie Homberg sich geäußert hatte, war die Villa selbst und sie war schon in den Startlöchern, um das Gebäude zu betreten, woraufhin sich Homberg rasch wieder in Bewegung setzte und uns zum Eingang geleitete. Die ausgetretenen, steinernen Treppen führten hinauf zu einer großzügig angelegten Eingangsterasse und der Eingangstür, die in wesentlich schlechterem Zustand war, als ich es aus der Ferne beurteilt hatte. Das dunkelbraune Holz der beiden Türflügel wirkte spröde und rissig und ich wartete gespannt auf das Quietschen der Angeln – wie man es aus den alten Horrorklassikern kannte –, als Homberg die Schnalle hinunter drückte und den rechten Flügel öffnete. Doch es blieb aus, und irgendein undefinierbarer Teil von mir, der es schaffte, mit diesem schaurigen Ort humorvoller umzugehen als ich, war darüber enttäuscht. Eine quietschende Eingangstür wäre für ihn die Kirsche auf dem Sahnehäubchen gewesen.

Die Eingangshalle machte auf den ersten Blick einen prunkvollen Eindruck. Verzierte Treppengeländer und Wände, exzentrische Gemälde von Personen und Landschaften, und ein hellblauer Teppichboden zeichneten den Empfangsraum. Von der Treppe, die sich mitten im Raum befand, führte ein roter Rollteppich zur Eingangstür. Bei genauerer Betrachtung merkte man all diesen Dingen jedoch die Jahre an, wodurch der Anblick doch deutlich geschmälert wurde. Jahrzehnte zuvor mochte dieser Raum prächtig ausgesehen haben. Jetzt wirkte er jedoch steril und unheimlich.

Wir gingen hinauf in den ersten Stock, wo sich das Gebäude scheinbar in zwei Flügel unterteilte.

»Hier sind wir im Hauptgebäude. Unten im Eingangsbereich findet man Türen zum Innenhof, den Gärten, einer Küche, einem Abstellraum und dem Keller«, erläuterte Homberg. »Hier im ersten Stock finden sie Ehezimmer, Bad, WC, und Herrn Theissens Arbeitszimmer.« Er öffnete die zweite Tür zu unserer rechten, nachdem wir ihm durch den Flur nach links gefolgt waren. »Das hier ist sein Arbeitszimmer gewesen.« Er zeigte uns das Zimmer wie ein Touristenführer, der einer Gruppe von Reisenden das Wahrzeichen einer Stadt präsentierte. »Ich denke, hier werden Sie die wichtigsten Informationen für ihre Suche finden. Natürlich stehen Ihnen alle Türen in diesem Haus offen. Falls irgendetwas verschlossen sein sollte, melden sie sich einfach bei mir.« Seine Worte hörten sich nun wahrlich aufgesetzt an. Noch aufgesetzter als zuvor. Als ob er tatsächlich einstudiert hätte, was er uns sagen wollte. Vielleicht auch, was er uns sagen sollte.

Val ließ den Mann kaum mehr aus den Augen und musterte ihn immer kritischer. Ich selbst wurde ebenfalls leicht misstrauisch, obwohl ich zunächst über sein selbstbewusstes Auftreten erfreut war. Aber wenn man ihn jetzt so betrachtete, wirkte Vincent Homberg ganz und gar nicht wie ein Hauslakai, sondern vielmehr wie ein Akademiker mit Auszeichnung. Seine Mimik, seine Gesten und sein Tonfall strahlten sehr viel Intellekt aus und ließen uns anmaßen, dass hinter diesem Mann mehr steckte, als er vorgab zu sein.

»Es gibt auch noch einen zweiten Stock, soviel ich von außen gesehen habe«, meldete ich mich zu Wort.

»Ja, das ist richtig. Im zweiten Stock befindet sich Marias Kinderzimmer und das Wohnzimmer. Den größten Teil macht allerdings ein großes Esszimmer mit der dazugehörigen Küche aus«, erklärte Homberg. »Es war hauptsächlich für Familienfeiern und sonstige Veranstaltungen gedacht. Herr Theissen lud sehr gerne Freunde und Angehörige ein, müssen Sie wissen.«

Interessant.

»Uns wurde gesagt, er lebte seit einiger Zeit alleine«, warf Steve ein, als ob ihm das nur beiläufig eingefallen war. Doch sein Blick drückte unverkennbar Verwunderung aus.

»Nun, nach dem Tod seiner Tochter und der Scheidung hat sich einiges geändert. Bitte nageln Sie mich aber nicht fest, über persönliche Angelegenheiten hat Hr. Theissen mit mir so gut wie nie gesprochen.«

Steve tauschte einen kurzen Blick mit mir aus.

Ich nickte. Nicht, um zu sagen *Homberg sagt die Wahrheit*, sondern: *Akzeptieren wir die Antwort vorerst einmal*.

Fast zeitgleich sahen Val und Steve auf die Uhr.

»Ich denke, wir werden uns heute allerhöchstens noch die Räumlichkeiten einprägen und starten dann morgen durch«, sagte Val, um die Situation voranzutreiben. Sie wollte Homberg loswerden. Erst, wenn wir unter uns waren, konnten wir unsere ersten Eindrücke austauschen und uns Gedanken über die Vorgehensweise machen. Es würden bei der Arbeit morgen sowieso einige Fragen aufkommen, für die wir auf ihn zurückgreifen mussten, daher konnte er vorerst einmal die Fliege machen.

»Schön. Dann noch zwei Dinge«, sagte Homberg. »Ich habe ein paar Lebensmittel eingekauft. Wenn sie hungrig sind oder Durst haben, bedienen Sie sich bitte. Die Vorräte habe ich unten in die Küche gebracht.«

»Vielen Dank, Vincent«, bedankte sich Steve.

»Und die Gästezimmer befinden sich im alten Gebäude. Gehen Sie dazu einfach dort vorne um die Ecke und durch die Tür gerade aus. Die Zimmer sind angeschrieben.«

Val reichte Homberg die Hand. »Vincent, vielen Dank fürs Erste. Vor allem für den freundlichen Empfang«, sagte sie lächelnd.

»Eine Frage noch: Wo können wir Sie finden, wenn es Fragen oder Probleme gibt? Haben Sie ein Handy dabei?«, erkundigte ich mich.

»Ich werde im gleichen Gebäude wie Sie nächtigen, allerdings im Erdgeschoss. Dort sollte ich die überwiegende Zeit auffindbar sein«, antwortete er. »Was Handys betrifft: Haben Sie, seit Sie hier sind, schon einmal ihr Signal geprüft? Der nächste Sendeturm liegt nicht nur außerhalb des Waldes, sondern auch gut zehn Kilometer weit entfernt.« Ich hatte vergessen, dass wir uns abseits von Gut und Böse befanden, und das mitten in einem dicht bewachsenen Waldgebiet.

Homberg hatte Recht. Mein Telefon zeigte keinen Empfang an, und den Gesichtern von Val und Steve zufolge hatten ihre Geräte auch nicht mehr Erfolg.

»Dann muss es wohl ohne gehen«, seufzte Steve.

»Verzeihung, ich dachte Sie sind davon ausgegangen«, sagte Homberg in leicht bedauerndem Tonfall. »Nun, wenn Sie sonst nichts mehr brauchen, möchte ich Sie nicht länger stören.«

Wir nickten, er wünschte uns einen angenehmen Aufenthalt und verließ uns fürs Erste.

4

Es hatte etwa eine Stunde gedauert, bis wir die Zimmer und Gänge des Hauptgebäudes abgeklappert hatten, und uns ein Bild von der Situation machen konnten. Steve hatte gejammert, er hätte Hunger und Val und ich hatten Lust auf einen Kaffee, also machten wir uns noch auf in die Küche, da war es etwa Viertel nach acht Uhr.

Das weiß-graue Schachbrettmuster des Bodens der Küche schimmerte unter dem kalten Licht von Neonröhren. In der Mitte des Raumes befand sich ein Esstisch, an dem locker sechs Personen Platz fanden und dahinter eine Küche mit Kühlschrank, die ungewöhnlich und unpassend neu aussah. Steve setzte sich an den Tisch, streckte die Füße aus und schnaufte durch, während Val bereits nach einer Steckdose für die Kaffeemaschine suchte, die neben einer Mikrowelle platziert war. Am Tisch fanden wir einen Aschenbecher, einen Serviettenhalter und die Fernbedienung einer Klimaanlage vor, die direkt über der Tür angebracht war. Steve lehnte sich zurück, holte eine Zigarette aus seiner Tasche und paffte entspannt darauf los, was einen äußerst verlockenden Anblick darstellte, weshalb ich es ihm gleich tat. Und als ich sie anzündete, lächelte er mich an.

»Nur für Tage wie heute«, erklärte ich mich.

»Klar«, gab er grinsend zur Antwort.

Ich war kein Raucher. Zumindest kein größerer, als der allergrößte Teil meiner Mitmenschen. Mein Pensum beruhte auf deutlich weniger als einer Packung pro Woche. Ich würde sagen, maximal eine halbe. Ach was, nicht einmal eine halbe Packung. Oft kam ich mit einer Packung auch einen Monat aus, aber darum ging es ja auch gar nicht. Es ging darum, dass mich mein Verstand immer rechtzeitig warnte, wenn ich meine selbst gesteckte Grenze von einer Packung pro Woche überschritt. In den meisten Fällen.

»Denkt ihr, dieser Typ wurde gecoacht oder so? Wie diese Politiker im Fernsehen?«, fragte Steve mit bewusst gewählt ruhiger Stimme, so als könnte draußen in der Eingangshalle jemand unserem Gespräch lauschen.

»Klang alles ein bisschen aufgesetzt, nicht?«, pflichtete ich ihm bei, und erinnerte mich an Hombergs Worte draußen am Hof und auf dem Flur.

»Der Typ wusste mit Sicherheit, was er zu sagen hatte. Die Frage ist, ob etwas dahinter steckt, oder ob das einfach seine Art ist«, sagte Val und kramte im Kühlschrank herum, um ihn anschließend mit genervtem Blick wieder zu schließen.

»Keine Milch?«

»Nö«, sagte sie und nahm sich einen Filter. »Aber ich würde noch keine Vermutungen über ihn anstellen. Noch nicht. Und wenn ich das sage, heißt das etwas, Jungs, das wisst ihr.« Das tat es. Val liebte es für gewöhnlich, ihre Arbeit auf Basis eines Verdachts zu beginnen. Und dieser Homberg hatte sich bis jetzt alle Mühe gegeben, einen solchen anzustellen.

Sie lächelte, als sie die Kanne einrasten ließ und die Kaffeemaschine einschaltete. Dann fragte ich sie etwas, was mir schon seit der Fahrt hierher auf der Zunge lag, und Steve wohl auch interessieren durfte: »Wie geht's dir eigentlich? Ich meine, nach der Sache am Freitag.«

Val war kurz still und seufzte, aber sie war nicht bestürzt über meine Neugier, und die Frage schien ihr keineswegs unangenehm zu sein. »Ach wisst ihr«, sagte sie, »wenn ich daran denke, dass mich das Ding auch erwischen hätte können – wäre ich eine halbe Minute früher aufgestanden – wird mir schon etwas unwohl zu Mute. Aber im Großen und Ganzen erholt man sich schnell von so einem Erlebnis, glaubt mir.«

Sie zog einen Stuhl hervor und setzte sich zu uns, während der Kaffee gemächlich in die gläserne Kanne tropfte. Val sah wirklich nicht danach aus, als ob ihr der Zwischenfall am Freitag viel ausgemacht hätte. Und dann erzählte sie uns in den Einzelheiten, was ihr am Wochenende im Red Berry zugestoßen war.

5

Steve war aufgestanden und hinüber zur Kaffeemaschine gegangen, die sich mit einem leisen *Klick* abgeschaltet und die Kanne bis zur Hälfte voll gemacht hatte. Er nahm sich zwei Tassen und schenkte das qualmende Heißgetränk ein.

Nachdem wir Vals Geschichte gehört hatten und sie auf die Toilette gegangen war, saßen Steve und ich am Küchentisch und nippten schweigend an unserem Kaffee. *Die Frau hat es sowas von hinter den Ohren*, hatte Steve vorgestern gesagt. Wie recht er damit gehabt hatte. Wie konnte man ein solches Ereignis derartig verarbeiten, und dann noch so locker darüber berichten, als wäre es ein Ausflug auf den Jahrmarkt gewesen? Vermutlich ließ Val selbst dieser Ort hier kalt, während er mir immer mehr zusetzte, je länger ich darüber nachdachte. Mit diesem Homberg stimmte etwas nicht. Und dieser Theissen … mit ihm schon gar nicht. Ich wollte wetten, dass er sich hier irgendwo aufhielt. Hinter oder zwischen diesen alten Gemäuern konnte schließlich alles Mögliche sein. Ich meinte mich erinnern zu können, vor einigen Jahren eine Dokumentation im Fernsehen gesehen zu haben, in der erläutert wurde, dass in alten Burgen und Villen früher bewusst versteckte Räumlichkeiten und unterirdische Tunnelsysteme entworfen wurden, um dort Goldreserven und sonstige Habseligkeiten von materiellem Wert zu bunkern. So etwas in der Art konnte ich mir hier an diesem Ort nur zu gut vorstellen. Jemand wollte hier etwas vertuschen, mein Bauchgefühl bestand darauf. Hatte ich schon erwähnt, dass mein Bauchgefühl mich äußerst selten täuscht?

»Jay?« Steve riss mich aus meinen Gedanken.

»Hm?«

»Alles okay?«

»Klar. Warum?«

»Du hast gerade geseufzt.«

»Ach ja?« Klar hatte ich geseufzt. Ich wusste es.

»Ja.«

»Ist mir nicht aufgefallen.«

»Macht er dir auch zu schaffen?«

»Wer? Dieser Ort?«

»Den Kaffee meine ich jedenfalls nicht. Ja, dieser Ort.«

»Schon ein wenig«, log ich. Er machte mir sehr zu schaffen. »Morgen bringen wir einfach Licht ins Dunkel, dann sieht alles gleich freundlicher aus.« *Na klar machen wir das, Jay, nur weiter so. Wenn du es dir lange genug einredest, wird es schon so werden.*

»Denkst du nicht auch, dass wir verschwinden sollten?«

Verschwinden? »Wieso?«

»Ich weiß nicht, Mann. Ist nur so ein Gefühl.«

»Hör damit auf, Steve. Du machst es nur schlimmer als es ist.« Warum tat er das ständig? Es ging mir auf die Nerven und machte mich nur noch verrückter. Mir gefiel die Sache hier auch nicht und ging damit niemandem auf den Keks.

Val kehrte zurück und setzte sich wieder zu uns.

»Also, wie gehen wir das morgen an?«, fragte sie, und lenkte unsere Gedanken in eine andere Richtung. »So wie das aussah, wird das Arbeitszimmer die meiste Zeit in Anspruch nehmen.«

Ich nickte zustimmend. »Ich würde sagen: Zwei von uns im Arbeitszimmer und einer checkt die anderen Räume.«

»Hört sich nach nem Plan an«, pflichtete Steve bei, beugte sich nach vorne, und hielt seine Faust über den Tisch. Val und ich sahen ihn zuerst verständnislos an, begriffen dann aber, was er vorhatte. Ich verlor die erste Runde Knobeln gegen Steve und gewann die zweite gegen Val. Val verlor beide Runden und durfte morgen die restlichen Zimmer unter die Lupe nehmen.

»Ich hasse dieses Spiel«, sagte sie knapp.

Steve nahm sich eines dieser Fertiggerichte aus dem Kühlschrank, sah kurz auf das Ablaufdatum, stellte das Ding in die Mikrowelle und drückte die Einschalttaste. Das Gerät summte angenehm leise vor sich hin.

»Also mir geht's schon etwas besser Leute«, sagte er, als er sich wieder zu uns setzte. »Ich weiß nicht, wie es euch gegangen ist, aber mir war echt nicht gut zu Mute, als ich hierher gefahren bin. Und dann dieser gottverlassene Anblick … «

»Oh, ja«, erwiderte Val und sah mich kurz an. »Ich denke, Jay und mir ging es genauso.«

Das war korrekt. »Fehlte nur noch ein Schwarm Raben, der über das Dach kreist«, fügte ich hinzu.

»Oder quietschende, von selbst aufgehende Türen«, ergänzte Steve.

Val schüttelte nur den Kopf und schmunzelte, aber vermutlich hatte auch sie an solche Dinge gedacht.

Steve putzte seine Fertigmahlzeit innerhalb von fünf Minuten weg und Val hatte noch eine zweite Tasse Kaffee getrunken. Sie meinte, sie wolle noch etwas wach bleiben und die Unterlagen im Bett noch einmal durchgehen. Um kurz nach neun verließen wir die Küche und gingen hinaus in die Eingangshalle. Hier war es inzwischen sehr kalt geworden. Und es war totenstill. Die Geräusche unserer Schritte wurden vom Teppichboden absorbiert und das leise Rascheln unserer Kleidung war das Einzige, das unser Gehör erreichte. Kaum nennenswertes Mondlicht fiel durch die verschmutzten Fensterläden auf den blauen Teppichboden, und die Gemälde der Persönlichkeiten wirkten unter dem schwachen Licht wie schräge Fratzen, deren Augen ausdruckslos in die Dunkelheit starrten. Ich knipste sofort den Lichtschalter an, als ich dieses düstere Bild vor mir sah.

Keiner von uns sagte ein Wort, als wir die Treppe hinauf gingen. Ich für meinen Teil war zu sehr mit den Bildern beschäftigt, die aus den tiefen Schluchten meines Unterbewusstseins empor stiegen und mich an so manche Horrorstreifen, sowie einige schlaflose Nächte als Kind erinnerten. Ich war zwar zu einem rational denkenden Menschen gereift, um die Ängste, die in mir aufkamen, als lächerlich abzutun, doch dieser Ort machte es mir schwer. Sehr schwer. Er hatte es mir schwer gemacht, als wir hier ankamen, war dann kurz in den Hintergrund getreten, als wir Homberg kennengelernt hatten, und entfaltete jetzt wieder seine Schaurigkeit.

Im ersten Stock gingen wir den linken Flur entlang und dann um die Ecke, so wie Vincent es uns beschrieben hatte. Geradeaus entdeckten wir die Tür zum Verbindungstrakt. Der Korridor, der zum alten Gebäude führte, bestand aus alten Holzstreben und noch älteren Kastenfenstern, war mit Glasflächen überdacht und vom Vollmondlicht durchflutet. Der hölzerne Geruch, der in diesem Flur in der Luft lag, erinnerte mich an uralte Bücher, die lange Zeit ungeöffnet geschlummert, und deren Seiten über die Jahre einen eigenen, intensiven Duft entwickelt hatten. Durch die Fenster zu unserer Rechten hatten wir freie Sicht auf den Innenhof. Der weiße Kies im Hof schimmerte unter dem Licht des Nachthimmels türkisfarben, fast bläulich, und die Arkaden wirkten wie finstere Höhlen, die uns keine Einsicht in ihr Inneres gewährten.

Hätte sich diese Villa in einer belebten Stadt und nicht am Ende der Welt befunden, hätte ich diesen Anblick sogar genießen können, denn er hatte etwas Malerisches und besonders Fantasievolles an sich. Doch wir waren in keiner Stadt. Und wir hatten auch keine Menschen im Umkreis, außer uns selbst und einem alten Greis, der nicht der war, der er vorgab zu sein, dessen war ich mir mittlerweile sehr sicher. Und dann auch noch diese Stille. Ja, ich war in der Stadt aufgewachsen und lebte noch immer in einer, und ein stilles Umfeld war für mich ganz einfach ungewohnt, aber Herrgott, *diese* Stille hatte etwas derartig Beklemmendes an sich, dass ich einfach das Bedürfnis hatte, unser Schweigen zu brechen.

»Hey, Steve, hast du eigentlich das – «

Steve und ich waren begeisterte Verfolger der Pokerwelt und ich wollte ihn soeben nach dem Ausgang des WSOP-Turniers fragen. Aber so weit kam ich nicht. Denn als mein Blick durch ein Fenster über den Hof schweifte, musste ich mein Wort unterbrechen. Auf der gegenüberliegenden Seite des Hofes, und auf gleicher Höhe unseres Korridors, befand sich eine Terrasse direkt über den Arkaden. Dahinter, schon fast verborgen von der Dunkelheit, lagen einige Fenster, die eigentlich nichts als Schwärze ausstrahlten, doch ich meinte – nein, ich war mir sicher –, dass ich dort drüben, direkt an der Fensterscheibe, den Umriss einer Person gesehen hatte, die eine zuckende, ausweichende Bewegung gemacht hatte, als mein Blick ihn ihre Richtung abglitt.

Mein Herz hatte einen Gang hochgeschaltet und ich starrte unablässig die Stelle an, an der ich die Gestalt beobachtet hatte.

»Was?«, fragte Steve, drehte sich zu mir um, und sah meinen konzentrierten Blick hinaus aus dem Fenster. »Was ist los, Mann?«

»Sei kurz still«, flüsterte Val, und stellte sich neben mich. »Ich glaube, Jay hat irgendwas gesehen.«

Wir alle spähten nun hinüber auf diese Terrasse. Wenn das gerade keine Einbildung war, dann bedeutete es entweder, dass Vincent Homberg ein höchst merkwürdiges Verhalten an den Tag legte, oder dass sich eine weitere Person auf diesem Gelände befand, von der wir nichts wussten.

Steve klopfte sich leicht auf die Brust. »Mann, mir geht vielleicht die Düse. Jay, sag etwas. Was hast du – «

»Kann ich Ihnen helfen?«

Jeder von uns zuckte zusammen und Val entfuhr ein Japsen.

Hinter uns stand Homberg.

Wie konnte der Mann uns so nahe kommen, ohne dass wir ihn bemerkt hatten? Wir standen mitten auf dem Verbindungsgang, jeweils zehn Meter von den Türen entfernt. Der Kerl musste sich nahezu angeschlichen haben. Wir starrten ihn gefühlte zehn Sekunden lang an, und ich realisierte, dass es wohl angebracht war, dass *ich* seine Frage beantwortete.

»Wir … ist außer Ihnen und uns sonst noch jemand auf diesem Grundstück?«, fragte ich nach einiger Überlegung.

Homberg schüttelte den Kopf und zuckte mit den Schultern. »Nicht, dass ich wüsste, mein Guter. Nur wir vier«, erwiderte er. »Wie kommen Sie darauf?«

»Ich bilde mir ein, dort drüben jemanden gesehen zu haben.« Ich deutete hinüber auf die Terasse. Es mochte sein, dass ich mich geirrt hatte, aber es beschäftigte mich und ich wollte

34

dort hinüber. »Können Sie mich dorthin führen? Steve, kommst du mit?«

Steve zuckte mit den Achseln. »Klar, wieso nicht«, sagte er. »Aber wehe, mich erschreckt nochmal jemand von hinten.«

»Tut mir Leid, ich – «, setzte Homberg zu einer Entschuldigung an, wurde aber von Val unterbrochen.

»Ich bleibe hier und behalte die Veranda im Auge«, sagte sie.

Ich bat Homberg, uns den kürzesten Weg zu dem Gebäudeabschnitt zu zeigen, in dem ich glaubte, meine Beobachtung gemacht zu haben. Wir gingen zurück zur Eingangshalle, betraten den rechten Flur im ersten Stock und benötigten insgesamt drei Minuten, bis wir das Ziel erreichten. Laut Homberg handelte es sich bei diesem Raum um ein ehemaliges Gewächshaus. Selbstverständlich war dort nichts Auffälliges zu finden – wie hätte es anders sein sollen. Steve und ich überprüften trotzdem jeden Winkel und traten auch hinaus auf die Terrasse, wo wir hinüber zum Korridor sahen, in dem Val uns zu winkte.

»Hey, Jay«, sagte Steve, nachdem er sogar einen alten Schrank durchsucht hatte. »Vielleicht hast du dich einfach geirrt, Kumpel. Der Tag war ganz schön lang, und dieses Gebäude ... das macht einen ja irre.«

Jetzt, wo er auf mich einredete, war ich mir nicht mehr so sicher wie zuvor. Ich nahm mir insgeheim vor, nachher noch einen nächtlichen Rundgang durch das Gebäude zu machen, denn ich würde ohnehin nicht viel Schlaf an diesem Ort bekommen.

Und sollte es nun doch keine Einbildung gewesen sein? Es wäre jedenfalls ein Grund zur Unruhe. Homberg konnte es nicht gewesen sein. Wir brauchten hier rüber drei Minuten. Die Zeit, die verstrichen war, als ich den Schatten gesehen hatte, bis Homberg hinter uns aufgetaucht war, betrug nicht einmal eine Minute. Hätte er alles rein gelegt und wäre zu uns gesprintet (was allerdings auszuschließen war, wenn man an sein Alter dachte), wäre es sich zeitlich ausgegangen, doch dann hätte er keuchend vor uns stehen müssen. Es würde also bedeuten, dass es noch eine Person in diesen Gemäuern gibt, von der nicht einmal Homberg etwas wusste. Es sei denn, er log uns an.

Nachdem wir Val berichtet hatten, dass wir nichts gefunden hatten, führte Homberg uns zu unseren Zimmern und zeigte uns auch das seine. Dann wünschten wir uns eine ruhige Nacht, und ich war schon gespannt, wie ruhig sie wirklich werden würde.

KAPITEL 2

Val macht eine Entdeckung

1

Sie knipste die Lampe auf ihrem Nachtisch an und aus, und bewunderte das Licht mit ihrer kindlichen Faszination. Wie rasch das Licht nach dem Umlegen des Schalters erstrahlte, ging über ihren Verstand.

»Immer noch wach, Mäuschen?«, fragte ihr Vater, der gerade ins Zimmer kam, ohne zu klopfen. Wie immer.

»Bin ja auch nicht müde«, gab sie zur Antwort.

Er lächelte. »Machst lieber deine Lampe kaputt, hm?« Er setzte sich zur ihr aufs Bett. Val richtete sich erfreut auf. Ihr vierjähriger Verstand assoziierte die Stimmlage und das Verhalten ihres Vaters damit, dass sie fürs erste noch nicht ins Bett musste. Vielleicht durfte sie noch einmal mit nach unten kommen, um fernzusehen.

»Daddy?«

»Ja?«

»Wartet der Strom eigentlich hinter der Steckdose?«

Er überlegte einen Moment, was er sagen sollte, setzte eine ernste Miene auf und antwortete mit unterrichtender Gestik: »Natürlich, Valerie. Hinter jeder Steckdose sitzt ein Elektrolurch. Der schaut durch die Löcher und wartet darauf, bis ein Stecker kommt. Dann bestellt er rasch ein paar Kilo Strom vom Kraftwerk.«

»Elektrolurch?«, fragte sie. Durch ihre kindliche Aussprache hörte es sich wie *E-ekto-uach* an. »Das ist nicht wahr!«

Ihr Vater sah sie verblüfft an. »Wie kommst du darauf? Wieso sollte das nicht wahr sein?«

»Ich weiß es. Sag mir die Wahrheit.«

Er erklärte ihr – so vereinfacht, wie es ihm möglich war – die Funktion von elektrischer Spannung, und wie sehr man sich davor in Acht nehmen musste. Dann erhob er sich und lehnte sich an den Türrahmen.

»Weißt du, deine Mutter konnte ich auch nie zum Narren halten, egal wie sehr ich mich bemüht habe«, sagte er. »Das musst du von ihr haben.« Er sah auf die Uhr und verzog sein Gesicht. »Also, wenn du immer noch nicht müde bist, haben wir noch zehn Minuten Zeit, um uns zu entscheiden, welchen Film wir uns anschauen. Hast du Lust?«

Val sprang auf, und in die Arme ihres Vaters. Na klar hatte sie Lust! Sie klammerte sich an seinen Hals und er trug sie die Treppe hinunter. Sie spürte die Piekser seines stoppeligen Bartes im Nacken.

Das tat schon fast weh.

Nein, das tat definitiv weh.

Und plötzlich wurde aus dem Pieksen ein schmerzhafter Stich.

AUA!

2

Es fühlte sich an als würde ihr Schädel vibrieren und Val wusste, dass sie nicht bei klarem Verstand war. Sie wusste auch, dass sie gerade geträumt hatte und jetzt wach war. Es war wie ein Filmriss: Ein Regisseur, dem bei der Nachbearbeitung seines Streifens ein ordentlicher Patzer unterlaufen war. Eben war sie noch in den Armen ihres Vaters, jetzt lag sie in einem Bett und versuchte mit Mühe ihre Augen zu öffnen. Ihre Lider waren so schwer wie Zement, doch die in ihr mittlerweile aufgekommene Panik verhalf ihr zur notwendigen Willensanstrengung, um sie einen Spalt weit aufzubringen. Ihr Sichtfeld war verschwommen und ihre Arme und Beine schienen ihr abhanden gekommen zu sein. Sie fühlte sie nicht. Und wie sehr sie sich auch anstrengte, sie konnte sich nicht bewegen. Es war wie ein Delirium. Etwas, das sie in diesem Zustand nicht begreifen konnte.

Rechts neben ihr ortete sie ein unverständliches Murmeln. Unter höchster Anstrengung schaffte sie es, ihren Kopf um ein paar Grade nach rechts zu wenden und spürte dabei einen ziehenden Schmerz im Nacken. Sie wollte einen Laut von sich geben, aber ihr Hals brachte nichts als ein leises, klägliches Ächzen hervor.

»Nein, die zweite Variante. Die zweite.« Eine Pause. »Wir müssen sie ohnehin loswerden«, sagte eine Stimme, die sich wie eine schwer verständliche Lautsprecherdurchsage am Flughafen anhörte.

Etwas sehr Kaltes berührte ihren Unterarm. Sie vermutete, dass es Finger waren. Oder eine Hand. Ja, es war eindeutig eine Hand, die nach ihr fasste. Unter normalen Umständen hätte sie einem Typen, der so etwas wagte, einen Handabdruck mit nach Hause gegeben. Sie brachte es fertig, ihren Stimmbändern drohende Worte zu entlocken, aber das schien die verschwommenen Gestalten – es waren zwei, sofern sie das richtig erkennen konnte – nicht zu beirren.

Das Letzte, das sie spürte, war eine kalte Flüssigkeit, die über ihren Unterarm den Weg in ihr Blut fand. Dann umhüllte sie gnädige Dunkelheit und sie versank wieder in einen Traum, und, o Gott, sie kannte diese Umgebung, denn …

3

… es war das Red Berry.

Und von diesem Lokal zu träumen war an sich nichts Ungewöhnliches, aber man konnte einen Traum von einem Albtraum bereits zu Beginn unterscheiden. Jedenfalls konnte Val das, und dieser Traum war ganz sicher keiner der angenehmen Sorte. Sie blickte Richtung Glasfront und hinaus auf die Straße, diese charakteristische, stark abschüssige Fahrbahn.

An der großen Fensterfront, direkt am unteren Ende der abfallenden Straße, hatten vor ein paar Minuten zwei Herren

Platz genommen und begonnen, eine hitzige Diskussion zu führen.

Aber das hier war nicht die Realität. Das hier war nicht der Freitag, wie sie ihn wirklich erlebt hatte, sondern ein Albtraum und die beiden Männer die am Fenster saßen diskutierten nicht, sie schrien miteinander und ihre Köpfe und Augen wurden dabei knallrot wie Lava aus einem Vulkan. Val wollte den Kopf weg drehen, wollte es nicht sehen, weil sie genau wusste, was gleich passieren würde, aber in Albträumen konnte man das mit dem Kopf weg drehen gleich mal abhaken. Und deshalb sah sie den beiden Männern weiterhin zu, und obwohl sie sich nicht bewegte, kamen sie doch immer näher und näher. Dann stand einer der beiden Männer auf und verschwand, und Val wusste ganz genau, was das bedeutete, denn sie hatte es schon einmal erlebt. Sie kannte das Drehbuch und deshalb schrie sie wieder genau dasselbe, das sie auch am Freitag geschrien hatte: »Hey Sie da! STEHEN SIE SOFORT AUF, MANN!!!« Aber genauso wie ihr Ruf am Freitag zu spät kam, kam er auch hier in diesem Traum zu spät und gleich darauf sah sie die Scheinwerferlichter, die durch die Fensterfront leuchteten, an der das Opfer saß, und sie dachte noch: *Moment mal, es war doch Tag als das passierte, wie kann ich also die Lichter der Scheinwerfer sehen?* Aber das fragte sie sich nur, weil sie sich ablenken wollte, weil sie dachte, dass sie den Traum zerstören könnte, wenn sie seine Unwirklichkeit erst einmal enttarnt hatte, aber da hatte sie falsch gedacht. Es war ganz einfach Nacht geworden, weil es der Traum so wollte.

Der Wagen krachte mit einem höllischen Lärm durch das Fensterglas und riss den Tisch inklusive den Mann, der an ihm saß, erbarmungslos in das Innere des Lokals mit. Das Gefährt schlug in den massiven Tresen ein und kam zu stehen.

Ich will jetzt aufwachen! Bitte wach auf!, schrie sie, während um sie herum die klirrenden Geräusche von Glassplittern langsam verstummten. Doch sie wusste, dass sie solange betteln konnte, wie sie wollte. Aufwachen würde sie erst, wenn sie alles gesehen hatte. Einfach alles. Denn sie hatte hier nicht das Sagen. Sie wachte noch nicht auf. Stattdessen sah sie ihn erneut. Sie sah den Mann, den sie nicht rechtzeitig gewarnt hatte. Das Opfer, das vom Fahrzeug brutal erfasst und getötet wurde, und die Bilder waren jetzt noch schlimmer als sie es in der Realität gewesen waren. Sie sah die rote, fleischige Masse, die über den Boden verschmiert war und die riesigen roten Lachen. Vom Unterboden des Fahrzeugs tropfte Blut und darunter erkannte sie den entzwei gequetschten Körper des Opfers, und eigentlich war der schlimmste Teil vom Fahrzeug verdeckt aber der Albtraum offenbarte ihr den Leichnam wie ein Geschenk. Der Albtraum bewegte den Lieferwagen ganz einfach zur Seite und präsentierte alles. Und als Val den abgetrennten Unterleib sah, aus dem Eingeweide zappelten und aus dem ein weißer Stümmel heraus ragte, fing sie so laut an zu schreien, wie sie im Wachzustand niemals schreien hätte können und alles begann sich langsam aufzulösen. Alles zerfiel, und Val durfte endlich aufwachen.

Sie schlug die Augen auf …

4

… und riss die Decke beiseite. Sie keuchte, schwitzte und ihre Kehle war trocken wie die Wüste Gobi.

Val richtete sich auf und warf einen nervösen Blick durch das Zimmer. Irgendetwas war hier vorgefallen. Irgendetwas war passiert, während sie geschlafen hatte, und es machte sie verrückt im Kopf, nicht zu wissen, was es gewesen war. Sie saß eine geschlagene Minute lang auf dem Bett, versuchte den Albtraum abzuschütteln, der sie gerade gebeutelt hatte, versuchte sich an etwas zu erinnern, das sie erlebt zu haben glaubte, bevor der Albtraum eingesetzt hatte, doch sie konnte ums Verrecken nicht ausmachen, was es war.

Sie knipste das Licht an und warf einen Blick auf ihr Handy. Das Display zeigte an: 05:23 Uhr. Sie erinnerte sich, dass sie etwa um Mitternacht die Augen geschlossen hatte, um zu schlafen. Das war etwa anderthalb Stunden, nachdem Homberg ihnen ihre Zimmer gezeigt hatte.

Immer noch grübelte sie darüber, was vor ihrem Traum passiert war, das ihr ein solches Unbehagen bereitete. Es war wieder dieser innere Impuls, der sie auf eine Gefahr aufmerksam machte. Und dieser Impuls hatte sie in ihrem Leben selten getäuscht. Sie nahm ihn wahr wie den salzigen Geruch des Meeres, der durch die engen Gassen einer Küstenstadt wehte und man nicht genau wusste, in welcher Richtung sich das Meer befand. Aber man wusste, dass das Meer ganz in der Nähe sein musste. Sie hasste dieses Gefühl, auch wenn es in ihrem Job natürlich überaus nützlich war. Dieser Riecher, dass hier etwas zum Himmel stinkt, war ihr vertraut, denn erst letzten Freitag hatte sie sich ihm wieder bedient, als sie Zeuge eines perfiden Mordes wurde. Und das ausgerechnet an einem Ort, an den viele ihrer Kindheitserinnerungen gebunden waren und an den ihre Gedanken immer liebend gerne zurückkehrten. Das Bild dieser Leiche würde ihr nie wieder aus dem Kopf gehen, und sie wusste, dass es nicht bei diesem einen Albtraum bleiben würde.

Wenigstens hatte Val es wieder bravourös geschafft, Jay und Steve etwas vorzumachen. Sie wollte vermeiden, dass irgendjemand eine emotionale Schwäche an ihr erkannte. Diese Zeit hatte sie hinter sich gelassen.

Sie zuckte zusammen, als ihre nackten Füße die grauen Fließen berührten. Der Boden war eiskalt und ihr fiel auf, dass es in diesem Raum nun wesentlich kühler war, als noch vor fünf Stunden. Und noch etwas: War die Tür des Schranks, der neben ihrem Bett stand, nicht geschlossen, als sie zu Bett gegangen war? Sie brütete einen Moment lang darüber und kam zur Überzeugung, dass es so gewesen war.

Diese Erkenntnis beunruhigte sie, aber dann folgte etwas, dass sie innerlich in einen Angstzustand versetzte. Val hatte ihre Füße nun zur Gänze auf den Boden gesetzt und wandte gerade ihren Blick von der Schranktür ab, als sie unter ihren Fußsohlen seltsame Körner spürte. Zunächst dachte sie, dass es einfach ein paar Schmutzpartikel sein mussten, die hier herum lagen, was nicht verwunderlich gewesen wäre, wenn man daran dachte, dass in diesen Zimmern ja niemand mehr für den Haushalt sorgte. Doch dann entdeckte sie die eingetrockneten, erdigen Abdrücke auf dem Fußboden, die neben ihrem Bett nur schwer, zur Tür hin aber sehr deutlich erkennbar waren. Deutlich erkennbar und identifizierbar als Abdrücke von Schuhsohlen. Diese Abdrücke wären ihr aufgefallen, als sie das Zimmer betreten hatte, daran bestand nicht der geringste Zweifel.

»Verfluchte Scheiße«, murmelte sie. Jemand war in ihrem Zimmer gewesen, als sie geschlafen hatte.

Val sprang auf, lief zur Tür, um das Licht der großen Zimmerlampe einzuschalten und zog sich hastig ihre Kleidung an. Anschließend überprüfte sie den Schrank und sah auch unter dem Bett nach, aber es wäre schier unglaublich gewesen, wenn sie an diesen Stellen tatsächlich jemanden vorgefunden hätte, der sich dort versteckte. Sie hielt inne, versuchte sich zu besinnen und zu überlegen, was sie als nächstes tun sollte.

Jay und Steve, dachte sie.

Sie musste zu ihnen, und zwar jetzt gleich.

Gerade als sie die Tür öffnen wollte, spürte sie an ihrem Unterarm ein lästiges Jucken. Sie zog den Ärmel ihres Pullovers hoch, um sich an der betroffenen Stelle zu kratzen. Val stellte eine heftige Rötung an der Innenseite ihres Ellbogens fest. Sie nahm die Hand von der Tür und stellte sich unter die Hängelampe des Raumes, die zwar nur ein spärliches Licht spendete, jedoch ausreichte, um ihren Arm unter die Lupe zu nehmen. Inmitten der roten Stelle erkannte sie einen winzigen Punkt, den sie mit ihrem Fingernagel weg kratzte, und aus dem nun ein klein wenig Blut hervor trat.

In der Hektik ihrer Gedanken, die bereits eine unangenehme Vermutung hatten, worum es sich hierbei handeln musste, nahm sie ihr Handy, schaltete das Kameralicht ein, und inspizierte damit die Wände des Zimmers.

Du brauchst nicht danach zu suchen, Val, dachte sie, *ein Insektenstich würde sich anders anfühlen und anschwellen, das weißt du.*

43

Val fand nicht, wonach sie suchte. Keine Stechmücken oder sonstige Insekten befanden sich im Zimmer. Es wäre auch höchst untypisch für diese Jahreszeit gewesen.

Sie schluckte. Es war ein Schlucken mit einem leisen Klack-Geräusch, wie das eines nervösen Studenten, der vor einem Referat besonders angespannt war. Während sie geschlafen hatte, war also jemand in ihrem Zimmer gewesen und – Gott sei ihr gnädig – dieser jemand hatte sie mit etwas gestochen. Und womit sticht man normalerweise in den Unterarm? Mit Nadeln, nicht wahr? Mit verdammten *Injektionsnadeln.* Diese Vorstellung erfüllte ihren Körper mit einem kalten Schauder.

Sie verließ das Zimmer.

Val spähte den dunklen Gang entlang und entdeckte die offen stehende Tür zum Verbindungstrakt. Zu ihrer Rechten befanden sich die Zimmer von Jay und Steve, und aus irgendeinem Grund rechnete sie mit einer unschönen Überraschung. Die Tür zu Jays Zimmer stand halb offen. Sie berührte sie und öffnete sie ganz.

»Jay?« Val machte das Licht an.

Das Zimmer war leer. Jay war nicht da. Sein Rucksack lag auf einem Stuhl und seine Jacke auf dem Bett. Vermutlich hatte er überlegt, wie viel er mitnehmen sollte. Aber mitnehmen wohin? Regel Nummer drei besagte, dass sie sich nicht alleine aufmachen sollten. Regel Nummer drei war ihre Vereinbarung, immer dem anderen Bescheid zu geben, wenn man irgendwohin ging.

Sie warf keinen genaueren Blick hinein, sondern ging weiter zu Steves Zimmertür, die geschlossen war. Val sparte es sich anzuklopfen. Irgendwie war sie der festen Überzeugung, dass auch Steve nicht anwesend war, dass hier etwas vor sich ging, und sie möglicherweise auf sich allein gestellt war. Sie drückte die Türschnalle nach unten, öffnete die Tür und spickte auch ihn Steves Zimmer. Das Licht war bereits an, aber er nicht da, und er hatte weder seinen Pulli und seine Jacke, noch seinen Rucksack mitgenommen. All seine Sachen lagen säuberlich abgelegt neben dem Bett am Boden. Steve schien es eiliger gehabt zu haben als Jay, sein Zimmer zu verlassen. Er schien gar nicht darüber nachgedacht zu haben, ob er etwas mitnehmen sollte.

Val senkte ihren Blick und knipste das Licht aus. Die drei hatten eine klare Abmachung, was solche Angelegenheiten anbelangte: Keiner unternimmt etwas auf eigene Faust. Sie hegte noch die Hoffnung, dass Steve und Jay bloß rüber in die Küche waren, weil sie Hunger hatten. Oder vielleicht mussten sie aufs Klo. Das alles war doch möglich, oder nicht? Sie konnte zumindest mal nach drüben sehen. Aber wenn sie dort auch nicht waren, dann steckten sie – und auch Val – möglicherweise in Schwierigkeiten. Immerhin war es einer ihrer Grundsätze, dass niemand etwas ohne den anderen unternimmt, ohne zumindest Bescheid zu sagen.

»Hm.« Val kratzte sich geistesabwesend an ihrem geröteten Unterarm, steckte die Hände in die Bauchtaschen ihres Pullovers und schlenderte den Flur entlang. Wie aus heiterem Himmel spürte sie keine Besorgnis mehr. Das war schon komisch, und für einen Moment lang war sie wirklich verwundert darüber. Für den Bruchteil einer Sekunde fragte Val sich, wie das sein konnte, doch dann kam ihr auch schon die Antwort, denn ihre alte Freundin war wieder zurück gekehrt: Die Gleichgültigkeit. Dieses nebulöse Gefühl der Gleichgültigkeit, das sie in den Wochen und Monaten nach der Trennung entwickelt, und ihren Charakter mit einer gewissen Unnahbarkeit gestählt hatte. Dieses Gefühl kam immer dann in ihr auf, wenn sie sich verraten fühlte. Wenn jemand sie im Stich gelassen hatte und sie enttäuscht wurde.

Sie haben mich nicht im Stich gelassen, begann sie sich in Gedanken einzureden. *Sie sind nur rüber in die Küche. Das ist alles.*

Val ging dem fahlen Mondlicht entgegen und trat hinaus in den Verbindungstrakt. Einige der Fenster waren geöffnet, und als sie die frische, kühle Luft einatmete, kamen die Erinnerungen an das Pure Pool und ihren Ex in ihr hoch wie ein unerwünschter, schlechter Werbespot. Aber sie war mittlerweile geübt darin, diese Gedanken rasch wieder abzuschütteln. Damals hatte sie sich in eine Abhängigkeit begeben und gedacht,

45

eine Zukunft ohne ihn wäre keine Zukunft. Aber seitdem hatte sich viel verändert. Sie hatte sich verändert, und diese Valerie Wolff von heute konnte so leicht nichts mehr aus der Bahn werfen. Schon gar nicht so ein trostloser Ort wie dieser hier, o nein, da musste ihr das Leben schon mit Schlimmerem aufwarten.

Sie streckte ihren Kopf aus einem der Fenster des Verbindungstraktes. Es war kalt und still, doch in der Nacht musste es besonders stark geregnet haben. Der Hof war klatschnass und an den Fensterscheiben des Verbindungsflurs hingen noch vereinzelte Regentropfen. Vals Aufmerksamkeit stieg, als ihr Blick die Mitte des Arkadenhofs erfasste. Der Kies dort war unregelmäßig und teilweise stark verwüstet. Sie beschloss, sich den Hof genauer anzusehen – selbstverständlich nur, wenn sie Jay und Steve nicht in der Küche antreffen würde, wovon sie mittlerweile ausging – und erhöhte ihr Gehtempo. Als Val erkannte, dass am anderen Ende des Verbindungstraktes Licht brannte, fühlte sie sich guter Dinge. Ein gutes Zeichen, ganz sicher. Die kleine, hoffnungsvolle Val in ihr freute sich schon, Steve und Jay zu sehen, wie sie in der Küche saßen und Kaffee tranken. Die erwachsene Val wusste jedoch, dass die Kleine wieder einmal enttäuscht werden würde.

5

Sie war leer, sah genau so aus, wie sie sie verlassen hatten, bevor sie zu ihren Zimmern marschiert waren. Val warf nur einen kurzen, prüfenden Blick in die Küche, verließ sie wieder und schloss hinter sich die Tür. Sie hatte befürchtet, dass die beiden nicht hier waren und ihr Interesse galt nun dem Innenhof und der Frage danach, warum hier das Licht an war. Doch zuvor musste sie noch etwas erledigen. Es war schon ziemlich dringend.

Als sie auf die Toilette ging, bemerkte sie, dass auf dem Sitz einige Urinsprenkler zu sehen waren. Val hob den Toilettensitz an und beobachtete den größten Tropfen, der sich darauf befand. Er glitt seitlich nach unten und tropfte dann in die Schüssel. Hier war jemand vor kurzem Pinkeln gewesen, das wusste sie aus den gemeinsamen Jahren mit ihrem Ex. Wenn die Tropfen alt waren, waren sie nur noch gelbliche Flecken auf der Klobrille, die sich bloß mit Wasser und entsprechendem Putzaufwand entfernen ließen. Aber diese Tröpfchen hier waren frisch und so viele wie es waren, musste der Mann, der sie hinterlassen hatte, es im Dunkeln getan haben oder es sehr eilig gehabt haben. Sie dachte an Jay und Steve. Würden die beiden den Toilettensitz reinigen, nachdem sie ihn sauber vorgefunden hatten und anschließend so sehr verunstaltet hatten? *Ja, das würden sie tun*, dachte Val, es sei denn, sie hätten – aus welchem Grund auch immer – keine Zeit dafür gehabt.

Nachdem sie fertig war, verließ sie die Toilette, wusch sich die Hände und sah sich kurz in den Spiegel. Ihr Gesicht war blass und ihre Haare völlig zerzaust und sie überlegte, ob sie diese Frisur in eine Form bringen sollte, die etwas gewollter aussah, nur für den Fall, dass sie heute noch auf ein menschliches Gesicht treffen würde, das sie noch nicht kannte und nicht Vincent Homberg hieß.

Aber nicht doch, sprach Freundin Gleichgültigkeit, *wie du an so einem Ort aussiehst, kann dir nun wirklich egal sein. Außerdem bist du alleine und noch dazu in Schwierigkeiten, Schätzchen.*

Was sind denn das für pessimistische Ansichten?, ermahnte sich Val in Gedanken. *Also wirklich!*

Sie wuschelte sich durch ihre Haare und versuchte die gröbsten Knoten und Flechten heraus zu bekommen. Dann fasste sie sie hinten zusammen, band sich einen provisorischen Zopf mit einem Haarband, das sie zufällig eingesteckt hatte, und verließ die Toilette.

Na schön, Sergeant Miller. Wir haben hier einen angepinkelten Toilettensitz, und in der Empfangshalle brennt das Licht. Nehmen Sie das ins Protokoll auf, ja?

Zu Befehl, Ma'am!

Gedankenspiele waren eine tolle Sache. Sie hielten Val immer bei Laune, wenn sie einsam war, und als Kind waren sie ihr Nachts eine große Hilfe gewesen, wenn sie Angst vor dem Einschlafen hatte und Ablenkung brauchte. Außerdem waren sie gesund für den Verstand.

Wieder musste sie sich am Arm kratzen. Es bereitete ihr schon genug Sorgen, dass jemand neben ihr gestanden hatte, während sie schlief, aber dann auch noch der Umstand, dass ihr dieser Jemand möglicherweise etwas injiziert hatte … etwas, das sich jetzt in ihrem Blutkreislauf befand und sich gerade ungestört entfalten konnte wie Schimmel, der an einem ranzigen Stück Brot angebissen hatte. Das alles machte sie wirr im Kopf, und es fiel ihr schwer, klare Gedankengänge herzustellen und abzuwägen, wie sie jetzt am besten vorgehen sollte, was sie als nächstes tun sollte.

Val überlegte, ob sie nach Steve und Jay rufen, oder lieber auf Diskretion setzen sollte.

Sie entschied sich für eine unauffällige Vorgehensweise und machte sich auf den Weg zur Tür des Innenhofs. Sie musste möglichst rasch herausfinden, was hier los war. Denn wenn Jay und Steve etwas zugestoßen war – und das war unter den Umständen, unter denen sie aufgewacht war, nun wirklich nicht auszuschließen –, zählte im schlimmsten Fall jede Sekunde.

Der Türknauf zum Innenhof war feucht und schmierig und Val wischte sich leicht angeekelt ihre Hand am Hosenbein ab. In der Mitte des Hofes befand sich weißer bis hellgrauer Kies, der allerdings – wie sie vorhin bereits beobachtet hatte – verwüstet und bis auf die Steinfliesen verstreut war, die sich unterhalb der Arkadenbögen befanden.

Notieren Sie das vielleicht, Sergeant, oder muss ich Sie erst bitten?

Natürlich, Ma'am. Verzeihung. Hervorragend beobachtet.

Schon gut, Rekrut. Bleiben Sie zurück und fassen Sie nichts an.

Sie warf einen genaueren Blick auf die Verwüstung und es offenbarten sich ihr einige wesentliche Details. Von der Mitte des Hofes aus war eine gleichmäßige Spur im Kies zu erkennen, die rechts hinter die Arkaden führte. Irgendjemand hatte etwas (oder jemanden?) dort hinten in die Dunkelheit gezerrt, dabei unverkennbare Spuren hinterlassen und sich scheinbar nicht die Mühe gemacht, diese wieder zu entfernen. Val folgte der Spur, die die Kieselsteine bildeten. Sie zogen sich bis weit in die Dunkelheit hinter den Arkadenbögen und endeten schließlich vor einer Tür. Diese stand weit offen, offenbarte ausschließlich Schwärze, und Val dachte: *Wow. Was für ein Klassiker. Will ich da jetzt wirklich rein?*

Blieb ihr etwa eine Wahl? Sehr viel offensichtlicher konnte eine Spur kaum sein und heute war der falsche Tag, um ein Hasenfuß zu sein. Sie zückte ihr Handy und nutzte das Licht über der Kamera, um die Treppen hinab zu leuchten. Im Hof hinter ihr war es nach wie vor totenstill. Nicht einmal der Hauch einer Windströmung war zu spüren, oder ein leises Rauschen des Waldes in der Ferne zu hören. Als hätten nun auch die letzten Anzeichen eines irdischen Daseins diesem trostlosen Ort den Rücken zugekehrt. Bis auf einen einsamen Homo Sapiens, der gerade in die Grüfte dieser verlassenen Villa hinab stieg, um Hinweise auf den Verbleib seiner Kollegen zu finden.

Die Treppe bestand aus altem, teilweise morschem Holz und die grauen Ziegelwände waren überraschend sauber. Hier und da befanden sich einige Spinnweben, die unter dem weißen LED Licht wie glitzernde Seidenfäden aussahen und stellenweise auch besiedelt waren. Hinter einem Spinnennetz meinte Val einen pechschwarzen Käfer entdeckt zu haben, der etwa die Größe eines Daumen hatte und blitzartig in die Dunkelheit huschte, als er die Anwesenheit eines Menschen wahrnahm. Sie richtete ihre Lampe wieder auf die Stufen, um weiter nach unten zu steigen, als sie erschrocken aufatmete und inne hielt.

Val hatte ein Zwicken im Nackenbereich gespürt, so als wäre sie von einer Gelse gepikst worden. Wie eine Irre tastete sie ihr Genick und ihren Hals ab, in der Vorstellung, ein gewisses achtfüßiges – und ausgesprochen behaartes – Insekt hätte seine winzigen Zähne in ihre Haut gegraben. Doch ihre Finger ertasteten keine Spinne, sondern nur Haut.

Mein Gott, dachte sie, *ich muss aufpassen, dass ich hier nicht verrückt werde.*

Sie hatte einmal gelesen, dass die meisten heimischen Spinnen nicht einmal die menschliche Haut durchdringen konnten. Außerdem neigten sie zu Fluchtverhalten und verbrauchten ihre Energie nur ungern für Dinge, die keine potenzielle Beute darstellten. Gute Gründe also, sich von den kleinen Biestern nicht einschüchtern zu lassen. Aber in dieser Situation halfen Val diese tollen, rationalen Informationen gar nichts. Im Moment musste sie mit ihrem erhöhten Puls und ihrer trockenen Kehle klar kommen.

Val gelangte am Ende der Treppe an und hatte nun ein Gewölbe vor sich, dass sie im ersten Moment an das klassische Abbild eines alten Weinkellers erinnerte. Ihr Handy schaffte es – wenn auch nur mit Mühe – den Raum vollständig auszuleuchten und das Licht brachte zum Vorschein, dass dieser Keller vollständig leer zu sein schien. Kein einziges Objekt befand sich in diesem Untergeschoss, und als Val die letzte Stufe hinab stieg und den feuchten Steinboden des Kellers betrat, hallte das Geräusch ihrer Schuhsohle durch das Gewölbe wie das Echo in einer tiefen Schlucht. Sie machte einige Schritte in die gähnende Leere dieses unterirdischen Raumes und hielt dabei Ausschau nach irgendwelchen Unregelmäßigkeiten.

Aber da gab es nichts.

Im gesamten Raum – den Val auf gut fünfzig Quadratmeter schätzte – befand sich kein einziger Gegenstand, und keine einzige Tür. Sie sah nur die farblosen Ziegelblöcke in der Wand, die sich in einem Halbbogen über ihr erstreckten.

Was hatte es dann mit dieser Spur von Kieselsteinen auf sich, die unverkennbar auf die Tür zu diesem Kellergewölbe führte?

Val war bereits im Begriff, sich umzudrehen, und sich den Arkadenhof noch einmal anzusehen, als sie im hintersten Eck des Kellers ein unter dem schwachen Licht ihrer LED-Lampe beinahe unscheinbares Detail erkannte. Sie dachte zunächst, es sei einfach ein dunkler Fleck, der das Licht nicht ordentlich reflektierte und ihr deswegen ins Auge fiel, doch es handelte sich weder um eine Täuschung des Lichts, noch um einen Gegenstand.

Es war ein Loch. Ein Loch im Boden, das etwa den Durchmesser eines Kanaldeckels hatte, die man zuhauf auf den Straßen eines Ortsgebietes zu Gesicht bekam. Vielleicht eine Spur größer.

Ja. Es war größer.

Val leuchtete den Boden sorgsam aus, um sich zu vergewissern, dass sich auch wirklich nur dieses eine Loch hier befand, und näherte sich dann ihrer Entdeckung. Was sie anschließend erspähte, ließ ihr Herz höher schlagen. Es war ein Gefühl von Aufregung, wie die Aufregung eines Kindes, das zu Ostern ein gut verstecktes Nest unter dem Auto fand. Neben dem klaffenden Loch befand sich ein von der Dunkelheit fast verborgener Gullydeckel, der zweifelsfrei exakt auf die Öffnung im Boden passte.

Sie seufzte und haderte einen Moment lang mit sich selbst und dann sagte sie sich, dass heute ohnehin nichts daran vorbeiführen würde, sich die Hände schmutzig zu machen. Sie lehnte ihr Handy am Boden an die Wand, sodass das Licht ihr weiterhin nützlich war, bückte sich, und hievte den Deckel hoch. Er war schwer, aber Val war gut in Form. Der regelmäßige Sport machte sich heute vielleicht endlich bezahlt. Als sie diese Abdeckung in stehender Position hielt, betrachtete sie die Seite, auf der sie gelegen hatte und staunte dabei nicht schlecht. Eine Seite dieses Deckels war offensichtlich präpariert. Auf dieser Seite wies er genau das gleiche Muster auf wie der Boden, auf dem er gelegen hatte. Sie nahm ihr Handy wieder in die Hand, während sie mit der anderen den Deckel aufrecht hielt, und beleuchtete den Rand. Die eine Hälfte des Deckels sah wie ein herkömmlicher Kanalisationsdeckel aus, doch auf der anderen Seite war er gesteinförmig und uneben, so wie der Boden auf dem Val gerade hockte. Die Kanten des Deckels waren rundum sauber geschliffen. Hier hatte sich jemand echte Mühe gegeben.

Val legte den Deckel neben der Bodenöffnung ab, sodass die unförmige Seite nach oben sah. Das tat sie mit besonderer

Vorsicht und so leise wie möglich. Aus irgendeinem perversen, ihr nicht schlüssigen Grund war es ihr äußerst wichtig, sich leise zu verhalten. Als könnte irgendjemand mit bösen Absichten auf sie aufmerksam werden. Nun, vielleicht war das auch so.

Sie betrachtete den Deckel wie er neben der Bodenöffnung lag und lächelte. Am liebsten hätte sie den Deckel auf die Öffnung gesetzt, nur um zu sehen, wie perfekt er gepasst hätte, und wie schwer er zu erkennen gewesen wäre. Selbst wenn die Polizei bei der damaligen Suche *gründlich* gesucht hätte, hätten sie diesen gewieften Gullydeckel durchaus übersehen können. Warum – wenn nicht, um etwas verbergen zu wollen – fertigte man wohl einen solchen Gullydeckel an?

Sehen Sie sich das an, Sergeant. Da sagen Sie nichts mehr, was?

Unglaublich, Frau Wolff. Ihre Beobachtungsgabe wird nur durch Ihren Scharfsinn und ihr gutes Aussehen überboten.

Danke, Sergeant. Ich denke, ich kann Sie für eine Beförderung empfehlen.

Sie kniete sich vor der Öffnung am Boden nieder und spähte neugierig hinunter in die Finsternis – als wäre ihr die Dunkelheit hier oben noch lange nicht genug.

Ein leichter Gestank von Verwesung und Abwasser drang in ihre Nase, der aber keinesfalls stark genug war, um sie jetzt abzuschrecken. Val presste ihre Lippen zusammen und leuchtete nach unten. Für einen kurzen Augenblick hatte sie Schreckensvisionen von Fledermäusen und anderen Ungeheuern vor ihren Augen, die ihr entgegen kommen würden. In solchen Gegenden war etwas derartiges schließlich nicht unwahrscheinlich. Ihre Lampe leuchtete bis zum Boden, der gar nicht so weit entfernt war. Val schätzte die Tiefe dieser Luke auf etwa vier bis fünf Meter. Sie berührte die oberste metallische Trittfläche, die seitlich aus dem Beton ragte. Das Metall schien sauber zu sein, schimmerte unter dem Licht allerdings verdächtig bräunlich. Val traute dem Segen nicht. Sie wusste, dass Korrosion Metall zerfressen, und so brüchig wie einen Butterkeks machen konnte. Deshalb rutschte sie nach vorne, ließ die

Füße nach unten baumeln, und trat ein paar Mal kräftig dagegen, um die Festigkeit der Sprosse zu prüfen. Die erste Metallsprosse hielt Vals Fußtritten stand, aber wie war es mit den darunterliegenden, an die sie nicht ran kam? Val hatte zwar grundsätzlich keine Lust, hier hinab zu steigen, aber noch weniger Lust hatte sie, hinunter zu *fallen*. Sie stellte sich vor, wie sie abrutschen, sich den Kopf an einer scharfen Kante stoßen, und sich vielleicht auch noch ein Bein brechen würde. Dann läge sie hilflos dort unten und würde um Hilfe schreien. Dann wäre es ihr ganz sicher nicht mehr wichtig, sich leise zu verhalten.

Verdammt, dachte sie, *wird schon schief gehen*, und nahm ihr Handy an sich. Sie spürte dabei die LED Lampe, die durch den Dauerbetrieb mittlerweile heiß geworden war, und nach und nach an der Batterie des Telefons zerrte.

Val stemmte ihre Hände um die Bodenöffnung und ließ ihre Beine in die Tiefe sinken. Als sie mit ihrem linken Fuß auf den zweiten Metallbügel hinab stieg, ragte nur noch ihr Kopf aus der Öffnung hervor. Ihr Atem hatte jetzt die Frequenz ihres Herzschlages angenommen, und der war nicht ohne.

»Alles gut, Val«, nuschelte sie. Ihre Stimmbänder bebten und waren verkrampft zugleich. »Es ist alles gut. Du kletterst nach unten, siehst dich um, und kletterst wieder rauf. Nichts dabei.«

Ihr Kopf verschwand in der Dunkelheit, und sie tappte mit dem rechten Fuß auf die dritte Metallsprosse. Ihre Atmung hallte in diesem dunklen Schacht gespenstisch wider, und erinnerte an das feuchte Hecheln eines Hundes.

Sie stieg eine weitere Stufe nach unten und bekam immer schlimmer werdende Vorstellungen davon, was sie erwarten könnte. Was, wenn dieser Theissen ein Drogenhändler war, und hier seine Ware bunkerte? Wenn sie dort unten etwas entdecken würde, das sie nichts anging, würden sie Val abknallen wie einen räudigen Hund, soviel stand wohl fest. Vermutlich würden sie sie schon erschießen, bevor sie überhaupt irgendeine Entdeckung machte.

»Mein Gott, halt die Klappe du dumme Gans.« Val versuchte diese schaurigen Vorstellungen abzuschütteln und sämtliche negativen Gedanken aus ihrem Kopf zu verbannen. Vorhin hatte sie sich noch wie eine Entdeckerin gefühlt, die das verborgene Rätsel einer alten Villa löste. Jetzt wirbelten von Angst erfüllte Gedanken in ihrem Kopf wie ein Tornado der Stufe fünf. Wild, kräftig und unaufhaltsam. Sie war so damit beschäftigt, die Ausmalungen ihrer Fantasie zu bewältigen, dass sie nicht mehr auf ihre Füße und Hände achtete. Dann hätte sie nämlich die frische Erde registriert, die sich auf den metallischen Trittflächen befand, und die ihr Vorgänger hinterlassen hatte.

Das ist einfach eine uralte Kanalisation, da unten ist nichts besonderes, sprach die hoffnungsvolle Seite ihres Verstandes.

Und was ist mit der Spur? Und warum zum Teufel ist dieser Kanaldeckel nicht verschlossen?, antwortete die rationalere – man könnte behaupten, die realistischere – Seite ihres Verstandes. Es war, als wären in ihrem Kopf zwei Persönlichkeiten, die beide auf ihre eigene Art und Weise versuchten, mit dieser Situation fertig zu werden.

Sie wollte ihren Fuß gerade eine weitere Stufe nach unten setzen, als sie plötzlich den festen Boden unter sich spürte. Sie ließ die vorletzte Sprosse los, säuberte sich die Hände wieder an ihrem Hosenbein, und griff nach ihrem Handy. Val hatte die Taschenlampenfunktion nicht deaktiviert, und die LED hinterließ einen warmen Fleck an ihrem Oberschenkel, nachdem sie das Telefon aus der Tasche gezogen hatte. Hier unten war es um einiges unspektakulärer, als sie befürchtet hatte. Sie befand sich in einem Tunnel. Einem breiten, großen Tunnel, in dem keine Spur von Abwasser war, und in dem locker zwei Autos nebeneinander hätten fahren können. Der teilweise mit Steinen gepflasterte Untergrund war staubtrocken, und der Gestank hielt sich nach wie vor in Grenzen, sofern eine Person, die noch nie in einem Kanalsystem herum spaziert war, das beurteilen konnte. Val hätte sich den Gestank jedenfalls intensiver vorgestellt. *Beißender*, wie man so schön sagte.

Als sie den Tunnel ausleuchtete, erkannte Val, dass sie vor einem Problem stand. Vor zwei Problemen, um genau zu sein. Zunächst einmal hatte sie die Möglichkeit, nach links *oder* nach rechts zu gehen. Steve hätte an dieser Stelle sofort eine Münze geworfen, und dem Zufall überlassen, wohin er gehen sollte. Val hatte weder eine Münze, noch gefiel es ihr, etwas dem Zufall zu überlassen. Deshalb suchte sie in der Nähe des Schachts nach Spuren am Boden, die ihr vielleicht einen Hinweis geben konnte, in welche Richtung sie gehen sollte. Doch sie fand absolut nichts. Es war, als hätte hier irgendjemand Staub gefegt, was sie erneut in einen Zustand der Besorgnis versetzte. Besorgnis darüber, beobachtet zu werden, und hier nicht alleine zu sein.

Das zweite Problem war ihr Handy. Laut der Anzeige hatte ihr Akku nur noch einen Ladestand von 21%, und sie hatte ihr Zimmer, in dem sich ihr Rucksack und eine Taschenlampe befand, nicht mit der Erwartung verlassen, in einen Kanal zu klettern. Allerdings hätte sie durchaus damit rechnen müssen, eine Taschenlampe gebrauchen zu können. Das war ärgerlich und sie schimpfte sich in Gedanken dafür, doch Val wollte jetzt nicht zurück ins Zimmer. Sie wollte kein zweites Mal hier runter klettern müssen.

Val entschied sich, nach rechts zu gehen, denn dort schien der Tunnel nach etwa hundert Metern einen Knick zu machen, während er auf der linken Seite endlos geradeaus zu verlaufen schien, so dass sich das Licht ihres Handys in der Dunkelheit verlor.

Tatsächlich kam sie nach nur einer Minute Gehzeit bei einer Biegung des Tunnels an, und sie meinte, auf dem Boden das Schimmern von Licht erkennen zu können.

Val drehte ihre Lampe ab. Ihre Augen benötigten einen Moment, um sich an die abrupte Änderung der Lichtverhältnisse anzupassen, aber nach wenigen Sekunden erkannte sie deutlich, dass es irgendwo hinter dieser Abzweigung eine Lichtquelle geben musste. Sie schmiegte sich an die Wand und näherte sich langsam der Kante, hinter der das Gestein der Wände matt leuchtete. Dann spähte sie vorsichtig um die

Ecke. Das Tunnelsystem zweigte in einen schmalen Gang ab, der ungefähr zwei Armlängen breit war. Val erblickte drei Türen, die bis auf eine Ausnahme alle geöffnet zu sein schienen und sich auf der linken Seite des Korridors befanden. Auf der rechten Seite meinte sie die Umrisse von Tischen, Kisten und allem möglichen Ramsch, der darauf verbreitet lag, zu erkennen. Aus den zwei offenen Türen – der vordersten, und der hintersten – drang Licht.

Gebannt verharrte sie in der Dunkelheit und wartete auf irgendein Ereignis. Ihr Puls hatte sich inzwischen normalisiert, und ihre Angst war zum Teil einem Gefühl der Hoffnung gewichen. Natürlich war es möglich, dass Val das Versteck von Verbrechern gefunden hatte, aber Verbrecher waren auch nur Menschen. Und jedem Mensch konnte man mit Worten und Vernunft begegnen. Davon war Val fest überzeugt, auch wenn sie noch keine Worte auf die Frage parat hatte, was sie hier unten zu suchen hatte.

Nach einer zweiminütigen Warte- und Beobachtungszeit – Val hätte schwören können, dass es mindestens zehn Minuten gewesen waren – hörte sie endlich ein Geräusch. Es konnten durchaus Schritte gewesen sein, die sie vernommen hatte, aber es hörte sich mehr nach einem Wischen an, so als hätte jemand ein eingezwängtes Buch aus einem Regal gezogen. Val zog ihren Kopf zurück, biss sich auf die Lippen, und lauschte aufmerksam. Sie atmete jetzt besonders ruhig und leise, war mit der Dunkelheit verschmolzen, und hätte ein Haar hören können, das zu Boden fiel. Sie dachte darüber nach, was sie tun sollte, wenn sie Schritte hören würde, die sich in ihre Richtung bewegten, denn die Flucht nach hinten kam nicht in Frage, dazu war der Schacht zu weit weg, und auf dem Weg dorthin gab es keine Nische, in der man sich auf die Schnelle verstecken konnte. Würde eine Person sie in dieser hinterhältigen Position erwischen, wäre das wohl keine gute Basis für die Eröffnung eines diplomatischen Gesprächs.

Sie brauchte einen Plan. Sie musste sich Worte zurecht legen und dann auf diese Tür zugehen.

Und dann dachte sie nach. Dachte nach, was sie sagen sollte, atmete tief – und schon fast ein wenig zu laut – durch, und verließ ihr Versteck. Sie spürte noch die Feuchtigkeit, die ihre Handflächen auf der steinigen Wand hinterlassen hatten, bevor sie den Korridor betrat.

Plötzlich ertönte ein lautes, elektronisches Geräusch, dass die Stille in diesem Gewölbe vernichtend unterbrach.

Dung Dong, DUNG DONG!

Ach du Scheiße!

Vals Herz machte einen derartigen Satz, dass ihr für den Moment der Atem stockte.

Sie brauchte einen Augenblick, um sich vom Schock zu erholen, der gerade ihren Körper durchfahren hatte, sich zu besinnen, und ausmachen zu können, woher dieses Geräusch gekommen war.

Sie zog ihr Handy aus der Tasche. *Warnung! Ladestand der Batterie unter 10%*, zeigte das Display an.

Du blödes Scheißding, fluchte Val in Gedanken, *du verdammtes –*

»Hallo?«, hörte man eine Stimme von der Tür her. Ein Schatten bewegte sich im Raum dahinter. Er bewegte sich hektisch und wurde größer.

Ausgezeichnet, Val, sehr professionelle Vorgehensweise für einen Detektiv. Zuerst die Taschenlampe vergessen und dann das Handy nicht lautlos stellen. Jetzt hast du den Salat.

Wenn sie im Kaffeehaus gesessen wäre, und jemand ihr diese Geschichte erzählt hätte, hätte sie es für einen kolossalen Lachschlager gehalten, etwas, das wohl nur erfunden sein, und unmöglich der Realität entsprechen konnte. Niemand konnte wirklich so dämlich sein wie sie es in der letzten Stunde gewesen war.

Der Schatten wurde größer und größer, und bald würde die zugehörige Person im Türrahmen erscheinen und sie entdecken.

Und dann?

»Ich bin hier. Nicht erschrecken.« Vals Stimme bebte, als sie das sagte und demonstrativ ihre Hände hob.

»Erschrecken?« Die Stimme begann zu kichern, und aus der Tür trat ein junger Mann. Er trug eine Brille, und eine für seinen Hüftumfang viel zu weite, ausgewaschene Jeanshose. Er schien Val im ersten Augenblick gar nicht zu erkennen, vermutlich weil es hier so dunkel war.

»Warten Sie«, sagte der Mann, und ging zurück in den erhellten Raum. »Irgendeiner von diesen Schaltern müsste für … ah!«

Im nächsten Moment erstrahlte der gesamte Korridor im weißen Licht der Leuchtstoffröhren, die – wie Val jetzt erkannte – auch hinten im Tunnel angebracht waren und mit dem Licht löste sich ihre Anspannung wie ein reifer Apfel von seinem Ast.

Val ging auf die Tür zu und wollte diesem Mann danken. Wofür? Einfach nur dafür, dass er da war. *Er* und keine wortkargen Gangster mit einer Knarre um den Hosenbund, und einem versteckten Koffer Koks. Aber was nicht war, konnte ja noch kommen.

Der Mann trat wieder in den Korridor und kam Val mit einem Lächeln entgegen. Im Licht erkannte sie nun, dass er noch jünger als sie sein musste. Vielleicht zwei- oder dreiundzwanzig Jahre.

»Ich heiße Chris«, sagte er und reichte ihr die Hand. Als er das tat, und Val dabei in die Augen sah, verwandelte sich sein Lächeln jedoch rasch in einen besorgniserregenden Ausdruck.

Val war völlig perplex. Sie wusste, dass sie etwas blass aussehen musste, nachdem sie diesen Pfadfindertrip hinter sich gebracht hatte. Aber dass es so schlimm war? Dieser Chris sah jedenfalls sehr beunruhigt aus.

»Hi. Ich heiße – «

»Valerie Wolff. Richtig?«

»Ähm, ja, genau.« Jetzt verstand sie gar nichts mehr. »Ich … wir dachten diese Villa ist verlassen. Dieser Homberg sagte … ach, egal. Woher weißt du, wie ich heiße?«

Chris antwortete nicht gleich, sondern starrte sie noch einen Augenblick lang an. Val fand, dass sein Blick etwas Entsetztes an sich hatte, auch wenn er sich sichtlich bemühte, es zu verbergen.

»Weißt du, es gibt einiges, dass du wissen musst. Nicht nur, woher ich deinen Namen kenne«, sagte Chris schließlich. »Komm mit.«

Sein Gesichtsausdruck gefiel ihr nicht. Und seine Geheimnistuerei schon gar nicht. Er sollte gefälligst ausspucken, was er zu sagen hatte. Val spürte, wie sich ein ungewöhnlicher Zorn in ihr entwickelte. Es war ihr unerklärlich warum, aber es passierte. Sie spürte auch ihren Unterarm wieder, den sie bei dem Drunter und Drüber vorhin völlig ausgeblendet hatte. Jetzt, wo das Adrenalin gewichen, und sie wieder klarer Gedanken fähig war, schien sich irgendetwas in ihr auszubreiten und sie fasste sich wieder an ihren juckenden Arm. Die Stelle war mittlerweile angeschwollen und fühlte sich hart an. Zu ihrem Leidwesen stellte sie fest, dass ihr Unterarm nicht nur juckte, sondern auch schmerzte. Diese perverse Vorstellung, dass irgendwelche Typen an ihrem Arm herum gefummelt hatten, während sie geschlafen hatte, machte sie krank im Kopf. Wenn sie herausfinden würde, wer das getan hatte, dann mochten diese hinterhältigen Säcke Valerie Wolff bitte auch noch im Wachzustand kennenlernen, bevor sie in den Knast wanderten.

Val folgte Chris in die Kammer, aus der er vorhin gekommen war.

Der Raum war nicht besonders groß. Es gab einige Tische, mit darauf stehenden Behältern und Gläsern, die Val an Reagenzgläser für Chemikalien erinnerten. Zwei große Glühlampen an der Decke tauchten die hellbraunen Ziegelwände in ein warmes Licht.

Chris hatte auf einem Stuhl Platz genommen, und deutete mit einer Handbewegung auf einen zweiten.

Val setzte sich zu ihm.

»Ist dir irgendwas Merkwürdiges aufgefallen, nachdem du aufgewacht bist?«, fragte Chris.

Nachdem ich aufgewacht bin? O ja, mein Freund, da ist mir tatsächlich was aufgefallen, dachte Val, und stellte sich gedanklich schon darauf ein, ihm an die Gurgel zu gehen. »Ja. Mein Arm«, sagte sie. »Es fühlte sich an, als ob mich jemand gestochen hätte. Inzwischen tut es auch ziemlich weh.«

Chris nickte. »Darf ich mal sehen?«

Val zeigte ihm ihren Arm.

Chris wirkte nicht mehr entsetzt. Er sah aus, als ob er durch das, was er vor sich sah, bestätigt wurde.

Val verdrehte die Augen. In ihren Fingern und Beinen kribbelte es. Was war nur los mit ihr? Ihr war, als ob sie am liebsten aus der Haut fahren würde. Vermutlich war es der Stress und diese Unwissenheit, und die Sorge um Jay und Steve. Ja, das musste es wohl sein.

»Hör mal, Chris«, sagte Val. »Ich weiß nicht warum, aber ich bin im Moment ziemlich aufgebracht, und meine Freunde sind verschwunden. Ich glaube, wir sollten uns endlich austauschen. Da ich die letzten paar Stunden geschlafen habe, würde ich vorschlagen, du fängst an, mir zu erzählen, wer du bist.«

»Klar.« Er sah kurz verlegen zu Boden. »Aber versuch bitte nicht in Panik zu geraten. Ich weiß es nicht genau, aber ich glaube, dass du ein Problem hast.« Chris deutete dabei auf ihren Unterarm. »Es ist einiges passiert, während du geschlafen hast. Ich erzähle dir erst mal, wie für mich alles angefangen hat, okay?«

Val nickte und lehnte sich aufmerksam nach vorne.

Chris begann zu sprechen, und egal, wie lange er schon geredet hatte, oder wovon er gerade sprach; immer wieder schweifte sein Blick flüchtig auf ihren Unterarm, und je mehr sie ihm zuhörte, je mehr sie ihm *zusah*, wie er ihren Arm musterte, desto mehr erkannte Val, dass sie anscheinend ein *großes* Problem hatte.

KAPITEL 3

Steve muss aufs Klo

1

Bevor das Kotzen begonnen hatte, war sich Steve sicher, dass er in Schwierigkeiten steckte. Nachdem es begonnen hatte, stellte er fest, dass er in verflucht großen Schwierigkeiten war. Vielleicht sogar in Lebensgefahr. Wie viel hatte noch gefehlt? Vielleicht eine Minute, vielleicht auch zwei. Dann wäre der Druck groß genug gewesen, so dass Steve nicht zu Bett, sondern nochmal rüber auf die Toilette gegangen wäre. Aber er hatte sich gedacht, dass er das über die Nacht schon aushalten würde.

Nun lag er in seinem Zimmer und starrte seit zehn Minuten an die Decke. Das Bettzeug war frisch, doch das Zimmer schmuddelig. Hier drinnen roch es verlassen und trocken und das Einzige, das sich neben einem Kleiderschrank im Raum befand, war ein Wandspiegel und eine steinalte Kommode.

Steve blickte auf die Uhr.

Es war halb drei Uhr morgens. Er hatte drei Stunden geschlafen und war nun erwacht. Nicht weil er ein Geräusch gehört hatte, und auch nicht, weil er schon ausgeschlafen war. Er wurde wach, weil er pinkeln musste. Und pinkeln hieß nicht einfach Hose auf und drauf los strullern. Pinkeln hieß, nach draußen und über den Verbindungstrakt zu gehen, wo Jay vielleicht einen Geist gesehen hatte – was Steve mittlerweile gar nicht mehr so abwegig vorkam –, in das Hauptgebäude zu spazieren und dann über die Treppe hinunter aufs WC. Das bedeutete »pinkeln gehen« in dieser Situation.

Er schielte noch einmal auf die Uhr.

Schon zwei Minuten nach halb. Wie doch die Zeit vergeht, wenn man das Leben genießt.

Das Wasser war jetzt schon am Anschlag und er wusste, es war an der Zeit. Er atmete durch, stand auf, schlüpfte in seine Sachen und schüttelte dabei den Kopf über den Umstand, dass er doch tatsächlich Angst vorm Dunkeln hatte. Dieser Ort machte ihn wahnsinnig. Er konnte es vor Val und Jay ganz gut verheimlichen, aber er wusste nicht, wie lange noch. Dieser alte, verlassene Geruch, diese Stille und diese unheimliche Landschaft, als er mit dem Auto hier vorgefahren war; all das strapazierte sein Nervenkostüm ungemein. Er griff nach einer Zigarette, während er sein Zimmer verließ.

Die einzigen Toiletten befinden sich im Hauptgebäude und drüben in der Garage, hatte der alte Sack gesagt, als Steve ihn gefragt hatte, wo er hin müsse, wenn er mal für kleine Jungs müsste.

Tja, dumm gelaufen Steve, dachte er sich. Man konnte eben nicht alles haben.

Steve überlegte kurz, ob er nicht einfach hinaus ins Freie gehen sollte, aber irgendwie wurde ihm bei dem Gedanken noch unwohler. Er trat auf den Gang hinaus – Gott, war es hier dunkel – und schloss die Tür hinter sich. Die Fenster am Flur zeigten hinaus in den Hof und ließen dem Gang nur wenig Licht angedeihen. Er dachte darüber nach, ob er den Lichtschalter anmachen sollte, der sich direkt neben der Tür befand. Doch dieser Ort hatte Steves Gedanken bereits geschädigt, und sein Verstand war darauf bedacht, keine Aufmerksamkeit zu erregen. Daran war vor allem Jay Schuld. Wenn er da drüben wirklich etwas gesehen hatte, dann hätte er das auch für sich behalten können. Zumindest bis morgen früh. Andererseits waren sie doch genau deswegen hier, oder nicht? Hier gab es einen Vermisstenfall aufzuklären und Jay hat wohl völlig richtig reagiert. Außerdem konnte er es Jay, dem alten Knaben, nicht übel nehmen. Vermutlich war ihm genauso zu Mute wie Steve.

Er entschloss sich also, das Licht nicht anzuknipsen, und ging den dunklen Flur entlang. Die Tür zum Verbindungstrakt stand offen. Vincent Homberg hatte das vorgeschlagen, da Frischluft im alten Gebäude Mangelware war. Durch die Fenster im Korridor bemerkte er, dass draußen gerade ein heftiger Sturm wehte, der den Regen wuchtig gegen die Scheiben prasseln ließ. Aufgrund der Bewölkung und des schlechten Wetters war im Innenhof jetzt noch weniger zu erkennen. Einzig die gekieste Fläche in der Mitte hob sich von der Dunkelheit ab. Steve hatte unter diesen Bedingungen allergrößte Mühe seinen Harn unter Kontrolle zu halten und bewegte sich im Eilschritt den schier endlosen Trakt entlang.

Während des Aufenthaltes in dieser Villa hatte Steve insgesamt zwei große Fehler gemacht. Der erste war es, vor dem Schlafen gehen nicht pissen zu gehen. Der zweite unterlief ihm, als er sich nur noch zwei oder drei Meter vor dem Eingang des Hauptgebäudes befand und seinen Blick nochmal über den Hof schweifen ließ. Denn durch das Fenster war ihm eine Bewegung zwischen der Gischt der aufprallenden Regentropfen aufgefallen.

Eine Person.

Dort unten, im triefenden Regen und dem mit Wasser nahezu überschwemmten Innenhof, marschierte doch tatsächlich jemand unter den Arkaden hervor. Um drei Uhr morgens. Und dieser Jemand machte nicht den Anschein, als ob ihm der Regen etwas ausmachen würde. Er schlenderte über den Kies, während das herab prasselnde Wasser regelrecht auf ihn einschlug, hatte seine Hände in den Jackentaschen und war unbeirrt auf dem Weg zum Hauptgebäude. Steve kam relativ schnell zu dem Schluss, dass es ein Mann sein musste, und er beobachtete, wie sein mittellanges Haar im Wind wehte, der im Innenhof einen wilden Wirbel zu erzeugen schien.

Wäre das hier nicht so ein elendes Spukhaus gewesen, und hätte Steve nicht eine prall gefüllte Blase zu bewältigen gehabt, hätte er vermutlich das Fenster geöffnet und nach der Person, die da unten vor sich hin spazierte, gerufen. In diesem Moment wusste er jedoch nicht was ihm wichtiger war: Diese Person weiter zu beobachten, oder endlich seine Blase zu entleeren, die mittlerweile schon ziehende Schmerzen verursachte.

Er entschied sich, noch eine Weile hier zu verharren, kniff die Zähne zusammen und drückte seine Oberschenkel aneinander, in der Hoffnung, den Druck dadurch in irgendeiner Art und Weise zu reduzieren.

Der Mann unten am Hof zog seine Hände aus der Tasche und hielt etwas in seiner linken Hand, das Steve nicht erkennen konnte. Er sah nur, wie sich der Mann eine Kapuze überzog und sich unter einen der Arkadenbögen stellte. Dann, urplötzlich, hob er seinen Kopf und blickte hinauf zu Steve. Er sah ihn direkt an.

Steve atmete erschrocken auf, blickte dem Kerl in die Augen – ohne dabei sein Gesicht zu erkennen, denn dafür war es zu dunkel – und ohne dass Steve es wirklich bemerkte, landete der erste Tropfen in seiner Unterwäsche.

So ein Scheiß, dachte er, denn reden fiel ihm gerade schwer. Der Mann stand dort unten und sah zu ihm hoch, und Steve bekam schon das Flattern, er wollte weglaufen in Richtung Toilette und endlich diesen Schmerz loswerden, doch plötzlich hob der Mann da unten im Regen seine Hand, streckte seinen Zeigefinger aus und zeigte damit genau auf Steve.

Das ist er, holt ihn euch, befürchtete Steve zuerst, aber das bedeutete die Geste nicht, denn der Fremde legte anschließend seinen Zeigefinger vor den Mund und winkte Steve zu sich.

Und das konnte wohl nur bedeuten, dass er wollte, dass Steve zu ihm runter kommt.

Na klar bedeutete es das.

Steve war sich nicht sicher, ob er das auch wollte, aber es war ein Signal, um sich in Bewegung zu setzen, und das tat Steve auch. Und wie.

Er sprintete zur Tür, durch den Flur und um die Ecke, die er so eng schnitt, dass er sich schon fast den Kopf daran stieß, und sprang in großen Schritten die Treppe hinunter. Die Tür zur Toilette war älter als seine Großmutter und hätte er den Hebel nicht rechtzeitig nach unten gedrückt, hätte sie seinem Ansturm vermutlich auch so nachgegeben. Als er vor der Schüssel stand und spürte, wie sein Herz raste, bedurfte es nur einer Sekunde der Entspannung, bevor der warme Strahl zu fließen begann und sprudelnd auf den Toilettenboden traf.

Nachdem er sich um einen Liter Harn erleichtert hatte und die Toilette verließ, schaffte er es langsam, sich wieder zu besinnen. Seine Atmung normalisierte sich, als er wieder hinaus in die Eingangshalle trat. Die starken Windböen, die ein paar leise, knarrende Geräusche verursachten und der Regen, der hin und wieder gegen die Fenster prasselte, waren in der Halle gleich der Akustik eines Orchesters zu hören. Steve durchströmte ein kalter Schauder, als er daran dachte, draußen nach dem Rechten zu sehen. Doch er hatte keine Angst davor. Er hatte sich von dem Schrecken erholt und sich gedanklich bereits darauf eingestellt, in den Hof zu gehen und diesen Fremden zu konfrontieren. Er kam nicht auf die Idee, Val und Jay zu wecken, um die Lage gemeinsam zu prüfen. Er kam auch nicht auf die Idee, dass ihr Vorgesetzter sie genau für diesen Fall zu dritt und nicht alleine hierher geschickt hatte. *Ich hab da ein ungutes Gefühl. Passt bloß auf euch auf*, hatte er im Büro zu ihnen gesagt, doch diese Worte hatte Steve nicht mehr im Kopf, als er auf die Tür zuging, die in den Innenhof führte. Er drehte den Türknauf, und als es leise Klick machte, drückte er die Tür nach außen. Zumindest versuchte er das, denn der tosende Wind blies mit abwechselnd starken Salven gegen den Türflügel. Steve wandte etwas mehr Kraft auf, woraufhin ein Luftwirbel die Innenseite der Tür erfasste. Mit einem Ruck öffnete sie sich zur Gänze und prallte nach hinten an die Wand. Eine kräftige Windböe erfasste Steve, als er hinaus trat und die Tür wieder schließen wollte. Auf halbem Weg entglitt ihm der Türknauf und die Tür fiel mit einem lauten Knall zu.

Steve drehte sich rasch um und durchlöcherte den Hof mit Blicken.

Er sah niemanden, doch er hörte etwas. Ein Ächzen, fast schon ein Stöhnen drang zu ihm, als er sich langsam unter den Arkaden hervor bewegte und auf die gekieste Hofmitte trat. Schon fast schweifte sein Blick an ihm vorbei, doch dann sah er ihn. Er sah Homberg, und nicht den Mann, den er vorher aus dem Gang beobachtet hatte. Er sah Vincent Homberg und er lag am Boden. Er starrte ihn an und Steve starrte ihn an, und dann ging Steve auf ihn zu, wollte ihm helfen, aber Vincent machte eine abweisende Handbewegung.

»Verschwinden Sie«, versuchte er zu rufen, aber seine Stimme klang schwach und krächzend.

Steve ignorierte das und kniete sich vor Homberg auf den Boden. Sein Gesicht war blass und seine Augen wirkten kalt und leer, als hätten sie etwas Entsetzliches gesehen, und eine unheimliche Furcht ausgestanden. Hombergs rechte Hand, die nach Steve zu greifen versuchte, zitterte. Steve hatte eine Hand noch nie so zittern gesehen. Dann griff er nach ihm, und zerrte Steve mit aller Kraft, die er aufbringen konnte, zu sich. Er wollte etwas sagen. Steve hörte ihn zunächst nur keuchen.

»Er ist hier«, stammelte Homberg kraftlos.

Steves Augen weiteten sich und er sah sich um. Er sah keine Menschenseele im Hof, aber die Dunkelheit hinter den Steinsäulen konnte etwas verbergen.

»Wer? Wer ist hier?! Reden Sie aus, Mann!«, schrie Steve ihn an. Es war beinahe notwendig, zu schreien, denn der prasselnde Regen war laut.

Dann hörte Steve hinter sich ein Knistern und im nächsten Moment spürte er einen schmerzhaften Stich im Nackenbereich. Er schrie lauthals auf, wusste aber nicht, ob er das des Schmerzes oder des Schreckens wegen tat.

Er wollte aufstehen, und sich umdrehen, und diesem Arsch, der sich von hinten angeschlichen hatte, die Beine lang machen, doch er taumelte nur zur Seite und fiel dann bäuchlings auf den Boden. Sein Atem ging plötzlich sehr schwer, und seine Arme und Beine schienen taub. Er lag flach auf dem Bauch und konnte nur noch seine Augen bewegen, die hektisch nach dem Angreifer suchten.

Steve fühlte sich schwach.

Und er wurde müde.

Er vermutete ein Betäubungsmittel, hätte am liebsten die Augen geschlossen und wäre hinfort geglitten in die Dunkelheit, aber mit einer letzten Kraftanstrengung hielt Steve seine Augen offen, sah eine graue Jean und braune Schuhe an seinem Gesicht vorbei schreiten, und hörte schließlich ein leises Gemurmel. Ein Flüstern.

Das Letzte, das er spürte, war ein erneuter Stich. Dieses Mal in den Unterarm.

Das Letzte, das er sah, war Jays fassungsloses Gesicht, das aus einem kleinen Fenster des alten Gebäudes auf ihn hinab blickte.

2

Seine Bewusstlosigkeit war eine Ansammlung irrwitziger Albträume gewesen, bevor Steve zu geistiger Klarheit erwachte.

Die Luft fühlte sich staubig an, voll von winzigen Körnern, oder sonst irgendeiner Form von Partikeln, als sie in seine Lunge strömte. Er war wach, so viel wusste er, aber Steve konnte weder ausmachen, wo er sich befand, noch, wie lange er weggetreten war. Und er konnte nichts sehen.

Nicht das Geringste.

Seine Augen waren geöffnet, auch das wusste er, und er konnte sich bewegen. Das Erste, das er nach der Dunkelheit und seiner geistigen Anwesenheit realisierte, war ein seltsames, aufgewühltes Gefühl in seiner Magengegend. Es waren keine Schmerzen, aber es fühlte sich beunruhigend an.

Vorsichtig richtete er seinen Oberkörper auf. Ein sanfter Luftstrom wehte ihm entgegen und er schloss instinktiv die Augen, um sie zu schützen. Aber er spürte nichts Unangenehmes. Die Luft, die auf seine Gesichtshaut säuselte, bewegte sich, war dynamisch, doch er war wohl kaum im Freien, denn außerhalb eines Gebäudes hätte er zumindest *etwas* Licht wahrgenommen. Ja, selbst bei einem bewölkten Nachthimmel hätte er irgendwelche Lichtreflektionen erkennen müssen, da war sich Steve sicher. Im Moment sah er jedoch rein gar nichts.

Als er genauer darüber nachdachte, wurden seine Gedanken panisch. Was hatten diese Kerle mit ihm gemacht? War er etwa erblindet? Er führte seine Handflächen zum Gesicht und tastete vorsichtig seine Augenlider ab. Sie fühlten sich unversehrt an und schmerzten auch nicht.

Es ist wohl einfach stockdunkel hier drinnen, kein Grund zur Panik, dachte Steve. Er dachte auch an Jay und Val. Möglicherweise war er noch nicht lange hier und ihnen war noch nichts passiert. Vielleicht schliefen sie noch in ihren Betten. In jedem Fall musste er etwas tun und herausfinden, wo er war.

Steve tastete mit seinen Händen den Boden ab, auf dem er saß. Er fühlte sich rau an, wie Beton oder Asphalt; es hätte aber auch eine Art Felsen sein können. Der Belag war jedenfalls sauber, er spürte keinerlei Staub, Sand, Schmutz oder dergleichen, als er seine Handflächen darauf rieb. Er spürte es sehr deutlich. Bis jetzt hatte er von diesem Phänomen immer nur gelesen, aber die Sinneswahrnehmungen schienen sich in ihrer Ausprägung tatsächlich zu verlagern, wenn eine davon nur eingeschränkt oder gar nicht zur Verfügung stand. Er fühlte seine Fingerkuppen und die Luft, die durch seine Nase strömte, klarer denn je. Vielleicht konnte er sogar –

Fltsch.

Erschrocken stoppte er seine Gedanken. Steve stand auf und drehte sich um. Seine Augen versuchten die Finsternis um ihn herum zu durchdringen, aber sie war viel zu vollkommen, als dass er irgendetwas hätte erkennen können.

Hinter ihm hatte er ein Geräusch gehört. Ein *nahes* Geräusch, eine Art Platschen. Aber es war kein Platschen, das man hörte, wenn Jay eine saubere Bauchlandung in seinem Swimming Pool hinlegte. Kein Platscher, der sich anhörte, als würde Wasser ausgeschüttet, oder etwas ins Wasser geworfen werden. Es hörte sich zäher und abgehackter an, so als hätte ein Kind seine Hand auf einen Wackelpudding geklatscht. Was ihn im Moment nervös machte, war gar nicht das Geräusch an sich, oder die Dunkelheit. Nein, das Beunruhigende war die *Nähe* des Geräusches, so als wäre es direkt hinter ihm passiert.

Instinktiv wich er drei Schritte von der Richtung zurück, aus der er diesen seltsamen Laut vernommen hatte.

Instinktiv ist immer schlecht, hatte Val einmal gesagt. *Instinktiv bedeutet, ohne Verstand handeln*, und damit hatte sie (wie so oft) recht. Die Schritte, die er rückwärts ging, hätten genauso gut ins Leere, in einen Abgrund oder dergleichen führen können. Er sah ja nicht einmal den Boden, auf dem er stand, so schwarz war es hier.

»Hallo?«, fragte Steve in die Leere, und erntete keine Antwort. Er ärgerte sich darüber, wie verängstigt und unmännlich sich seine Stimme anhörte.

Es kam ihm in den Sinn, seine Hosentaschen nach seinem Feuerzeug abzutasten, wurde aber enttäuscht. »Das muss ein verdammter Scherz sein«, schimpfte er leise, als er seine Taschen durchsucht hatte, denn die Mistkerle, die ihn betäubt hatten - oder was auch immer geschehen war -, hatten ihm seinen Geldbeutel, seine Schlüssel, sein Feuerzeug und seine Schachtel Zigaretten genommen.

Alles klar, Steve, es ist alles gut. Du überlebst das auch ohne deine Kippen, dachte er.

Aber mit dem Teil »es ist alles gut« und »Du überlebst das« lag er ordentlich daneben. So daneben hatte er nicht mehr gelegen, als er in der Oberstufe einen Fünfziger gewettet hatte, dass Kathrin Frieders Möpse aus der vierten Klasse in Wirklichkeit Implantate waren, und er eine Ohrfeige kassierte, als er sie danach gefragt hatte. Das Gelächter der Klasse und sein Scham waren groß gewesen. Der rote Handabdruck in seinem Gesicht allerdings noch größer.

Er strengte seine Augen noch einmal an, um etwas zu erspähen.

Negativ. Er würde nur herausfinden, was da war, wenn er darauf zugehen würde. Doch das wollte er ganz und gar nicht, und wie er soeben bemerkte, konnte er das auch nicht, denn im nächsten Moment kam dieses komische Gefühl in seinem Bauch wieder auf und es machte sich ein Rumoren in seinem Unterleib breit, dessen Geräusch ihn an den Motor seines alten Opels erinnerte, wie er an einer Steigung erbärmlich absoff. Und als es sich im ersten Moment noch in Ordnung anfühlte, wie harmlose, blähende Luft, die sich schnellstmöglich ihren Weg ins Freie bahnen wollte, folgten Schmerzen im Unterleib, die sich anfühlten, als würde jemand seinen Darm mit beiden Händen packen, und ihn kräftig umdrehen. Er konnte ein Aufstöhnen nicht unterdrücken, musste sich mit beiden Händen an den Bauch fassen und krümmte sich. Es erinnerte ihn daran, wie er vor Jahren einmal vietnamesisch gefrühstückt hatte (er würde es niemals wieder tun), und er den Rest des damaligen Tages auf einer Bahnhofstoilette verbringen musste. Es waren die besten fünfzig Cent gewesen, die er je in einen Toilettengang investiert hatte.

Fltsch!

Als er dieses eklige Geräusch erneut vernahm, und die Schmerzen in seinem Bauch einfach nicht nachlassen wollten, stieß er ein geplagtes Ächzen hervor. Seine Atmung wurde immer hektischer und glich nun fast einem Hecheln. Er spürte dabei wieder diese staubige, verunreinigte Luft und dachte dabei an das Bild eines dunklen, vermoderten Kellerlochs, wie er es als Kind einmal bei einem Nachbarn gesehen hatte.

Zum Teufel noch mal, was ist das eigentlich für ein Scheiß, wütete er in Gedanken. Er war zornig, aber verzweifelt zugleich, denn er konnte gegen die Schmerzen nicht das Geringste unternehmen. Er wusste ja nicht einmal, was die Männer vorhin mit ihm angestellt hatten. Er wusste nur, dass es nichts war, womit er auch nur ansatzweise gerechnet hatte, als sie zu dieser elenden Villa geschickt wurden.

Seine Verdauungsorgane ratterten ohne Unterbrechung, und sein Magen war kurz davor, den ersten Brechreiz in seine Kehle abzusondern.

Dann erinnerte Steve sich an das Fertiggericht, das er vor einigen Stunden in der Küche gegessen hatte, und wie er das mit allen möglichen Chemikalien konservierte Fleisch hinunter schlang, als hätte er seit Tagen nichts gegessen. Lag es etwa daran? Das Zeug musste doch schon längst vom Magen weiter gewandert sein. Wenn er jetzt Kotzen müsste, würde das bedeuten, dass er die Brühe aus seinem Darm heraufwürgte. War das überhaupt möglich?

Diese Gedanken waren nicht sehr förderlich, aber im Moment fühlte sich alles danach an. Es fühlte sich jedenfalls nicht wie eine herkömmliche Magen-Darm-Grippe an, wie er sie zuletzt vor knapp zwei Jahren hatte. Es fühlte sich an, als ob sich etwas *Aggressives* im seinem Körper befand.

Etwas Aggressives? Etwas Giftiges? Konnte das sein?

Verdammt, diese Schweine hatten sie mit den Lebensmitteln vermutlich vergiftet. Warum sonst hätte dieser verlogene Homberg ausdrücklich erwähnt, dass er Proviant besorgt hatte? Na toll. Jetzt versuchte sein Körper natürlich mit allen erdenklichen Mitteln, das Zeug loszuwerden.

Die Schmerzen ließen für einen Moment nach, senkten sich auf ein halbwegs erträgliches Niveau. Zurück blieb ein Gefühl der Schwäche. Steve versuchte sich zu besinnen.

Gift.

Wenn sich wirklich Gift in seinem Körper befand, war es vermutlich sowieso zu spät und er würde in jedem Fall verrecken. Aber für den Fall, dass er es doch überleben sollte, musste er verdammt noch mal einen Weg hier raus finden, Val und Jay suchen, und den Hersteller dieses Fertiggerichts zur Anzeige bringen. Aber lag es vielleicht gar nicht am Essen? Da war doch noch etwas anderes, oder? Ja, er konnte sich deutlich daran erinnern, dass er einen Stich an seinem Arm gespürt hatte, kurz bevor er bewusstlos geworden war. Vielleicht hatten sie ihm da etwas eingeflößt. Wer wusste das schon.

Egal. Er musste etwas unternehmen.

Steve streckte seine Arme aus, und marschierte geradewegs in eine Richtung, gewissenhaft aber nicht in die, aus der er vorhin dieses merkwürdige Geräusch gehört hatte. Es dauerte gar nicht lange, da stieß er auch schon auf Widerstand. Er fühlte eine geziegelte Wand, hämmerte kurz mit der Faust dagegen, um die Festigkeit zu prüfen, und lief anschließend daran entlang. Seine Hoffnung war es, eine Tür zu finden. Nicht unbedingt deshalb, weil er glaubte, dann geradewegs ins Freie marschieren zu können, sondern etwa um einen Lichtschalter zu ertasten.

Doch er kam nicht weit.

Er fasste sich an den Bauch, als die Schmerzen wieder einsetzten. Es ging alles sehr schnell, und er beugte sich nach vorne, als er eine Übelkeit in seine Kehle schnellen spürte, die er unmöglich zu bändigen im Stande war.

Und dann übergab er sich.

Das Erbrochene plätscherte auf den Boden und seine Würgelaute hallten durch das dunkle Verlies. Steve spürte den säuerlichen Geschmack auf seiner Zunge und in seinem Rachen. Er konnte nicht sehen, was er da ausgespien hatte, aber er hatte weiche, halbverdaute Häppchen in seiner Gurgel gespürt, die er durch einen Reflex versehentlich wieder verschluckte.

»Ach du Scheiße«, stöhnte er, und kaum hatte er dieses unschöne Wort ausgesprochen, kam eine weitere Ladung hoch. Dieses Mal fühlte es sich flüssiger an und es waren weniger Klumpen dabei, aber es kam auch etwas durch die Nase, wo die Magensäure furchtbar zu brennen begann. Irgendwo dort, wo sich Kehle und Nasenraum trafen, spürte Steve einen dicken Brocken Kotze, der sich verfangen hatte, und den er vergeblich versuchte, nach draußen zu würgen.

Steve war erschöpft und keuchte. Sein Hals brannte, und als er sich über die Lippen leckte, spürte er, wie sich dicke Speichelfäden daran gebildet hatten.

FLTSCH!

Schon wieder dieses Geräusch.

»WER IST DA?!«, rief er. Der Schrei kostete ihm soviel Kraft, dass sein Körper ihn prompt daran erinnerte, in welcher Verfassung er sich befand. Steve wurde schwindelig und er taumelte eine Weile herum, bis er wieder die Wand neben sich hatte, die er vorhin ertastet hatte. Er stützte sich daran ab wie ein alter Greis, der kurz vor einem Kreislaufkollaps stand.

Er wollte nochmals in den Raum rufen. Der Gedanke, dass seine Entführer dadurch auf ihn aufmerksam werden würden, gefiel ihm zwar nicht, aber mittlerweile war ihm das lieber als in dieser Dunkelheit einer Krankheit zu erliegen. Außerdem hatte er nicht das Gefühl, dass er Herr über diese Lage werden konnte, nur weil er sich unauffällig verhielt.

Steve öffnete bereits den Mund, um erneut zu schreien, als die Schmerzen in seinem Unterleib noch einmal verheerend zustachen. Dieses Mal so heftig, dass er nicht nur ächzen musste, sondern seine Augen auch beinahe zu tränen begannen. Und diese Schmerzen gingen plötzlich in etwas über, womit Steve eigentlich hätte rechnen müssen.

Als er den Drang spürte, wusste er sofort, dass er ihn nicht unter Kontrolle bringen konnte. Deshalb versuchte er es erst gar nicht. Zuerst dachte er, dass er es nicht einmal rechtzeitig schaffen würde, den Gürtel zu öffnen, aber es gelang ihm, und er zog seine Jeans mitsamt der Unterhose in einem Ruck nach unten. Kaum hatte er sich hingehockt, entfuhr ihm ein heißer, brennender Strom nach draußen wie Schießpulver durch ein Kanonenrohr. Als es vorbei war, wurde ihm wieder schwindelig. Und zwar so sehr, dass er Schwierigkeiten hatte, sich aufzurichten.

FLTSCH!

Dieses Mal erschrak er nicht mehr. Doch als er einen Schritt zurück machen wollte, um sich davon zu entfernen, verhedderte er sich in seiner Hose, die sich noch am Boden um seine Fußgelenke befand. Er versuchte sein Gleichgewicht zu finden, und griff nach der Wand, um sich festzuhalten, aber diese war zu weit weg und er selbst war zu benommen. Er stolperte rücklings zu Boden und plumpste mit seinem Hintern in den Haufen, den er gerade produziert hatte.

Mit einiger Mühe schaffte er es, sich aufzurichten. Ihm war kalt und seine Hände zitterten. Wenn das eine Grippe war, dann eine der übelsten Art. Innerlich glaubte er immer noch fest daran, dass seine Angreifer von vorhin ihm etwas verabreicht hatten, das ihm jetzt zu schaffen machte.

Steve zog sich sein T-Shirt aus und zerriss es in zwei Teile. Ein Kraftakt, an dem er beinahe gescheitert wäre. Dann säuberte er sich damit sein Hinterteil so gut es ging.

Er war dabei, sich seine Hose hochzuziehen, als er ein leises Poltern vernahm.

O Gott, dachte Steve, *ist das meine Rettung?*

Eine fiese Stimme sagte ihm, dass alles, was er gerade durchgemacht hatte, erst der Anfang war. Seine Entführer hatten gemerkt, dass ihr Gefangener wach geworden war und wollten jetzt nach ihm sehen. Aber musste das unbedingt etwas Schlechtes bedeuten? Vielleicht hatten die Kerle ja einen guten Grund gehabt, ihn von hinten niederzuschlagen, zu betäuben, und dann in ein dunkles Kellerloch zu stecken. Vielleicht pflegte man hier draußen ganz einfach andere Sitten und Bräuche als er es gewohnt war.

Es polterte insgesamt dreimal, und beim dritten Mal war das Geräusch so unmittelbar, dass Steve schon dachte, es sei neben ihm passiert, und dann rief er: »HEY! HILFE! ICH BRAUCHE HILFE!«

Es bedurfte einer unglaublichen Anstrengung, um seiner Stimme einen möglichst lauten Ton zu verleihen. Sein Körper fühlte sich kraftlos an, so als hätte er Fieber, und seine Stimmbänder taten noch vom Kotzen und Würgen weh.

Steve bekam eine Antwort. Es war zunächst nur ein leises Murmeln, aber dann hörte er es ganz deutlich. Und die Stimme, die er hörte, kam ganz sicher nicht von den Menschen, die ihn hier reingesteckt hatten, denn sie erwiderte folgendes: »Wo sind Sie? Rufen Sie nochmal!«

»Ich bin hier! HIER BIN ICH!« Steves Tonfall ging inzwischen in ein Krächzen über und er schluckte unter starken Schmerzen. Er betete, dass sein Retter den Hilferuf nun orten konnte.

»Alles klar.«

Ein Klopfen.

Ja, ein Klopfen. Der Mann klopfte an eine Tür.

Klopf. Eine Pause. *Klopf, klopf, klopf.*

»Hier drinnen?« Die Stimme klang dumpf, aber sehr nahe. So wunderschön nahe.

»Ja. Ja, hier bin ich«, sagte Steve, und dann leiser, für sich selbst: »Heilige Maria. Und Josef. Heiliger Josef und heilige Maria.«

Steve hörte ein Klappern. Die Person machte sich wohl am Türknauf zu schaffen.

»Okay. Die haben Sie hier eingeschlossen. Ich versuche das Ding zu öffnen. Warten Sie, ja?«

»Ich hab' Zeit«, antwortete Steve. Mit seiner Erleichterung war auch ein Teil seines Humors zurückgekehrt.

Steve wusste nicht, ob er das noch gehört hatte, denn es kam keine Antwort mehr und plötzlich war es wieder still. Er zweifelte nicht daran, dass die Stimme zurückkehren würde. Sie klang vertrauenswürdig, so als hätte sie vollstes Verständnis für Steves Situation. Als wäre sie nur wegen ihm gekommen.

Nachdem er sein Shirt geopfert hatte, um sein Gesäß zu säubern, und er ja ach so intelligent war und seinen Pullover nicht angezogen hatte, als er das Zimmer verlassen hatte, stand er nun mit nacktem Oberkörper da und zitterte unter der Kälte dieses finsteren Gemäuers. Aber konnte er sich einen Vorwurf machen? Er dachte zurück, und stellte fest, dass er ursprünglich bloß auf die Toilette musste, um zu pinkeln. Er hatte doch nicht damit rechnen können, dass ihm jemand auflauert und ihn niederschlägt, oder? Nein, das vielleicht nicht. Aber Steve wusste ganz genau, dass er die Regel missachtet hatte, als er in den Hof hinaus gegangen war: Niemals etwas auf eigene Faust unternehmen. Das war ihre gemeinsame Abmachung. Regel Nummer drei.

Das hatte er nun davon.

Steve hörte ein Kratzen. Sein Retter war wieder da.

»Alles klar dort draußen?«, erkundigte sich Steve.

Für einen kurzen Moment war es vollkommen still.

»Weg von der Tür!«, rief die Stimme. Sie klang fest und entschlossen.

»Bin ich«, antwortete Steve und hoffte einfach nur, dass er nicht direkt daneben stand.

WUMMS!

Ein lauter, donnernder Knall ließ ihn zusammenzucken. Was versuchte der Kerl? Etwa, die Tür einzuschlagen? Nun, Steve konnte es nur recht sein.

WUMMS!

Der nächste Schlag brachte ein unüberhörbares Knirschen mit sich, und Steve stellte sich verrostete Türangeln vor, die langsam aber unweigerlich der Gewalt nachgeben mussten, die auf sie einwirkte.

WUMMS!

Nach dem dritten Aufprall nahm Steve einen bräunlich-roten Farbton war. Er rieb sich die Augen und konzentrierte sich.

Licht!

Er erkannte die rötliche Ziegelwand, an der er vorhin gelehnt hatte. Und dann einen schmalen Lichtstreifen, ein paar Meter von ihm entfernt, der die ersten Konturen dieses Raumes offenbarte. Steve dachte daran, was das Licht noch so alles offenbaren würde, wenn die Tür ganz geöffnet sein würde.

WUMMS!

Wieder ein lautes Knirschen. Gestein bröselte auf den Boden und noch mehr Licht trat in den Raum.

Der letzte Schlag gab der Tür den Rest. Die Angeln waren aus dem Ziegelgemäuer gebrochen und ein paar weitere, sanftere Schläge (Steve hatte bemerkt, dass sein Retter offensichtlich einen Vorschlaghammer benutzte) folgten, und brachten die Tür schließlich zum Kippen. Sie fiel mit einem lauten Knall auf den Boden, und die Neonröhren, die draußen am Flur leuchteten, verdrängten sämtliche Schatten dieses Raums.

Steve hatte sich in seiner Fantasie schon verschiedenste Folterinstrumente ausgemalt, die sich um ihn herum befanden. Aber da gab es nichts. In dem Raum herrschte gähnende Leere. Auf dem Boden entdeckte er an manchen Stellen jedoch helle Schattierungen, so als ob dort vor kurzem Stühle, Tische oder dergleichen gestanden hätten. An den Wänden, und vor allem an der Decke bemerkte er Risse im Gemäuer, die direkt über ihm bereits bedrohlich groß wirkten. Ein Spalt klaffte so tief, dass dazwischen eine feuchte Erdschicht hindurch ragte. Steve erinnerte sich an den starken Regen, nachdem er sein Zimmer verlassen hatte. Die Erde über diesem Kellergewölbe wurde dadurch vermutlich aufgeweicht, und er beobachtete einen Erdklumpen, der sich von der Decke löste und auf den Boden klatschte.

Fltsch.

Dann wandte er sich mit einem unangenehmen Gefühl nach hinten. Dort befand sich die Schweinerei, die er angerichtet hatte. Die Kacke war kaum zu sehen, sie glich in etwa der dunkelbraunen Farbe des Bodens. Jemand, der nicht wusste, was hier passiert war, hätte nicht gewusst, dass das ein Fleck Scheiße war. Die Kotzflecken dagegen waren hell, und hoben sich schon um einiges deutlicher vom Boden ab. Schon alleine durch die kleinen Bröckchen, die sich darin befanden.

Sieht aus wie Häppchen, dachte Steve.

»O Mann, geht's Ihnen gut?«, fragte eine Stimme von der Tür her. Es war die Stimme seines Retters. Die Stimme des Mannes, in dessen tiefer Schuld er stand.

Steve ging es nicht gut, nein. Er fühlte sich nach wie vor schwach. Ihm war kalt, sodass er am ganzen Leib zitterte, und er hatte starken Durst. Er brauchte unbedingt Wasser, sonst wüsste er nicht, was noch so alles mit ihm passieren würde.

Er drehte sich zu der Person um.

Dort stand ein junger Mann mit Brille, und einer Hose, die viel zu weit für seine schlanke Figur war. Darüber trug er eine grüne Weste mit einer bauschigen, komisch aussehenden Wollaufschrift.

Steve ging auf ihn zu.

»Wasser wäre nett, haben Sie welches?«

Der Mann, etwas verblüfft über Steves Anblick, überlegte einen Moment und schüttelte dann den Kopf.

»Tut mir Leid. Aber es gibt einen schnellen Weg hier raus.« Er winkte ihn zu sich, und Steve folgte ihm durch einen Flur. »Bevor ich Ihren ersten Schrei gehört habe, war ich dort hinten im Tunnel. Dort gibt es anscheinend mehrere Kanalschächte, die nach oben führen. Aber dort vorne kommen wir schneller rauf.«

Kanalschächte? Tunnel? Wo zum Teufel war er hier gelandet?

»Ich heiße übrigens Chris«, sagte der Fremde.

»Stefan. Die meisten nennen mich Steve.«

Die beiden schüttelten sich die Hand.

»Chris, ich weiß nicht wie ich Ihnen danken soll.«

»Schon ok.« Chris betrachtete Steves nackten Oberkörper. »Haben *die* sie etwa ausgezogen?«

»Nein, das ist … «, fing Steve an zu erklären, » … ähm, nicht der Rede wert, würde ich sagen.«

Sie gelangten an eine Steintreppe, die sich in zahlreichen Windungen in die Höhe schlängelte.

»Ich werde mir ein paar Sachen holen, und nach meinen Freunden sehen, Chris«, sagte Steve. »Und dann müssen Sie uns in Ruhe erzählen, was Sie wissen, und wer Sie sind, in Ordnung?«

»Klar.«

Als sie am Ende der Treppe ankamen, standen sie in einem engen Gemäuer, das nicht länger als drei Meter war. Chris leuchtete mit seiner Taschenlampe die Wand ab, und Steve entdeckte einen Hebel, der zwischen zwei Ziegeln hervor ragte, und auch wenn er es nicht wahr haben wollte, wusste er genau, was gleich kommen würde.

Chris betätigte den Hebel. Über ihnen ertönte ein leises, elektrisches Surren und die Wand vor ihnen erhob sich.

Chris drehte sich mit einem Grinsen zu Steve und sagte: »Nicht schlecht, oder? Es gibt hier ziemlich viel High-Tech Zeug. Die Tür, hinter der Sie eingeschlossen waren, war mit einem Zeitschloss versehen und hätte sich nach einer Weile wohl selbst geöffnet.«

Steve wirkte fassungslos. Die Wand vor ihnen war innerhalb von Sekunden nach oben geschnellt, und mit einem Klickgeräusch eingerastet. Am Durchgang bemerkte er seitlich an der Wand Schienen, die scheinbar frisch geölt waren. Wer auch immer sich so etwas ausgedacht hatte, und hier eingebaut hatte, der musste einen driftigen Grund dafür gehabt haben.

»W-woher«, stammelte Steve. In seinen Augen funkelte nun ein Hauch von Misstrauen. »Woher wusstest du das?«

Chris zuckte nur mit den Achseln. »Ich hab mich hier umgesehen, und ein paar Entdeckungen gemacht. Deshalb bist du mit deinen Kollegen doch auch hier, stimmt's? Ja, wenn ich nicht völlig daneben liege, dann sind wir aus dem gleichen Grund hier. Allerdings hab' ich im Vergleich zu euch ein paar … « Chris suchte nach dem passenden Wort. » … Insider-Informationen.«

»Wenn das so ist, dann sollten wir möglichst bald darüber reden. Kommt man hier nach draußen?«, fragte Steve und deutete geradeaus.

Chris nickte.

Die beiden gingen weiter. Der Weg führte durch ein großes leeres Gewölbe, und Steve entdeckte nach dem Durchgang rechts ein Loch im Boden. Das musste einer der Schächte sein, die Chris erwähnt hatte.

»Wie gesagt, so kommt man auch nach unten«, erklärte Chris. »Ich hab's von unten geöffnet. Von oben her hätte ich es nie entdeckt. Die eine Seite des Deckels war mit dem Muster des Bodens hier versehen.«

»Getarnt also.«

»Ja, genau. Und ziemlich gut, wohlgemerkt.«

Hinter ihnen ertönte wieder das Surren, und die Wand bewegte sich nach unten. Als sie am Boden einrastete, verschmolz sie wieder mit der Dunkelheit. Kein einziger Spalt war zu sehen, kein einziger Hinweis, dass hier ein geheimer Durchgang hätte sein können.

»Schließt sich von selbst nach einer Minute«, sagte Chris trocken.

Steve reagierte gar nicht darauf. Die Fähigkeit, sich an diesem Ort noch über irgendetwas zu wundern, war ihm gänzlich abhanden gekommen.

Nachdem sie im Innenhof ankamen, sagte Steve zu Chris, dass er in der Küche auf ihn warten sollte. Steve wollte unbedingt nach Val und Jay sehen, auch wenn es sehr wichtig war, diesen Chris schnellstmöglich zu fragen, was zum Kuckuck hier eigentlich los war. Er machte auf Steve den Eindruck als wüsste er einfach alles. Die Möglichkeit, dass Chris unter einer Decke mit den Angreifern von vorhin steckte, hatte Steve bereits als sehr unwahrscheinlich abgetan, als er noch in dem Kellerloch steckte und Chris mit einem Vorschlaghammer gegen die Tür vorgegangen war. Es würde einfach nicht ins Bild passen.

Aber für den Moment war es ihm wichtiger, etwas zu trinken und nachzusehen, ob mit Val und Jay alles in Ordnung war.

Steve lief auf die Toilette und sah sich in den Spiegel. Das Gesicht eines Toten hätte zwar nicht lebendiger ausgesehen, aber es wäre nahe dran gewesen. Seine Haut war kreidebleich und seine Augen von winzigen Adern durchsäht. Er schaufelte sich ein paar Hände voll Wasser ins Gesicht und stillte seinen Durst. Als er diesem Bedürfnis nachgekommen war, merkte Steve erst so richtig, wie heiß sein Kopf sich anfühlte, und wie schwach seine Glieder waren. Und er stellte fest, dass es ein Fehler gewesen sein könnte, das kalte Wasser so hastig zu sich zu nehmen. Sein Magen bestätigte ihn in dieser Vermutung und sonderte eine Woge der Übelkeit in seinen Rachen ab, die ihn fast erneut zum Würgen brachte. Aber Steve schaffte es, die wichtige Flüssigkeit bei sich zu halten.

Er verließ die Toilette und ging in den Verbindungstrakt.

In seinem Zimmer angekommen, stopfte Steve all seine Sachen in den Rucksack, streifte sich seinen Pullover über und verließ den Raum wieder. Dann warf er einen Blick in Jays Zimmer, dessen Tür offen stand, und in dem das Licht brannte. Doch er war nicht da. Das Zimmer war bis auf Jays Sachen leer.

Nicht gut, dachte Steve. *Gar nicht gut.*

Er huschte hinüber zu Vals Zimmertür. Sie war geschlossen, und er drehte den Knauf so leise er konnte nach links. Steve öffnete die Tür und sah, wie Val seelenruhig in ihrem Bett schlummerte. Sollte er sie nun wecken? Möglicherweise hatte sie von nichts Wind bekommen. Er müsste sie wecken, und ihr alles erklären, was ihm zugestoßen war, bevor sie gemeinsam zu Chris gehen und mit ihm sprechen konnten. Außerdem wusste Steve gar nicht, ob Val im Moment etwas anhatte. Vielleicht wäre es besser, wenn er gleich zu Chris ging, und Val noch eine Weile schlafen ließ. Ja, das wäre wohl das Beste.

Er schloss die Tür wieder und machte sich auf den Weg in die Küche. Dort wartete Chris auf ihn. Er saß im Lotussitz auf dem Esstisch, lächelte, und hielt ihm eine Tasse Kaffee entgegen. Das war nett von ihm, aber Steve wünschte, es wäre stattdessen eine Zigarette gewesen.

KAPITEL 4

Jay beruft sich auf Paragraph 59

1

Ich hatte eine Regel gebrochen. Eine unserer Regeln. Es war die Nummer drei. Wir waren vielleicht noch nicht die Erfahrensten auf unserem Gebiet, aber während unseres Jobs hatten wir schon ausreichend Sachen erlebt, um gewisse Muster, und vor allem immer wiederkehrende Gefahren zu erkennen. Und eine Haupterkenntnis dabei war: Im Außendienst ist man besser zu zweit, als alleine. In unserem Fall: besser zu dritt. Deshalb lautete die Regel Nummer drei, niemals alleine loszugehen. Eine vermeintlich einfache Regel, die wir exakt für solche Situationen festgelegt hatten, und die ich nun gebrochen hatte. Es fühlte sich in etwa so an, als hätte man wochenlang an einem Diätplan gearbeitet, sich schon alle möglichen Gemüse- und Obstsorten angeschafft, um dann erst recht wieder zu McDonalds zu gehen. Einfach alles umsonst. Wer braucht schon die guten Vorsätze?

Nun, im Nachhinein betrachtet war es die beste Entscheidung, die ich in meinem Leben je getroffen hatte. Ich meine, eine Entscheidung (auch wenn man damit eine Regel bricht), die mir mein Leben rettet, musste zwangsläufig eine gute sein, oder? Ja, auf jeden Fall. Aber das realisierte ich erst nach der Schießerei und der Leiche neben mir. Bis dahin war es noch eine Weile, und bis dahin glaubte ich, dass es eine schlechte Entscheidung war, alleine in der Villa herumzuspazieren.

Es hatte damit angefangen, dass mir dieser Schatten nicht aus dem Kopf ging, den ich im anderen Gebäudeflügel gesehen hatte, als wir über den Verbindungstrakt gegangen waren.

Je länger ich wach im Bett gelegen hatte, desto stärker pochte mein Verstand darauf, dass es keine Einbildung gewesen war und ich mir die Sache nochmal ansehen sollte.

Als ich vom Bett aufstand und mich aufmachen wollte, um mir die Räumlichkeiten dieses schaurigen Palastes noch einmal genauer anzusehen, dachte ich durchaus darüber nach, Steve und Val (oder zumindest einem der beiden) Bescheid zu geben. Doch wie so oft im Leben gebot die von selbsterhaltenden Regungen geprägte Seite meines Verstandes über die professionelle, die in dieser Situation notwendig gewesen wäre. Wenn ich jetzt – nach Mitternacht wohlgemerkt – in ihre Zimmer gehen würde, dann würden sie bereits schlafen, und ich müsste sie wecken, und sie würden mir sagen, *dass wir uns das morgen ansehen werden, okay?*, und dann würde ich *alles klar* sagen und die beiden würden denken, dass ich einen Knall hatte. So war das nun mal mit mir. Es war mir schon immer wichtig, was andere von mir dachten, und außerdem: Was war denn schon dabei, einen kurzen Blick hinüber in den Raum zu werfen, und dann wieder zurück ins Zimmer zu gehen? Also wirklich.

Ich stand auf, zog mich an, und überlegte einen Moment, ob ich auch die Jacke anziehen sollte, warf sie dann aber zurück aufs Bett. Dann ging ich dorthin hinüber, wo Steve und ich vorhin mit diesem Homberg waren und durchsuchte alles noch einmal auf das Genaueste. Ich überprüfte auch die anliegenden Räume, aber es herrschte überall derselbe verlassene Sachverhalt: Staubige Möbel, muffiger Geruch und keine funktionierenden Lichter. Wie ich später feststellen musste, war es ein Segen für meinen Verbleib in dieser Geschichte, dass die Leuchten in den einzelnen Räumen sich nicht einschalten ließen.

Ich irrte also durch die finsteren Räumlichkeiten und verbrachte rund eine Stunde damit, den Flügel des Gebäudes zu erkunden, in dem ich vorhin geglaubt hatte, jemanden gesehen zu haben. Zuletzt begab ich mich in den Wintergarten, wo wir vorhin mit Homberg waren, um mich erneut zu überzeugen, dass hier niemand anwesend war, und in der Hoffnung, dass mich das in irgendeiner Hinsicht beruhigen könnte. Dabei stellte ich fest, dass draußen ein regelrechter Sturm tobte, und der Regen gerade heftig gegen die Fenster trommelte.

Nachdem ich den Wintergarten einer genauen Inspektion unterzogen hatte, ging ich wieder hinaus auf den Flur und wollte mich auf den Rückweg zu den Zimmern machen, als ich ein metallisches Geräusch am Ende des dunklen Korridors hörte. Ich konnte den Wind, der draußen im Hof tobte, nun durch den Flur pfeifen hören.

Ich kann mich erinnern, dass mein Brustkorb spürbar zu hämmern begann und nur Gott weiß, was passiert wäre, wenn ich den Gang entlang gehastet wäre und überprüft hätte, wer sich dort vorne befand. Für einen kurzen Moment war mir nämlich exakt dieses Vorhaben in den Sinn gekommen und richtig erschienen.

Ich befand mich im ersten Stock. Die Geräusche kamen eindeutig aus der Eingangshalle, die einen Stock unter mir, und am anderen Ende des Flurs lag. Ich verharrte an Ort und Stelle und lauschte dem Brausen des Windes, dessen Luftstrom mich jetzt auch hier oben erreichte.

Dann folgte ein lauter Knall.

Der Wind, dachte ich, *der Wind hat eine Tür zugeweht. Aber wer hatte sie geöffnet?*

Ich vermutete, dass es die Tür zum Innenhof gewesen sein musste. Der Knall klang für mich nicht nach der großen, schwerfälligen Eingangstür.

Ich horchte noch einen Moment, um festzustellen, ob jemand das Gebäude betreten hatte. Als ich keine Schritte vernahm, eilte ich zurück in den Wintergarten, denn durch die Fenster dort hatte man einen hervorragenden Blick auf den Hof. Ich schloss die Tür hinter mir und schlich mich geduckt zu einem der Fenster. In der Dunkelheit hatte ich übersehen, dass sich meine Schnürsenkel gelockert hatten, und einer davon sich jetzt löste. Ich spürte noch, wie ich darauf tappte, bevor ich darüber stolperte und fast auf die Knie fiel. Es glich einem Kunststück, dass ich es schaffte, mich rechtzeitig mit den Armen abzustützen und dabei keinen Laut zu verursachen.

Die restliche Strecke zum Fenster legte ich auf allen Vieren zurück.

Nicht geschickter als eine schwangere Kuh, mein Freund. Das wäre aus Steves Mund gekommen, wenn er jetzt hier gewesen wäre. Und so prekär diese Situation auch war, fragte ich mich, was ich wohl sagen sollte, wenn hinter mir plötzlich jemand auftauchen, und mich stirnrunzelnd ansehen würde.

Hi, was läuft? Machen Sie hier auch Urlaub?

Sämtliches sarkastisches Gedankengut, und alle Hoffnungen darüber, dass an diesem Ort eventuell gar nichts abnormal war, verflüchtigten sich augenblicklich, nachdem ich vorsichtig über die Kante des Fensterbretts lugte.

Das war nicht wirklich Steve, der dort unten im Hof lag, während der Regen auf ihn hinab prasselte, oder?

Doch er war es. Das war eindeutig sein T-Shirt und eindeutig seine Frisur.

Und um ihn herum standen zwei Gestalten. Eine von den beiden machte hektische Handbewegungen und schien der anderen Anweisungen zu geben. Dann packten sie Steves Körper an den Armen, schleiften ihn über den Hof, und verschwanden aus meinem Blickfeld.

Meine Augen waren immer noch starr auf den Punkt fixiert, an dem Steve gelegen hatte. Ich brauchte einen Moment, um geistig wieder zu mir zu kommen, zu realisieren, was ich eigentlich gerade gesehen hatte, und erkannte, dass ich meinen Arsch schön langsam in Bewegung setzen sollte.

Ich hastete zur Tür, und aus einem mir vorerst unerklärlichen Grund war es mir in diesem Moment der Panik wichtiger, Val zu wecken, anstatt sofort hinunter in den Hof zu gehen und die beiden Männer zu konfrontieren. Vermutlich war es die Einsicht, dass Steve den gleichen Fehler wie ich gemacht hatte, und alleine losgegangen war. Ein Fehler, für den er gerade gezahlt hatte, und den ich ihm sicher nicht nachmachen wollte. Es half niemanden von uns – und schon gar nicht Steve –, wenn ich den Männern voreilig folgte, um dann ebenfalls von ihnen überrumpelt zu werden. Mit Val würde ich nicht nur ein weiteres paar Augen an meiner Seite haben; sie hatte auch die gleichen Nahkampfkurse besucht wie ich, und zu zweit würden wir mit diesen hinterhältigen Mistkerlen schon fertig werden. Jedenfalls eher als alleine.

Deshalb sprintete ich den Flur entlang, zurück durch den Verbindungstrakt und den Zimmern.

Als meine Hand die Türklinke berührte, blitzte ein Gedanke in mir auf. Unscheinbar und von kurzer Dauer war er gewesen, aber mit ermahnender, und eindringlicher Stimme sprach er zu mir: *Was, wenn sie nackt schläft?*

Und dann: *Scheiß drauf!*

Mit einem entschlossenen Ruck öffnete ich die Tür zu Vals Zimmer und betrat es.

»Val?« Meine Stimme klang zunächst leise und zimperlich, als könnte sie sich in ein Ungeheuer verwandeln, wenn ich es wagte, sie aufzuwecken.

Ich schloss die Tür hinter mir und setzte dann mit lauterem Ton nach: »Valerie!«

Sie rührte sich keinen Zentimeter, lag nur vollkommen regungslos im Bett. Ihr rötliches Haar war weit geöffnet und über dem Kopfpolster verteilt.

Ich näherte mich dem Bett. Als ich vor ihr stand, versuchte ich es noch einmal. »Valerie, wach auf!«, sagte ich, doch sie schien meine Stimme nicht im Ansatz wahrzunehmen.

Ich ging neben ihr auf die Knie, fasste ihr an die Schulter und begann daran zu rütteln. Zuerst sehr sachte, als würde man ein Kleinkind wecken wollen, dann aber, als ich merkte, dass sie immer noch keinen Anschein machte, ihre Augen zu öffnen, immer fester. Ich wollte mich noch einmal wiederholen, und ihr *Val, wach auf, wir haben ein Problem* ins Ohr sagen, aber ich musste von ihr ablassen.

Eine Stimme aus dem Flur erregte meine Aufmerksamkeit.

Und diese Stimme hörte sich so nahe an, dass sie meinen Geist in sofortige Alarmbereitschaft versetzte. Ich konnte regelrecht spüren, wie das Adrenalin in meinen Kreislauf freigesetzt wurde, und meine Gedanken zum Rasen brachte. Meine Beine bestanden darauf, sofort zum Schrank zu gehen, und mich darin zu verstecken, aber ich verharrte an Ort und Stelle und versuchte darüber nachzudenken, welche Alternativen sich mir boten. Ich musste feststellen: Es gab keine. Hinauszugehen, mich diesen Personen zu stellen, und das Gespräch zu suchen, wäre ganz sicher eine reife und mutige Vorgehensweise gewesen, aber unter den gegebenen Umständen – vor allem nachdem ich gesehen hatte, was mit Steve passiert war – mit Sicherheit nicht die klügste.

Und außerdem war *er* wieder da. Er hatte hinter einer Ecke gelauert und wusste, dass sein Auftritt bevorstand. Der Feigling. Mein innerer Schweinehund.

Ich öffnete die größere Seite des Kleiderschranks – gottlob, er war nicht nur vollständig leer, sondern hatte auch keine Ablageflächen oder sonstige Fächer, die seine inneren Abmaße eingeschränkt hätten. Ich zwängte mich hinein, und bevor ich die beiden Türflügel an mich zog, hörte ich noch, dass es sich um zwei Personen handeln musste, die dort draußen vor der Zimmertür waren. Es klang nach einem Gespräch. Durch die Tür waren ihre Laute nur ein unverständliches Gemurmel, aber ein Wort hatte ich deutlich herausgehört. Es lautete: *Commander.*

Commander? Was zum Teufel war –

»Nur, wenn sie uns in die Quere kommen, oder sie unser Gesicht sehen, kapiert?« Die Stimme befand sich jetzt direkt vor der Zimmertür. Es war die Stimme einer Frau.

Es folgte das Geräusch der Türklinke.

Ich schloss die Tür des Schranks und zog den Bauch ein. Als ich bemerkte, dass diese verfluchte Schranktür nirgendwo einrastete, steckte ich den kleinen Finger ins Schlüsselloch, und hielt sie so davon ab, wieder aufzuschwingen. Dann begann ich zu beten, dass meine Anwesenheit unbemerkt blieb.

Die Zimmertür öffnete sich und dumpfe, polternde Schritte betraten den Raum. Es hörte sich nach Stiefeln an. Stiefel mit harten, dicken Absätzen.

Tock. Tock. Tock.

Äußerst konzentriert, und mit zusammengepressten Lippen zog ich meinen kleinen Finger ein klein wenig aus dem Schloss der Schranktür heraus, in der Angst, dass man ihn ansonsten von außen sehen könnte. Dabei fiel mir entsetzt auf, wie er bereits jetzt begann, schwitzig zu werden. Wie er begann, rutschig zu werden.

Tock. Tock.

Zwei weitere Schritte pochten außerhalb des Kleiderschranks, und dieses mal waren sie um einiges näher. Die zugehörige Person musste jetzt direkt vor mir stehen, und nur das alte, zwei Zentimeter dicke Holz dieser Schranktür trennte uns. Ich spürte die Anwesenheit dieser fremden Person unmittelbar. Für einen kurzen Augenblick war außerhalb des Schranks ein Atmen und das leise Rascheln von Kleidung zu hören. Daraufhin wurde es still.

Eine vorwurfsvolle Stimme in mir bestand darauf, dass ich Val eiskalt im Stich ließ. Insgeheim wusste ich jedoch, dass ich hier das einzig Richtige tat. Diese Typen hatten Steve vorhin bewusstlos geschlagen, vielleicht sogar – Gott behüte – totgeschlagen. Und so wie es schien, suchten sie jetzt auch nach mir und Val. Wenn ich ohne Vals Hilfe die Oberhand über diese Situation gewinnen wollte, dann war Diskretion wohl das Gebot der Stunde. Zumindest bis ich mehr Informationen hatte, was hier überhaupt vor sich ging. Außerdem rührte von irgendwoher eine Gewissheit in mir, dass dort draußen der Tod lauerte, wenn ich es wagen würde, mein Versteck zu verlassen. Der Tod. Dort draußen lauerte der Tod. Ich hatte keinen Ahnung woher diese Intuition kam, aber sie fühlte sich besonders zutreffend an, während ich regungslos in diesem Kleiderkasten stand.

Seit einigen Sekunden herrschte völlige Stille im Zimmer. Kein Laut drang in meine Ohren. Ich hätte meinen Finger gerne etwas gelockert, er schmerzte bereits. Aber bei dieser Stille konnte die kleinste Bewegung ein hörbares Geräusch verursachen, und was dann passieren würde, wollte ich mir gar nicht erst ausmalen. Also verharrte ich weiterhin, und hoffte, dass sich dort draußen bald etwas ereignen würde, denn die Luft hier drinnen begann allmählich dick zu werden.

Gerade als ich spürte, wie ein winziger Schweißtropfen meine Wange hinab lief, hörte ich außerhalb der Schranktür ein metallisches Klicken. Und kurz darauf wieder das Knistern von Kleidung. Ich versuchte mir eine konkrete Bewegung, eine Handlung zu diesem Geräusch vorzustellen, aber es hätte einfach alles sein können. Eine Person, die sich in die Jackentasche fasste, oder eine Person, die sich über Val beugte, um sie zu erdrosseln. Oder eine Person, die ihren Oberkörper umdrehte, weil sie ein verdächtiges Geräusch aus dem Schrank vernommen hatte.

Meine linke Hand war mittlerweile so schwitzig, dass ein Abrutschen meines kleinen Fingers aus dem Schlüsselloch unweigerlich bevorstand. Und dann wäre es aus mit mir. Die Schranktür würde sich öffnen und ich würde dem Grauen ins Gesicht sehen. Ich konnte dieses bedrohliche Gefühl einfach nicht verdrängen. Ich war mir sicher, dass sich dort draußen eine Person befand, die nicht zögern würde, mich zu töten, wenn diese verdammte Schranktür sich auch nur bewegte und das leiseste Geräusch verursachte. Ich fühlte die Feuchtigkeit, den Nässefilm, der sich zwischen der Haut meines Fingers und der Oberfläche der glatten, metallischen Innenseite des Schlosses befand. Bis jetzt hatte ich den mangelnden Grip an der Oberfläche wettgemacht, indem ich den Finger fester an die Innenseite des Schlosses presste. Aber damit war schön langsam Schluss. Wenn ich noch einen Deut fester drücken würde, würde mir entweder der Finger abfallen, oder mein Unterarm sich verkrampfen. Mir musste schleunigst etwas anderes einfallen, um diese Tür vom Aufschwingen abzuhalten.

Plötzlich hörte ich wieder dieses Wort. »Commander!« Und noch etwas, das ich nicht verstand.

Kurz darauf folgten wieder die polternden Schritte, die sich dieses Mal jedoch entfernten. Sie entfernten sich Richtung Ausgang, ja. Und nach einer kurzen Phase der Stille folgte das Klicken der sich schließenden Zimmertür.

Ich atmete erleichtert auf und löste meinen Finger aus dem Schloss des Schranks. Der Flügel schwang unter leisem Knarren ein paar Zentimeter weit auf und ließ gesegnete Frischluft in meine Atemwege gleiten.

Nach einer Minute verließ ich zögernd mein Versteck, betrat die schmutzigen grauen Fliesen des Zimmers, und beschloss noch einige Minuten zu warten, bevor ich mich aus dem Raum hinaus wagte, um sicher zu gehen, dass draußen am Flur auch wirklich niemand mehr war. Und ich versuchte nachzudenken, was zum Geier ich dann tun sollte.

2

Ungefähr zehn Minuten später raffte ich mich zusammen und öffnete die Zimmertür. Ich hatte die Versuche, Val zu wecken, aufgegeben. Hätte ich sie noch fester gerüttelt, hätte ich ihr etwas gebrochen. Entweder verfügte diese Frau über einen Tiefschlaf, der einem Homer Simpson Konkurrenz machen würde, oder sie wurde betäubt.

Ich brauchte nicht lange, um mir die weitere Vorgehensweise zu überlegen. Steve wurde dort draußen auf dem Hof niedergeschlagen, was bedeutete, dass hier Verbrecher anwesend waren. Verbrecher, denen ich in meiner Funktion als Detektiv nicht entgegnen konnte – ohne Dienstwaffe schon gar nicht – und laut meinem Institut auch nicht *durfte*. Ich hatte diese Selbstverteidigungskurse letztes Jahr absolviert, und sie seitdem zur Auffrischung regelmäßig wiederholt, aber ich konnte mich trotzdem nicht davon überzeugen, dass es das Richtige war, in dieser Lage (und noch dazu alleine) in die Offensive zu gehen. Diese Personen – ich wollte wetten, dass dieser Homberg mit von der Partie war –, wie viele es auch immer waren, kannten dieses Gelände vermutlich wie ihre Westentasche, und da sie anscheinend nach uns dreien suchten, würde es ihnen hervorragend in die Karten spielen, wenn ich unüberlegt durch die Villa stolpern würde, um nach ihnen zu suchen. Was hatte diese weibliche Stimme vorhin gesagt? Nur wenn sie uns in die Quere kommen, oder unser Gesicht sehen? Das war natürlich aus dem Kontext gerissen, aber als besonders einladend konnte man das wohl nicht bezeichnen.

Nein. Ich musste anders vorgehen, und das erste, das mir in den Sinn kam, war das Wort Verstärkung. Das Problem war, dass man Verstärkung in der Regel zunächst einmal rufen musste, bevor man auf sie zurückgreifen konnte. Da dieser Ort allerdings ein elendes Funkloch war, konnte ich das gleich einmal abhaken.

Ich kam letztendlich zur Erkenntnis, dass Steves Mercedes meine – und damit auch seine – letzte Rettung war. Ich musste von hier verschwinden, musste mit dem Wagen solange von hier fortfahren, bis mein Handy wieder Empfang hatte und ich Hilfe rufen konnte, auch wenn es sich nicht gut anfühlte, Val und Steve fürs Erste hier zurücklassen zu müssen. Aber es war nun mal die einzig vernünftige Vorgehensweise. Und sie hatte auch etwas Angenehmes an sich: Ich musste nämlich nicht hoffen, dass Steve seine Autoschlüssel in seinem Gepäck zurückgelassen hatte und dieses durchsuchen, denn wir hatten genau für solche Fälle unsere kleinen Abmachungen. Unsere Regeln. Und eine davon beinhaltete, immer einen Ersatzschlüssel unter der rechten, hinteren Wagentür seines Privatwagens zu verstecken, wenn wir uns im Einsatz befanden. Nun, es gab auch Regeln, die besagten, dass man sich nicht alleine ins Blaue aufmachen sollte, aber wenn ich es mir Recht überlegte, hatte mir der Bruch dieser Abmachung fürs erste die Haut gerettet. Auch wenn Steve nicht so viel Glück hatte wie ich.

Ich musste also lediglich zum Wagen sprinten, solange fahren, bis ich mit meinem Telefon das machen konnte, wofür es gedacht war, und dann die Zentrale anrufen. Die Banalität dieses Gedanken ließ ein kurzes Gefühl der Hoffnung in mir aufkeimen, aber dann musste ich daran denken, dass es bis zum Wagen ein ganz schön langer Weg war, und ich das Sprinten möglicherweise durch Schleichen oder vorsichtiges Vorankommen ersetzen musste. Schon alleine der Gedanke, noch einmal durch diesen Verbindungstrakt zu müssen bereitete mir Bauchschmerzen.

Für einen kurzen Augenblick überlegte ich, ob ich nicht einfach hier bleiben, und hoffen sollte, dass Val aufwachte, damit wir die Sache zu zweit angehen konnten. Aber ich schüttelte diesen Gedanken so rasch wieder ab, wie er gekommen war. Es war an der Zeit zu handeln. Jetzt.

Ich trat auf den Flur hinaus und die Kälte war jetzt noch beißender als zuvor. Durch die Tür des Verbindungsflurs zog es wie Hechtsuppe und die unheimlichen, pfeifenden Geräusche, die durch diese Luftströme entstanden, förderten den notwendigen Mut für meine Unternehmung nicht sonderlich. Ich schaute ein letztes Mal zurück zu Val, ob sie vielleicht doch noch aufgewacht war, sah sie aber unverändert im Bett liegen und schloss daraufhin die Tür.

Bevor ich mich aufmachte, warf ich noch einen nervösen Blick nach links, wo die gähnende Dunkelheit zu atmen schien. Irgendwo dort hinten musste ein Fenster oder eine Tür geöffnet sein, anders wäre dieser Luftzug hier nicht zu erklären gewesen. Dann wandte ich mich ab, blickte nach rechts, und ging auf den Verbindungsflur zu. In diesem Korridor, wo es in der frühen Nacht noch vom bläulichen Mondlicht geschimmert hatte, herrschte nun Finsternis. Der Himmel war bewölkt und spendete nur schwaches Licht, dass lediglich dafür sorgte, dass ich die Fensterflächen des Korridors erkennen, und so halbwegs geradeaus laufen konnte.

Ich erreichte die Eingangshalle, stieg die Treppen hinunter und näherte mich der Ausgangstür in den Haupthof, als hinter mir die Tür zum Innenhof aufgerissen wurde.

Ich fuhr herum und war auf das Schlimmste gefasst. *Hätte das nicht noch einen Augenblick warten können?*, dachte ich. Ich war kurz davor gewesen, hinaus und zum Auto zu stürmen und von hier zu verschwinden, doch jetzt stand ich wie angewurzelt da und hatte Angst davor, dem, was da auf mich zu kam, den Rücken zu kehren.

Auf der anderen Seite der Halle erblickte ich einen Mann – einen besonders großen und stämmigen Mann – mit schwarzem Parka und einer dunkelgrünen Cargohose. So eine Hose, wie sie Soldaten beim Heer trugen. Dieser Mann schloss nun die Tür hinter sich und sah in meine Richtung. Für den ersten Augenblick dachte ich, dass es jetzt vorbei war. Dass mich jetzt dasselbe Schicksal wie Steve ereilen würde, und mich dieser Bulle auf der Stelle niederknüppeln würde. Aber er wirkte weder gewalttätig, noch so, als hätte er die Absicht, mir an den Hals zu gehen. Seinem ersten Gesichtsausdruck zufolge hatte er mit vielem gerechnet, aber nicht damit, mich hier zu sehen. Was auch immer das bedeuten mochte.

»Ah. Der Abtrünnige«, sagte er. Seine Stimme klang besonders ruhig. Sein Gesicht wirkte entspannt, aber ich sah den leichten Schweißfilm auf seiner Stirn und seine nervösen Augen. Seine Augen machten mir am meisten Sorgen. Das Lesen von Menschen war eigentlich Vals Spezialität, aber man brauchte nicht besonders empathisch sein, um zu erkennen, dass dieser Mann vor irgendetwas Angst hatte.

»Was? Wer sind Sie?«, fragte ich. Ich wich nicht zurück, ließ ihn auf mich zukommen.

»Leonardt Bluefield ist mein Name. Und Sie sind Jakob Langert. Richtig?«

Ich nickte.

»Wollten Sie gerade raus?«

»Wollte ich, ja. Hören Sie, können sie mir sagen, was hier –«

»Ja, das kann ich, aber leider haben wir wenig Zeit.« Bluefield öffnete die Ausgangstür und winkte mich zu ihm. »Ich nehme Sie mit hinaus aus dem Wald. Das wollen Sie doch, oder?«

»Ja, um Hilfe zu rufen. Meine Freunde sind – «

»Ich weiß.« Wieder unterbrach er mich. »Folgen Sie mir einfach.« Und dann lief er los.

Ich folgte ihm. Nicht weil mich seine Worte überzeugt hatten, nicht weil ich ihm vertraute, sondern weil ich vorhin seine Augen gesehen hatte. Sie spiegelten Furcht wider.

»Wo ist Ihr Wagen?«, rief ich hinter ihm, als wir über den Hof rannten und ich abwechselnd auf meine Füße achten und dann wieder nach vorne schauen musste. Ich schaffte es, den schwer sichtbaren Pfützen, die sich im Hof angesammelt hatten, immer im letzten Moment auszuweichen.

Bluefield ließ sich zurückfallen und lief dann neben mir weiter. »Gleich dort vorne, am Beginn der Einfahrt«, zischte er. »Und schreien Sie nicht so herum. Wir haben hier einen Feind.«

Na das hört sich ja rosig an, dachte ich. Wieder schnellte ein Schuldgefühl über meinen Verstand hinweg.

Am großen Metalltor der Einfahrt angekommen, fasste Bluefield kurz in seine Jackentasche, woraufhin vor uns die Blinklichter seines Fahrzeuges aufblitzten.

Ich näherte mich ohne Umschweife der Beifahrertür und warf einen letzten Blick zum Anwesen zurück. Ich fragte mich inständig, was zum Teufel dort drinnen vor sich gegangen war, und wovor dieser Bluefield auf der Flucht war. Als ich die schattigen Umrisse der Villa betrachtete, zuckte über den Hügeln dahinter ein weißer Blitz, der die Baumwipfel auf dem Gebirgsgipfel wie bedrohliche Speerspitzen aussehen ließ, und den Talkessel in ein bizarres, grelles Licht tauchte. Für eine Sekunde lang sah alles um mich herum wie in einem Schwarz-Weiß-Film aus. Dann folgte eine Donnergrollen, das sich wie die Explosion in einem Kinostreifen anhörte.

»Nennt sich Gewitter. Könnten Sie jetzt bitte einsteigen?«, sagte Bluefield, der bereits angeschnallt war und den Motor angelassen hatte. Seine Stimme klang nebenbei bemerkt nicht mehr so gelassen wie zuvor.

Ich schwang mich auf den Beifahrersitz, warf die Tür hinter mir zu, und kurz darauf trat Bluefield auch schon aufs Gas. Der Wagen machte einen ruckartigen Satz nach vorne und der Motor heulte laut auf. Er schaltete in den zweiten Gang und aktivierte das Fernlicht der Scheinwerfer, und als er entdeckte, dass sich der Weg in den Wald weiter links befand, als er das in der Dunkelheit eingeschätzt hatte, riss er das Lenkrad so abrupt herum, dass das Heck des Vehikels auf dem gekiesten Untergrund leicht ausbrach, und mein Kopf gegen die Fensterscheibe schlug.

»Tut mir Leid«, entschuldigte Bluefield sich knapp.

»Schon ok. Mit Kopfschmerzen kenne ich mich aus.«

»Ich erzähl Ihnen gleich, warum ich … warum *wir* es eilig haben«, sagte er. Sein Gesicht war dabei konzentriert nach vorne gerichtet. Dazwischen warf er häufig einen besorgten Blick in den Rückspiegel.

»Ich brenne schon darauf«, antwortete ich.

Mit einem gehörigen Rumpler verliesen die Räder unseres Gefährts den ebenen Einfahrtsbereich des Anwesens und fuhren auf den matschigen, von Schlaglöchern übersähten Waldweg auf. Bluefield ließ sich von den Schlägen, die sein Wagen abbekam, nicht beirren und blieb weiter auf dem Gas. Natürlich bereitete mir das Sorgen, da ich in einem Stück unten auf der Landstraße ankommen wollte, um Hilfe zu rufen. In erster Linie machte mir seine rücksichtslose Fahrweise aber deshalb Angst, weil der Grund dafür offensichtlich ein ausgesprochen bedrohlicher sein musste. Und dieser Grund befand sich scheinbar hinter uns. Immer wieder wanderte sein Blick von der Fahrbahn in den Rückspiegel und dann wieder zurück auf den Weg. Als der Wagen in einem für diese unebene Forststraße viel zu schnellen Tempo durch den Wald holperte, waren meine Gedanken voller Aufregung und Panik über unsere vermeintlichen Verfolger und meinen Fahrer. Ich versuchte, die Ereignisse der letzten Stunden zu sortieren, versuchte, die Worte von Bluefield auf ihre Vertrauenswürdigkeit zu prüfen. Aber im Vordergrund stand ein unaufhörliches und an mir nagendes Schuldgefühl. Die Schuld, Steve und Val zurück zu lassen, wissend, dass sie einer Gefahr ausgesetzt sind. Einer Gefahr, der ich scheinbar um Haaresbreite entkommen war. Ich verdammte mich für mein Handeln, versuchte mir Vorwürfe zu machen, dass ich den Feigling wieder einmal hatte siegen lassen. Doch unterbewusst war mir alles andere als unwohl zu Mute. Unterbewusst bat mich dieser feige Kobold um Aufmerksamkeit, denn er hielt das Handbuch in seinen Händen. Das Handbuch, das jedem von unserer Abteilung zum Antritt ausgehändigt wurde, und dessen Paragraph Nr. 59 so wunderbar konform mit meinen ursprünglichen, ach so menschlichen Trieben war, den eigenen Arsch zuerst in Sicherheit zu bringen, bevor man an irgendjemand anderen dachte. Der Gedanke an diesen Absatz rief ein Gefühl der Entspannung in mir hervor, ließ mich sogar zufrieden über mein Handeln sein, ließ es mich als Erfolg werten, dass ich im bequemen Ledersitz dieses Geländewagens saß, während zwei meiner Freunde vielleicht dem Tod gegenüberstanden.

Und dann hatte ich diesen Paragraphen direkt vor meinen Augen. Ich sah ihn, weil ich ihn mir damals eingeprägt hatte. Ich war in der Lage, diesen expliziten Absatz aus meinem Verstand abzurufen, weil er mir, als ich ihn zum ersten Mal gelesen hatte, so unglaublich attraktiv vorkam. Weil er so unmissverständlich formuliert war. Weil er an Tagen wie heute nichts anderes als die Lizenz für Feiglinge war, davon zu laufen.

Im Falle einer Notsituation, bei der eine Gefahr von dritten Personen ausgeht, die absehbar zu körperlichen Verletzungen oder sonstiger Bedrohung der physischen Gesundheit des Ermittelnden führt, ist sofort die Zentrale zu verständigen. Die ermittelnden Agenten des Clarentown Police Departments sind nicht für physische Auseinandersetzungen gerüstet, und dazu angehalten, sich bei körperlicher Gewalt entsprechend einer Zivilperson zu verhalten.

Während mein Atem immer noch keuchend ging und mein Herz sich langsam wieder auf den Normalbetrieb einpendelte, schwebten diese Worte vor mir als ob sie greifbar wären.

Ich kannte diesen verfluchten Paragraphen auswendig.

Und ich hasste mich dafür.

Unterdessen warf Bluefield immer wieder diesen prüfenden und nervösen Blick in den Rückspiegel. Das machte mich schön langsam verrückt. Am liebsten hätte ich ihn angeschrien und gesagt: *Spucken Sie endlich aus, was sie wissen, Mann! Glauben Sie etwa, mir macht die kleine Spritztour hier Spaß?!*

Doch ich fragte nur: »Können Sie mir jetzt erzählen, was los ist?«

Und das tat er. Leonardt Bluefield erzählte mir, was los war. Zumindest begann er damit, bis die zwei Lichter vor uns auftauchten.

Und jetzt: Die Schlagzeilen

CUREGEN INDUSTRIES STELLT ERSTEN WIRKSTOFF VOR
Krebshemmendes Medikament verfügbar?
»Im Moment nicht mehr als ein Testlauf«, erklärt Geschäftsführer

TIERVERSUCHE BEREITS STATTGEFUNDEN?
Seltsame affenartige Geräusche wurden vernommen
»Ich weiß, was ich gehört habe«, berichtet Passantin

OFFIZIELLE FREIGABE FÜR TIERVERSUCHE
»Krebskiller« wird bald an Affen getestet

ERFOLGREICHE TESTSERIE BEI CUREGEN
Versuche an Menschen in Reichweite?
Forschungsleiter teilt mit: »Nur noch eine Frage der Zeit«

ANTI-KREBS INSTITUT TESTET BALD AN MENSCHEN
Ergebnis wird mit Spannung erwartet

KATASTROPHE BEI CUREGEN PROBANDEN
Probanden der Forschungseinrichtung laufen Amok
»Waffeneinsatz war vonnöten«, erläutert Polizeisprecher

FATALE NEBENWIRKUNGEN BEI MEDIKAMENTENTEST
Dutzend Bürger durch wahnsinnige Probanden schwer verletzt

INFEKTIÖSE VERLETZUNGEN DURCH CUREGEN PROBANDEN
Verletzte tragen schwere Wunden und Hautveränderungen davon
»Infekte und Ansteckung nicht auszuschließen«, sagt behandelnder Arzt

15 WEITERE AMOKPROBANDEN IN CUREGEN GEBÄUDE
Militärisches Spezialteam hat Situation »unter Kontrolle«
»Geben Sie uns zwei Stunden«, sagt Kommandantin Ramirez

Ein Artikel aus dem Heltana-Journal:

Curegen: Skandal oder Lehre?

Eine Zusammenfassung
von Patrick Ortner
17. November 2016, 23:54 Uhr (MEZ)

Drei Wochen hatte es gedauert, bis Curegen die Tierversuche offiziell bekannt gab, nachdem bereits erste Mutmaßungen stattgefunden hatten. Wie lange zuvor schon getestet wurde, ist zum heutigen Stand ungeklärt. Auch, inwieweit sich diese Tests im gesetzlichen Rahmen abspielten. Kritiker und Experten aus landesweiten Forschungsinstituten haben darauf hingewiesen: Medikamente dieser Art und Zusammensetzung gab es schon öfter, und sie führten in allen Fällen zum Misserfolg, weil „Nebenwirkungen dieser Größenordnung nicht zu bändigen wären", so Dr. Adam Krüger aus der Heltana-Universität für Medizin und Biologie. „Auch wenn man als Forscher im Bereich der Medizin oft an die Grenzen gehen will, wäre ein Test an Menschen verantwortungslos und riskant", führte er weiter aus.

Nun ist exakt dieser Fall eingetreten. Ein Test an Menschen. Curegen ist zuversichtlich, gibt sich selbstsicher. Die letzten Tierversuchsreihen hätten „keine Anzeichen von Reizüberflutungen mehr gezeigt", so der Forschungsleiter Prof. Sander.

Was auch immer für einen Curegen Mitarbeiter nun in die Kategorie Reizüberflutung fällt, damit was die Stadt heute erlebt, hat wohl niemand gerechnet.

Öffentlich bekanntgegeben und heiß erwartet wurde das heutige Datum, war es doch der Tag, an dem Curegen die ersten Verabreichungen an Menschen durchführte. Und heiß erwartet nicht nur des Forschungsinteresses halber: Unzählige Menschen, die selbst an Tumoren erkrankt sind oder Angehörige mit Krebs haben, haben diesen Tag herbeigesehnt, war es doch ein Hoffnungsschimmer für eine ausweglose Lebenssituation. Zwanzig Menschen (was übrigens die höchste Zahl an Probanden war, die in der Geschichte des Landes auf einmal interniert wurden) haben sich freiwillig gemeldet und unterschrieben.

Zur jetzigen Stunde befinden sich 15 der ursprünglich 20 Probanden im Curegen Gebäude und scheinen dort entweder eingesperrt zu sein, oder sich bewusst zu verschanzen. Die fünf Entflohenen, so berichten Augenzeugen, griffen wahllos Passanten auf der Straße an und fügten ihnen körperliche Verletzungen zu. Dr. Karl Lehner, der in seiner Praxis viele Verletzte der Übergriffe behandelt hatte, kommentiert: „Man kann natürlich keine exakten Aussagen treffen, ohne das Medikament und seine Inhaltsstoffe zu kennen, aber was ich von den Augenzeugen gehört, und vor einer Stunde selbst gesehen habe, scheinen die Probanden einem Verlust der kognitiven Fähigkeiten zu unterliegen." Zu den Verletzten, die mit den Probanden in Berührung kamen, sagt der Arzt folgendes: „Im Moment haben wir seltsame Geschwüre und entzündungsähnliche Rötungen an der Haut entdeckt. Eine Ansteckung ist nicht ausgeschlossen, weshalb die Betroffenen vorerst interniert wurden."

Wie geht es jetzt weiter?

Bürgermeister Gernot Wagner sieht angesichts der schockierenden Umstände „raschen und konsequenten Handlungsbedarf". Seine Vorgehensweise, das Verteidigungs-ministerium um Unterstützung durch das Militär zu bitten, stößt jedoch auf scharfe Kritik. Nicht zuletzt machte Sandra Redl, die Vorsitzende der linksliberalen Oppositionspartei EMP politischen Gebrauch von den aktuellen Ereignissen. „Der heutige Tag ist ein trauriger, nicht nur für die Menschen und ihre Angehörigen, sondern auch aufgrund der aktuellen Gesetzeslage, die die Rahmenbedingungen für solche gefährlichen Tests erst möglich gemacht hat", sagt sie in einem Interview mit der Lokalzeitung „Werft". Und weiter: „Jetzt Militär einzusetzen zeigt, wie unüberlegt und unmenschlich die Regierung mit Krisensituation dieser Art umgeht. Wir alle wissen, was der Einsatz von Militär bedeutet. Die Probanden zu versorgen und sie sicher aus dem Gebäude zu evakuieren ist sicher nicht Inhalt des Befehls". Konkret vermutet Redl eine rigorose Vorgehensweise durch Waffeneinsatz.

Bürgermeister Wagner verteidigt sein Vorhaben: „Wir alle haben die Bilder gesehen, und Ärzte bestätigen uns, welche Gefahr von diesen Probanden ausgeht. Es ist ein tragischer und furchtbarer Tag für uns alle, aber es handelt sich hier um 15 Menschen, von denen wir weder etwas über ihre Zurechnungsfähigkeit, noch über ihren geistigen Zustand wissen. Jetzt geht es in erster Linie darum, die Gefahr einzudämmen."

Der Verteidigungsminister entsandte nach Rücksprache mit Wagner ein 12-köpfiges Spezialteam, dass sich um die „außer Kontrolle geratene Situation" kümmern sollte.

Die aktuelle Lage

Simona Ramirez – ranghohe Kommandantin und Befehlshaberin über das Spezialteam „Phönix" – traf vor einer Stunde mit ihren Männern in Heltana ein und stellte sich für ein kurzes Gespräch zur Verfügung. Auf die Frage, wie ihre Befehle lauteten, antwortete sie: „Bitte haben Sie Verständnis, wenn ich mich dazu nicht äußern darf. Nur so viel: Die Anweisungen waren sehr präzise und unmissverständlich. Das Wort Sicherheit ist sehr oft gefallen, und darum werden meine Jungs und ich uns heute sehr bemühen. Geben Sie uns zwei Stunden, dann können Sie beruhigt zu Bett gehen."

Die Aussage von Ramirez und Bürgermeister Wagner legen nahe, dass mit den 15 Probanden, die sich noch im Curegen Gebäude befinden, wohl keine besonders sanfte Evakuierung stattfinden wird. Im Gegenteil: Es wird mit vielen Verletzten und auch Toten zu rechnen sein, sollten die Menschen im Gebäude ein Verhalten aufweisen, dass den Mustern der bisherigen Beobachtungen entspricht.

Im Moment hat das Militär kleinere Container und ein Zelt aufgestellt. Der Bereich um das Curegen-Gebäude wurde abgesperrt und die Medien erwarten mit Spannung den weiteren Verlauf der Ereignisse. Abzuwarten bleibt, ob dieser Vorfall einfach als Skandal in die Geschichtsbücher eingehen wird, oder ob Konsequenzen daraus folgen. Potential für Nachschärfungen an Gesetzestexten gäbe es in diesem Bereich allemal.

Patrick Ortner aus Heltana, am 17.11.16

| Zweiter Teil |
Wahn

Das Grauen und der moralische Terror sind deine Freunde.
Falls es nicht so ist, sind sie deine gefürchteten Feinde.

- Colonel Kurtz, Apocalypse Now

KAPITEL 5

Heltana

1

Ungefähr hundert Straßenkilometer westlich von Victor Theissens Herrenhaus lag Heltana, eine Stadt mit knapp fünfzigtausend Einwohnern. Am nördlichen Rand dieser Stadt befand sich Curegen Industries, eine Einrichtung, die sich seit zehn Jahren mit der Krebsforschung beschäftigte.

Beschäftigt hatte.

Team Phönix war vor Ort. Das Einsatzgebiet bestand aus einem Zelt, ein paar Containern und zahlreichen Scheinwerfern, die auf das Objekt ausgerichtet waren. Simona Ramirez, Einsatzleiterin und Kommandantin von Phönix, war auf dem Weg zu ihrem Arbeitsplatz für heute Nacht, und ihrem Elf-Uhr-Termin mit Leonardt Bluefield. Leo hatte heute seinen großen Tag, und er wusste noch gar nichts von seinem Glück. Er durfte an ihrer Stelle Team Phönix kommandieren, durfte ihr zeigen, was er drauf hatte. Und wenn diese … Angelegenheit hier vorbei war, und wenn der Einsatz nächste Woche in Greenwood halbwegs sauber über die Bühne ging, dann würde Ramirez vermutlich zurücktreten. Leo hatte einen leichten Hang zur Renitenz und sie haderte mit der Entscheidung, ihm den Trupp zu überlassen. Aber den heutigen Tag konnte sie ja noch abwarten; konnte zusehen, wie er sich machte.

Ihre Jungs standen bereits aufgefädelt im Zelt und warteten auf Befehle. Vermutlich hatten sie von ihrer Ankunft Wind bekommen.

»Rührt euch, Jungs«, sagte Ramirez. »Heute kommen die Befehle von Leutnant Bluefield. Ist doch eine nette Abwechslung, hab' ich nicht Recht?«

»Ja, Ma'am«, erwiderte ihre Mannschaft im Chor.

»Robert, kommen Sie hier her«, befahl Ramirez.

Robert Stratfort, der Gruppensprecher von Phönix, trat aus dem Zelt hervor.

»Was haben Sie für mich, mein Junge?«, fragte sie.

»Keine Veränderungen seit dem letzten Bericht, Ma'am«, antwortete Robert.

»Bewegungen? Weitere Flüchtlinge?«

»Negativ, Ma'am.«

»In Ordnung, Robert. Ich möchte von Ihnen, dass Sie die Stellung, und vor allem die Augen offen halten. Sie warten auf Befehle.«

»Jawohl, Commander.«

»Und noch etwas, Robert. Wenn Sie was Verdächtiges sehen – und damit meine ich auch einen Polizisten, der einen nervösen Arsch bekommt –, dann schlagen Sie nicht Alarm, sondern kommen zu mir. Haben Sie das?«

»Hab' ich, Commander.«

»Gut. Ab mit Ihnen.«

Robert Stratfort zog sich zurück ins Zelt.

Die örtliche Polizei bekam die Lage mit den neugierigen Einwohnern langsam unter Kontrolle, als Ramirez weiter über das Feld marschierte. Das Sperrgebiet erstreckte sich fast über den gesamten nördlichen Stadtrand von Heltana. Das Camp lag gegenüber von Curegen, auf der anderen Seite der Straße und direkt neben einer Tankstelle. Von hier aus hatte man einen hervorragenden Blick auf den Haupteingang und die Beamten, die das Gebäude umstellt hatten.

Sie ging die Stufen zu ihrem Container-Büro hoch und hielt noch einmal Ausschau, als sie vorm Eingang stand. Das Gebiet sah aus wie ein Freiland-Festival bei Nacht: Rechts hinter der Absperrung ein wahnsinniger Mob, der versuchte Fotos zu knipsen und Blicke zu erhaschen. Davor die Security, und auf der anderen Seite die Scheinwerfer, die die Bühne beleuchteten.

Ramirez musste lachen.

Ja, die Bühne, die sie schon so oft betreten hatte. Und heute würde es wahrscheinlich noch eine Spur verrückter werden. Heute war die Bühne das Gebäude von Curegen Industries und der Polizeisprecher hatte verkündet, dass der letzte Unversehrte das Gebäude vor sechs Stunden verlassen hatte. Alle, die es nicht verlassen hatten … *tja, Gott stehe ihnen bei*, dachte Ramirez. Sie fragte sich, ob diese armen Seelen auch irgendwann von selbst raus gekommen wären, oder es vorgezogen hätten, zu verhungern; fragte sich, ob sie überhaupt Empfindungen hatten.

Sie verschränkte die Arme hinter dem Rücken und beobachtete das Feld. Sie war wieder einmal die Feldherrin, und es fühlte sich gut an. Vielleicht würde sie den Dienst doch nicht quittieren. Vielleicht war es noch viel zu früh für Leo, denn was er damals in Kroatien abgezogen hatte, war unter aller Sau gewesen und das würde sie so rasch nicht vergessen, o nein.

Leonardt Bluefield fuhr mit seinem Subaru vor und parkte bei der Tankstelle.

Ein Privatwagen, was? Auch nicht schlecht. »Leutnant Bluefield!«, rief sie von ihrem Podest hinab.

Leo hob nur kurz die Hand zum Gruß, lud seine Tasche aus dem Kofferraum aus und näherte sich der Containersiedlung. Er sah heute etwas bekümmert aus, nicht ganz bei der Sache.

Schlechtes Timing für Trübsal, mein Junge.

»Freut mich, Sie zu sehen, Ma'am«, sagte Leo und salutierte, als er auf der vorletzten Treppe stand. »Wie geht es ihrer Lunge? Alles wieder locker, Commander? Oder muss ich in Deckung gehen?« Er lächelte. Ramirez hatte vor einem Monat eine Truppenübung absagen müssen, da ein Arzt an ihr Bronchitis diagnostiziert hatte. An dem Scheiß hing sie eine Woche lang, und sie hatte Leo über Funk Bescheid gesagt, dass er vertretungsweise für sie einspringen muss.

»Keine Sorge, Leo. Was da hoch kommt, heb' ich mir für die Verrückten dort drinnen auf«, antwortete Ramirez und hob ihr Kinn. »Wie weit sind Sie im Bild, mein Junge?«

»Nur das, was ich hier sehe, Ma'am. Und die Nachrichten.«

»Na dann folgen Sie mir. Ich bring' Sie mal auf Stand. Und lassen Sie die Tasche hier. Ich sage Linda, sie soll sie rüber zur Station bringen.«

Leo stellte die Tasche vorm Eingang ab und folgte seiner Vorgesetzten in den Container. Drinnen war es angenehm warm. Ramirez hatte hier einen übergroßen Schreibtisch, einen gemütlich aussehenden Drehsessel und eine Miniküche. Vor dem Schreibtisch standen zwei Stühle. Auf einem saß Linda Clarrey, die EDV-Spezialisten der Gruppe, und hantierte gerade mit ein paar Kabeln, die mit Ramirez' Laptop verbunden waren. Als Linda bemerkte, dass Ramirez den Container betreten hatte, fuhr sie herum und salutierte.

»Commander Ramirez«, sagte sie.

»Linda. Schön Sie zu sehen. Wie laufen die Vorbereitungen?«

»Fast fertig, Commander. Das Netzwerk hadert noch ein wenig.«

»Leutnant Bluefield und ich brauchen ein paar Minuten. Nehmen Sie doch inzwischen sein Gepäck mit zum Zelt.«

Linda unterbrach ihre Arbeit und tat, wie ihr aufgetragen wurde.

Ramirez setzte sich in ihren Drehstuhl, musterte Leo mit einem vergnügten Grinsen und deutete dann auf einen der freien Stühle.

»Ich biete Ihnen keinen Kaffee an, weil ich keinen habe. Können Sie darauf verzichten, mein Junge?«

»Für Sie mache ich eine Ausnahme, Commander.«

Ramirez lachte auf. Bei ihr wusste man jedoch nie, ob es echt war. Wenn man Simona Ramirez gegenüber saß, spürte man förmlich die Intelligenz, die sie versprühte. Ihre Augen strahlten dabei eine Gerissenheit aus, die jemanden vor Ehrfurcht zum Schweigen bringen konnte, und in denen immer ein Schatten lauerte, hinter den man nicht zu blicken vermochte.

»Das freut mich, Leo, das freut mich. Die Kaffeemaschine kommt aber noch, und ein paar Croissants auch. Hab' ich mir extra bestellt, wissen Sie? Die besten in dieser Gegend hier. Wissen Sie, warum wir hier sind, mein Junge?«

Der abrupte Themenwechsel ließ Leo kalt. Nach zweijähriger Zusammenarbeit mit Ramirez wusste er, dass man bei dieser Frau aufmerksam, und auf das Unerwartete gefasst sein musste.

»Wir sollen eine medizinische Einrichtung von wild gewordenen Probanden befreien«, antwortete Leo und blickte dabei etwas betroffen zu Boden.

»Das ist exakt das, was wir vorhaben, mein Junge. Deshalb werden wir dieses Gebäude stürmen und von dieser Plage befreien. In diesem – «

»Aber Ma'am«, sagte Leo. »Ich denke es wäre richtig, wenn wir die – «

»*Leutnant Bluefield!*«, brüllte Ramirez. Ihre Stimme scholl laut durch den Raum.

Leo zuckte zusammen und sah sie erschrocken an. Was war denn jetzt los? Heiliger Bimbam.

»Leo, unterbrechen Sie mich nicht noch einmal. Beim allmächtigen Herrgott, tun Sie es nicht erneut«, sagte Ramirez mit urplötzlich sanfter und einfühlsamer Stimme.

»Bitte verzeihen Sie, Ma'am.«

»Entschuldigung angenommen, mein Junge. Der Herr liebt und vergibt, und so wollen wir beide es auch halten.« Ramirez sah beim Fenster hinaus und fuhr fort. »In dieser Einrichtung, die da hell erleuchtet und von Polizeibeamten umstellt ist, wurden Anfang 2014 intravenöse Mittel an Tiere verabreicht, die das Wachstum von Krebsgeschwüren hemmen sollten. Zu diesem Zeitpunkt war die Entwicklung dieses Mittels schon so weit, dass an den Versuchstieren keine gravierenden Nebenwirkungen mehr festzustellen waren. Tja, die Tests liefen weiter, und bis Mitte 2014 lief alles wie am Schnürchen für unsere Forscher. Bis man endlich Versuchsreihen an Menschen testen wollte. Der Mann, der eine Anfrage für Menschenversuche einreichte, hieß Eckard Hendry.« Sie seufzte. »Mein Gott, Leo, wie kann man ein Kind denn bloß so taufen? Jedenfalls hat irgendein Junkie diese Anfrage doch tatsächlich genehmigt und, na ja, den Rest kann ich der Menschheit nicht übel nehmen. Sie etwa, Leo?«

Leo wusste, worauf Ramirez hinaus wollte. Ein Krebskranker, dem der Tod prophezeit wurde, würde sich sofort als Proband zur Verfügung stellen, soviel war klar.

»Nein, Ma'am, ganz sicher nicht.«

»Die Eierköpfe in dem Gebäude hatten sich entschieden, nicht einen, nicht zwei, sondern gleich zwanzig Probanden aufzunehmen. Alles Männer, und laut Personalien teilweise groß und stämmig gebaut, müssen Sie wissen. So, Leo. Jetzt haben wir den Salat, nicht wahr?«

Leo antwortete nicht.

»Laut Beobachtungen sind fünf entkommen. Drei liefen in ihrem Wahnsinn in den Wald, zwei von Ihnen in die Stadt. Und jetzt hören Sie mir ganz genau zu, mein Junge.«

Leo, der ohnehin sehr aufmerksam lauschte, richtete seinen Oberkörper demonstrativ nach vorne.

»Die Zivilisten, die angegriffen wurden, trugen nicht nur Verletzungen davon, die auf Gewalt zurückzuführen waren. Es gab Beobachtungen von Hautveränderungen bei Personen, die auch nur in Kontakt mit den Probanden kamen. Einige Fälle gingen so weit, dass Risse und offene Wunden entstanden. Mein letzter Stand, den ich vor einer Stunde aus dem Heltana Central rein bekommen habe, ist, dass die Ärzte momentan überfordert sind und im Moment keine – ich wiederhole: keine – Heilmethoden parat haben.« Ramirez verstummte für einen Augenblick, und rieb sich mit ihrer rechten Hand die Stirn. Dann sah sie Leo direkt an. »Unser Auftrag lautet: Säubern des Gebäudes Objekt 396A der Stadt Heltana und anschließende Patrouille in der gesamten Stadt für die nächsten vierundzwanzig Stunden. Die Säuberung wird ausschließlich von Team Phönix durchgeführt. Bei der Patrouille werden wir von der örtlichen Polizei, sowie der Bundeswehr unterstützt.

Und Leo, ich sage bewusst *Säuberung*. Wir haben es hier mit Wildgewordenen zu tun, die noch dazu einen Infekt übertragen können. Wir müssen jeden, der dort drinnen nicht sofort die Hände hebt und um Gnade winselt, als gefährlich einstufen. Haben Sie mich verstanden, Leutnant?«

Leo nickte, doch Ramirez meinte zu spüren, dass in seinem renitenten Gehirn schon wieder eine eigene Meinung heranwuchs und er den Befehl wieder einmal in Frage stellte.

»Gut«, sagte sie trocken, stand auf und blickte hinaus zum Zelt. »Wenn Sie keine Fragen mehr haben, dann gehen Sie jetzt und bereiten sie die Jungs auf den Einsatz vor.«

Leo sah sie überrascht an. »Ma'am, wie meinen Sie – «

»Sie werden heute der Phönix-Leader sein, Leo. Machen Sie mich stolz, und machen Sie ihr Land stolz. Ich wette meinen Arsch darauf, dass die Bilder dort draußen gerade um die ganze Welt gehen. *Probanden eines Anti-Krebs Instituts mutieren zu Zombies*, o ja, und Team Phönix, gelobt sei der Herr, steht im Mittelpunkt. Jetzt gehen Sie, Leutnant. Der Einsatz soll in einer Stunde beginnen. Ich werde mit von der Partie sein, keine Sorge. Gott der Vater stehe uns bei.«

Einige Männer aus Team Phönix hielten Ramirez für eine Psychopathin, eine Irre, und Leo hatte heute zum ersten Mal das Gefühl, dass dies der uneingeschränkten Wahrheit entsprach. Auf den ersten Blick meinte man stets, nichts als eine athletische und intelligente Frau zu sehen, aber wenn man nicht aufpasste, konnte man auf ihre weibliche Seite anspringen und unkonzentriert werden. Und das war bei ihrem unberechenbaren Temperament brandgefährlich.

Leonardt Bluefield wollte noch ein paar Worte sagen, einige Sachen loswerden, aber er hielt es für besser, zu schweigen und ging Richtung Tür. Bei einigen Einsätzen hatte es Meinungsverschiedenheiten zwischen den beiden gegeben und Leo hatte nicht immer nach Ramirez' Willen gehandelt. Ihre Weltanschauung und ihr Moralverständnis waren rigoros und unethisch.

Ich und ein Erschießungskommando unschuldiger Menschen? Mit Sicherheit nicht, dachte Leo. Und wenn Ramirez ihm schon die Einsatzleitung übergab, dann würde er es auf seine Weise machen. Auch wenn er wusste, dass diese Frau jeden Fehltritt, den er sich unter ihren Fittichen erlaubt hatte, registriert hatte. Und heute würde ein weiterer hinzu kommen. Heute würde Leo vermutlich erfahren, wie weit man bei Ramirez gehen durfte.

»Leo«, sagte Ramirez, als er bereits unter dem Türrahmen stand.

Er drehte sich um.

»Glauben Sie nicht, dass mir das leicht fällt. Glauben Sie es bloß nicht. Manchmal muss getan werden, was getan werden muss. Sind wir auf einer Wellenlänge, mein Junge?«

»Ja, Ma'am«, log er, und ging hinaus in die Nacht.

2

Die Befragungen waren endlich zu Ende und Christopher Gorman hatte schon ernsthafte Sorgen gehabt, dass sie ihn einsperren würden, dass ihm das Gleiche widerfahren würde wie ein paar seiner Kollegen aus der Firma, die nachweislich einige Ungereimtheiten des Myteraxins vertuscht hatten. Aber Chris hatte nichts zu befürchten gehabt. Denn er war einer der letzten gewesen, die etwas vertuscht hätten, wenn er die Möglichkeit dazu gehabt hätte.

Es war ein gutes Gefühl, als Chris den Polizeiposten verließ und hinaus auf den Bürgersteig trat. Er hatte noch einiges vor am heutigen Tag. Ob die Beamten ihm die Story geglaubt hätten? Möglich. Aber eher unwahrscheinlich. Chris hatte das erst gar nicht versucht. Schließlich hatte er ein Ass im Ärmel. Leonardt Bluefield hieß dieses Ass, und er musste ihn nur überzeugen können, dann würde er sein Ziel erreichen.

Chris machte sich auf den Weg zum Curegen-Gebäude, seinem ehemaligen Arbeitsplatz. Dort fanden sich im Moment zuhauf Soldaten, Polizisten und Journalisten und Chris hatte so seine Zweifel, ob er überhaupt nahe genug herankommen würde. Durch die Stadt war es ein kalter Fußmarsch von zwei

Kilometern. Die Nacht war dunkel und bewölkt, und der Straßenverkehr war im Moment das reinste Chaos. Chris hatte nicht einmal in Erwägung gezogen, in seinen Wagen zu steigen und sich dem Stau noch einmal zu stellen.

Nach etwa zwanzig Minuten Gehzeit sah Chris sein Ziel. Das Curegen-Institut war durch unzählige Scheinwerfer in hellem Weiß erleuchtet. Es erinnerte Chris an irgendeinen amerikanischen Kinostreifen, in dem sich Terroristen in einem umstellten Gebäude verschanzten und Geiseln bei sich hatten. Drüben, in der Nähe des Gebäudes, hatten die Einsatzkräfte alle Mühe, die Leute hinter der Absperrung zu halten. Hauptsächlich Reporter, Journalisten und ein paar Kameramänner, soweit Chris das erkennen konnte. Hier, in der Nähe der Tankstelle, war keine Menschenseele und Chris trat bis auf einen Meter an die Absperrung heran. Der Polizist, der hier den Posten hielt, sah ihn misstrauisch an.

»Halten Sie sich bitte hinter der Absperrung, ja?«, sagte der uniformierte Mann.

»Natürlich, Officer«, erwiderte Chris.

Ein paar Meter neben der Tankstelle war ein großes Zelt aufgeschlagen, und Chris beobachtete eine groß gewachsene Frau in schwarzer Cargohose und dunkelgrauer Jacke. Die Männer im Zelt schienen ihr zu salutieren, und kurz darauf gab sie einem Soldaten Anweisungen. Dann marschierte sie weiter Richtung Container. Chris überlegte kurz, ob er ihr zurufen sollte, und nach Leonardt Bluefield fragen sollte, aber sie sah sehr zielgerichtet und wie eine ranghohe Kommandantin aus. Vermutlich nicht die beste Idee.

Chris war bereits am überlegen, ob er am anderen Ende der Absperrung mehr Erfolg haben würde. Dort hatte man bessere Sicht auf das Zeltlager der Soldaten. Doch er blieb noch eine Weile hier und sah, wie ein Wagen an der Tankstelle parkte. Chris kannte die Marke nicht, aber das Fahrzeug erinnerte ihn an einen alten Jeep. Ein stämmiger, mittelgroßer Mann stieg aus dem Fahrzeug.

Das war seine Chance. Er wollte nach dem Mann rufen, doch jemand anderes kam ihm zuvor.

»Leutnant Bluefield«, ertönte eine Frauenstimme.

Der Mann – Bluefield – hob die Hand, lud noch etwas aus dem Wagen aus, und ging dann in die Richtung, aus der die Stimme kam.

Bluefield. Das war sein Mann. Ein schöner Zufall, dass er direkt vor seiner Nase aufgetaucht war. Aber was nun? Chris hatte vermutlich nur eine Chance und er durfte es nicht vermasseln. Geduld war wohl das Gebot der Stunde. Er beobachtete Bluefield, wie er die Treppen zu den Containern hochstieg und begann, sich für den richtigen Augenblick einige Worte zurechtzulegen.

3

Leo wollte die Tür hinter sich schließen, als er Linda vor sich stehen sah.

»Ihre Tasche habe ich Stratfort übergeben, Leutnant«, sagte sie.

»Vielen Dank, Linda. Ich denke, sie können wieder rein.«

»Ja, Linda. Kommen Sie rein«, hörte man Ramirez' Stimme im Hintergrund. Dieses Weib hatte Ohren wie ein Luchs.

Leo ging an Linda vorbei und stieg die Treppen hinunter. Ihm gingen viele Dinge durch den Kopf und er überlegte, wie er die Sache in einer Stunde angehen sollte. Wie sollte er ans Team herantreten? Wäre es vielleicht besser, einfach das zu tun, was Ramirez wollte? Er hätte ihren Befehl am liebsten in den Himmel gejagt und dafür gesorgt, dass alle Probanden das Gebäude lebend verließen. Doch was hatte er zu erwarten, wenn er sich ihr schon wieder widersetzte? Was hatte er zu erwarten, wenn diese Probanden wirklich so gefährlich waren, wie die Zeitungen schrieben?

Nachdenklich und langsam marschierte er über die Straße und hinüber zum Zelt, als er von rechts her eine Stimme vernahm.

»Hr. Bluefield. Sir!«, rief die Stimme. Sie kam von hinter der Absperrung. Ein Ort, der ihn nicht zu interessieren hatte. Schon gar nicht jetzt.

Leo wusste nicht, dass außerordentlich viel davon abhing, ob er nun weiterging oder nicht.

»Hr. Bluefield, ich weiß, Sie haben einen Einsatz, aber ich denke, das sollten Sie wissen.«

Jetzt blieb Leo stehen. Die Stimme hatte für den Moment seine Aufmerksamkeit.

4

Der Mann blieb stehen und Chris hielt den Atem an.

Jetzt bloß keinen Mist bauen, dachte er.

Ob er sein Ziel erreichen würde, hing davon ab, was er zu diesem Mann sagte. Sollte er warten, bis sich Bluefield zu ihm umdrehte, oder sollte er einfach weitersprechen? Chris entschied sich für zweiteres.

»Sie machen sich Sorgen wegen dem Einsatz, nicht wahr? Sie denken, dass es nicht richtig ist. Die Bilder in den Medien waren schaurig, ja, aber ich hätte nicht gedacht, dass die Regierung deswegen ein Spezialteam schickt und die ganze Bundeswehr der Stadt alarmiert.«

Bluefield hatte sich immer noch nicht umgedreht, und als Chris eine Sprechpause einlegte, ging er plötzlich weiter.

»Sie machen sich Sorgen um die Probanden dort drinnen, aber glauben Sie mir, die sind nicht das Problem«, setzte Chris nach.

Erneut blieb Leo stehen. Dieses mal drehte er sich jedoch um und sah hinüber zu Chris Gorman. Er trug einen grünen Sweater und eine große, dämlich aussehende Brille. Sein braunes, mittellanges Haar wehte im immer kälter werdenden Wind.

Er ging auf ihn zu.

»Wie meinen Sie das?«, fragte Leo, als er sich Chris näherte.

Chris blickte kurz zu Boden. Es fiel ihm sehr schwer zu entscheiden, wo er anfangen sollte. Außerdem machte ihn der stämmige Bluefield, der in Militärbekleidung nun direkt vor ihm stand, etwas nervös. Bluefield wirkte leicht ungeduldig, doch er ließ Chris einige Zeit, um nachzudenken. Er wollte schon etwas sagen, als sich Chris' Zunge löste.

»Es war grob fahrlässig von denen, kein Sicherheitspersonal einzustellen. Die Mitarbeiter flohen, als die Probanden Ärzte verdroschen und Fenster einschlugen. Der Alarm wurde aktiviert und das Chaos war perfekt. Aber wissen Sie, die Dosis … « Chris sah Leo an, der seinen Worten lauschte. »Die Dosis, die sie ihnen verabreichten, war enorm gering. Das ist beängstigend, in diesem Fall aber auch gut.«

»Sagen Sie mir, worauf Sie hinaus wollen.«

»Ich möchte darauf hinaus, dass das Myteraxin – so lautete die interne Bezeichnung – in wenigen Stunden vollständig abgebaut sein wird«, erwiderte Chris rasch. »Ich weiß nicht, wie ihre Befehle lauten, Hr. Bluefield, aber dort drinnen werden sie keine Wahnsinnigen mehr finden, sondern nur verängstigte Kranke, die nicht wissen, wie ihnen geschieht. Vorausgesetzt, Sie warten einfach noch ein paar Stunden ab. Ich wollte nur, dass Sie das wissen.«

Leo sah nach hinten. Er musste los. Team Phönix stand sich schon die Füße in den Bauch, und er wollte es sich nicht leisten, von Ramirez bei einem Plausch mit einem Zivilisten gesehen zu werden. Doch bevor er gehen konnte, sagte Chris noch etwas.

»Sir, es gibt da noch eine Sache, eine wichtige Sache, die mit diesem Vorfall zu tun hat. Ich verlange vielleicht zu viel, aber wenn Sie nach Ihrem Einsatz etwas Zeit für mich hätten … ich wäre Ihnen sehr dankbar.«

Für Leo hörte sich das wirklich nach etwas an, worüber es wert war, zu sprechen. Er war eindeutig der Falsche für diesen Job. Leo zog es schon immer vor, Menschen vorher anzuhören, bevor er urteilte. Nicht wie Ramirez, die für ihre eiserne Konsequenz bekannt war, und die vermutlich irgendwann auf ihn schießen würde, wenn er so weitermachte. Chris Gorman hatte etwas am Herzen und er brauchte Hilfe. Und seinem Gesichtsausdruck zufolge, handelte es sich hier nicht um irgendeinen persönlichen Kram, sondern um etwas Größeres.

»Die Nummer hier wird nicht lange dauern. Egal, wie wir es … anlegen. Treffen Sie mich um zwei Uhr dort hinten bei den Bäumen, alles klar?«, sagte Leo und marschierte zu seiner Truppe.

Chris verspürte eine gewisse Erleichterung. Er hatte Bluefield nicht zu viel verraten können, da er in dieser kurzen Zeit nicht für eine ausführliche Erklärung zu haben war. Aber Chris hatte sich auch nicht zu vage ausdrücken dürfen. Es schien, als hatte er das richtige Mittelmaß gefunden.

Und so wartete er.

5

Ramirez spielte mit ihrer Silbermünze, die bei jedem Einsatz in ihrer linken Brusttasche war. Das Ding hatte sie von ihrem ersten Kommandanten geschenkt bekommen und brachte ihr schon damals in Irland Glück. Sie saß in voller Montur in ihrem Drehstuhl, hatte ein merkwürdiges Grinsen aufgesetzt und schnippte die Münze in die Luft, um sie dann wieder zu fangen. Es war 2016 und sie war immer noch fit, immer noch gesund, und bereit für einen weiteren Einsatz. Gelobt sei der Herr! Heute durfte sie erneut ihre Quote erfüllen.

Sie steckte die Münze in die Tasche, nahm ihre Dienstwaffe aus dem Holster, und fühlte den Abzug. Und sie dachte an den Saboteur. Saboteur Leo Bluefield.

Was führst du dieses Mal im Schilde, mein Junge, dachte sie. Das Fass war voll, und wenn er sich heute den kleinsten Fehltritt erlaubte, dann …

»Leo, Leo, Leo«, seufzte sie.

Alles wieder locker, Commander?

»Mhm. Alles wieder locker.«

Linda Clarrey bekam schweißfeuchte Hände, als sie das neue Modem für Ramirez' PC konfigurierte und diesen irrwitzigen Selbstgesprächen lauschte. Im Augenblick wollte sie einfach nur raus hier.

6

Sie horchte, was er beim Briefing zu sagen hatte. Bluefield stellte sich gar nicht so dumm an. Er redete zwar irgendeinen Schwachsinn von Bedauern und Reue, aber die Botschaft wurde korrekt übermittelt. Er hatte sogar das Wort »Säuberung« ausgesprochen. Ramirez entschloss sich, dem noch etwas hinzuzufügen, aber das konnte warten, bis sie im Rampenlicht waren. Auf der Bühne hatten Worte schon immer eine kräftigere Wirkung.

Die zehnköpfige Mannschaft lud ihre SG7E Sturmgewehre durch und prüfte die Ausrüstung: Zwei extra Magazine links, und eine Ersatzwaffe rechts an der Hüfte. Zwei Splittergranaten am Brustpanzer und ein Kampfmesser am rechten Oberschenkel. Die Mannschaft trat aus dem Zelt hinaus und ging an den Scheinwerfern vorbei, die das Gelände hell erleuchteten. Ramirez hatte nur drei Dinge dabei: Ihre PG29 Selbstladepistole, ein Messer, und eine ordentliche Portion Misstrauen, die niemand anderem als Leonardt Bluefield galt. Sie und er nahmen sich den dritten Stock vor, bestehend aus drei geräumigen und zwei kleineren Zimmern.

Die grellen Lichtkegel machten die Nacht zum Tag, und aus der Menschenmasse hinter der Absperrung sah man kleine Blitzlichter, als Ramirez und ihre Jungs das Feld betraten. Team Phönix war in Stellung, hatte sich auf dem Rasen verteilt, der vor dem Haupteingang angelegt war, und wartete auf den Befehl, das Objekt zu betreten.

Ramirez nahm ihr Funkgerät.

»Also gut, Jungs. Ich halte jetzt eine kleine Rede, und ich möchte, dass ihr gut aufpasst«, sprach Ramirez zu ihrer Mannschaft. »Hört ihr mich, Jungs? Seid ihr da?«

116

Nach der Reihe meldeten sich ihre Männer mit Nachnamen und Dienstkennung, so wie sie es vor jedem Einsatz taten. Alphabetisch und schön der Reihe nach.

Als sich alle verlautbart hatten, sprach Ramirez weiter: »Einige von euch denken vielleicht, es ist moralisch unter aller Sau, dort rein zu gehen und auf unbewaffnete Zivilisten zu ballern. Und Gott weiß, dass es das auch wäre, wenn wir es nicht mit medikamentös wahnsinnig Gemachten zu tun hätten, die vor noch sechs Stunden eine Frau mit ihrem Baby ihm Arm überfallen, und körperlich schwerstens verletzt haben. Was auch immer dort drinnen wartet, Jungs, es ist unberechenbar und noch dazu ansteckend. Ja, ihr habt richtig gehört. *Ansteckend.* Offenbar übertragen unsere Freunde den Infekt über Körperflüssigkeiten wie Schweiß oder Speichel, und wer das abbekommt, Jungs, der kriegt zuerst Entzündungen und wer dann noch Pech hat, eine Infektion. Und nachdem unsere Ärzte, Gott behüte sie, noch nicht wissen, womit wir es hier zu tun haben, müssen wir davon ausgehen, dass wir die Radieschen bald von unten sehen, wenn wir diesen Gestörten auch nur zu nahe kommen. Wer jetzt immer noch denkt, es sei moralisch verwerflich, dem sage ich: Ja, ich bin dieser moralisch verwerfliche Mensch und ich werde da reingehen und, gelobt sei der Herr, meine Waffe benutzen und diese Erreger auf zwei Beinen nicht fragen, ob sie ein Taschentuch brauchen. Wer also morgen gesund und munter nach Hause kommen und mit seiner Frau in die Kiste hüpfen will, dem rate ich, diese Irren auf Abstand zu halten. Und, Gott stehe euch bei, ihr werdet eure Waffe benutzen, um sie euch vom Leib zu halten, denn hier ist nicht die Heilsarmee am Werk, sondern Team Phönix! Und wie geht Team Phönix vor, Jungs?«

»*Schnell und sauber!*«, brüllten die Männer im Chor, und darauf folgte ein gemeinsames »*HURRA!*«

Ramirez atmete zufrieden durch. Sie spürte die Entschlossenheit ihrer Männer und das war gut so. Sie verstand es eben immer noch, den richtigen Ton anzuschlagen. »Das wollte ich hören, Jungs. Unsere lieben Freunde von der Polizei sind leicht überfordert mit dieser misslichen Situation hier. Zeigen wir ihnen, dass sie auf uns zählen können. Zeigen wir ihnen, wie der Hase läuft«, sagte sie und steckte das Funkgerät weg. »Geben Sie den Befehl, Leutnant«, befahl sie Leo, der direkt neben ihr stand.

Leo hatte soeben eine Entscheidung getroffen. Er würde den Dienst quittieren. Noch dieser Einsatz, und vielleicht noch Greenwood nächste Woche, aber dann war Schluss. Nach dieser Ansprache von Ramirez, und dem Gejohle der Männer, fragte er sich ernsthaft, was er hier eigentlich verloren hatte.

»Also gut, Männer, ihr habt die Lady gehört. Auf drei«, sagte Leo. Und dann: »Drei ... zwei ... eins ... Zugriff!«

Phönix teilte sich in die abgesprochenen Zweier-Teams auf und betrat das Gebäude.

Bluefield und Ramirez waren die letzten, die durch den Eingang marschierten. Im Erdgeschoss machten sie sich auf den Weg zum Treppenhaus und passierten dabei Stratfort und Millfield, die gerade die Tür zu einem Tiergehege geöffnet hatten und es durchkämmten. Leo erkannte den Geruch von frischem Heu, bevor sie die Tür zum Treppenhaus durchquerten.

Martin und Le Comb gingen nach unten in den Keller, der Rest von Phönix war bereits in die oberen Stockwerke vorgerückt. Ramirez und Bluefield folgten im Eilschritt.

Im Stiegenhaus roch es klinisch. Es erinnerte Leo an Latex Handschuhe, die Ärzte bei Operationen trugen, und er hatte schon fast Mühe bekommen, mit Ramirez mitzuhalten, bevor sie schließlich im dritten Stock ankamen.

Unter ihnen ertönte der erste dumpfe Knall. Dem Schuss folgte ein lauter Schrei und ein weiterer Schuss. Dann wurde eine Salve abgefeuert.

Ramirez stand jetzt vor der Tür zum dritten Stock und sah Leo an.

Er nickte, aktivierte die Lampe an seinem Gewehr und legte an.

Sie hob ihre Hand, zählte mit den Fingern bis drei, und öffnete die Tür.

Leo zielte mit seinem Gewehr in den Flur und betrat ihn.

»Keller gesichert«, hörte man aus dem Funkgerät. Weitere kurze Schusssalven waren zu hören.

»Stellung halten«, flüsterte Ramirez.

Leo blieb stehen und richtete den Lauf den Gang entlang.

Ramirez öffnete die erste Tür neben ihm und warf einen prüfenden Blick in den Raum dahinter.

»Sauber«, sagte sie. Es handelte sich nur um eine kleine Küchennische. »Weiter.«

Leo rückte zu zwei Türen vor, die sich links und rechts auf gleicher Höhe befanden. Währenddessen ertönte ein weiterer Knall unter ihnen.

»Stockwerk Zwei gesichert«, sprach jemand aus dem Funkgerät.

Ramirez öffnete die Tür zu ihrer Linken.

Leo behielt den Flur und die verbleibenden drei geschlossenen Türen im Auge. Mittlerweile waren in regelmäßigen Abständen Schüsse zu hören.

Er schielte kurz in den Raum, den Ramirez gerade durchsuchte, als plötzlich die Tür zu seiner Rechten aufsprang.

Erschrocken riss er das Gewehr herum und leuchtete dem Entsetzen direkt in die Augen. Er erhaschte nur einen kurzen Blick auf das Gesicht des Mannes. Es war kreidebleich und die Augen blutunterlaufen. Die Mundwinkel schienen aufgerissen zu sein, und unter der Nase befand sich verkrustetes Blut. Der Mann fing an zu schreien und hielt sich eine Hand vor die Augen, als Leo ihn mit dem Leuchtaufsatz seines Gewehrs blendete. Dann hörte Leo einen lauten Donner und spürte einen winzigen Luftzug an seinem linken Ohr. Die Patrone drang in die rechte Schläfe des Mannes ein und bohrte sich durch seinen Hinterkopf wieder den Weg ins Freie. An der Wand wurde die Kugel gestoppt; Blut und Gehirnmasse blieben daran kleben.

»Alles in Ordnung, mein Junge?«, fragte Ramirez, als der Fremde auf den Boden aufschlug.

»Ja, Ma'am, danke.«

»Erdgeschoss. Gesichert.« Das war Robert.

119

Leo und Ramirez inspizierten gemeinsam den Raum, aus dem der Angreifer gekommen war. Ramirez überprüfte alle vier Schreibtische und öffnete auch die Wandschränke, die allerdings nur Ordner und Mappen beinhalteten.

Über Funk kam die Nachricht: »Erster Stock gesichert.«

Als die beiden wieder auf den Flur traten, war Ramirez die Erste, die nach rechts blickte und einen weiteren Probanden am Ende des dunklen Korridors sichtete. Sie hob ihre Waffe und hatte den Kopf der Silouette bereits über der Kimme, als Leo sie zur Seite rempelte und ihr Schuss ins Leere traf. Der Rempler war so heftig, dass Ramirez mit ihrer Schulter gegen die Wand stieß und ihr dabei fast ihre Waffe aus der Hand rutschte.

»Bürschchen«, zischte sie und warf Leo einen giftigen Blick zu.

»Warten Sie«, sagte er. Leo senkte seine Waffe und hob die Hand.

Der Mann dort hinten stand einfach nur völlig regungslos da. Dann, aus heiterem Himmel, setzte dieser zum Sprint an und lief mit wilder Entschlossenheit auf Leo zu.

Ramirez hielt ihre Waffe einsatzbereit, zielte aber nicht. Sie war gewillt, sich anzusehen, wie der Verrückte auf Bluefield losging. Sie wollte sehen, wie der Leutnant alleine damit fertig wird. Sie hatte seinen dummen Arsch vorhin gerettet, aber ein zweites Mal? Ganz sicher nicht. Niemals. Sie glaubte nicht daran, dass der Verrückte den stämmigen Bluefield überwältigen konnte, aber das spielte keine Rolle. Bluefield war ohnehin ein toter Mann, das stand mittlerweile so fest wie die Tätowierung auf ihrem Arsch. Leonardt Bluefield war zu weit gegangen und ein toter Mann. Das war beschlossene Sache.

Sie beobachtete begeistert, wie Bluefield einen kontrollierten Ausfallschritt zur Seite machte, den Wahnsinnigen ins Leere stolpern ließ, dann sein Messer zog, und es dem Angreifer in den Nacken rammte.

»Vierter Stock ist gesichert!«

Ramirez ging kommentarlos an Leo vorbei und überprüfte in Windeseile die letzten zwei Räume.

»Sieht sauber aus«, murmelte sie leise.

Als sie den letzten Raum verließ und Leo da stehen sah, wollte sie auf ihn schießen. Sie bändigte ihre Wut jedoch und sagte nur: »Was sollte das eben, Leutnant? Erklären Sie mir das!«

»Ich wollte abwarten, wie er reagiert«, antwortete Leo.

»Und? Was haben Ihre Beobachtungen ergeben? Wie hat er reagiert?«

»Leider wie erwartet, Ma'am.«

In Ramirez Blick loderte nun reiner Zorn und Leos arrogante Art speiste diesen unaufhörlich. Das Fass war voll. *Und du, mein Junge, bald Geschichte*, dachte Ramirez.

Sie zückte ihr Funkgerät. »Dritter Stock gesichert. Ausgezeichnete Arbeit, Männer.«

7

»Robert. Kommen Sie her, mein Junge«, rief Ramirez, als sie mit der Einsatznachbesprechung fertig waren.

Robert Stratfort folgte ihr und bemühte sich, mit ihr Schritt zu halten. Sie klang sehr hektisch, und das war so gut wie nie ein gutes Zeichen. Wenn sie so klang, hielt man besser mit ihr Schritt.

»Kommen Sie an meine Seite, mein Junge. Wie hat Ihnen der Einsatz gefallen? Wie viele Abschüsse, Robert?«

»Nur einen, Ma'am. Millfield hat drei erwischt.«

»Gott vergelt's. Robert, haben Sie einen Moment für mich Zeit? Es geht um etwas Vertrauliches.«

Robert Stratfort hatte den höchsten Respekt, den man vor einer Frau wie ihr haben konnte, und ihre Unberechenbarkeit machte ihm manchmal Angst. Trotzdem musste er sich gerade ein Lächeln verkneifen. Ramirez war schon wieder zu hundert Prozent auf der Pseudo-Schiene. Natürlich hatte er Zeit für sie. Er *musste* Zeit haben, sie war seine Vorgesetzte, und hätte er verneint, hätte sie ihn wahrscheinlich kurzerhand abgeknallt.

121

Dort drinnen sind ihr wieder ein paar Schrauben locker geworden, dachte Robert.

»Selbstverständlich, Commander«, antwortete er.

»Der Herr wacht über uns alle, mein Junge. Und wir beide, Robert, wir beide müssen auf Leutnant Bluefield achten.«

»Bluefield, Ma'am?«

»Ja, Bluefield«, antwortete Ramirez mit fester Stimme. »Hören Sie, wenn wir nächste Woche in Greenwood abziehen, dann werden wir unseren Leutnant zurücklassen müssen, so fürchte ich. Protokoll Red Phönix, verstehen Sie mich, Robert?«

Robert verstand. Und er schaffte es, keine Miene dabei zu verziehen. Er wusste, was Red Phönix bedeutete. Diese Frau hatte nicht alle Tassen im Schrank.

»Ich verstehe, Ma'am.«

»Gut. Jetzt müssen Sie etwas für mich erledigen, mein Junge.«

8

Verflucht noch eins, dachte Chris Gorman, denn diese Nacht war mittlerweile arschkalt geworden. Zehn kalte Minuten nach zwei Uhr kam Leo beim Treffpunkt an und entschuldigte sich für die Verspätung.

»Meine Kommandantin bestand auf eine Nachbesprechung. Die übliche Nummer. Gelobt sei der Herr, Gott ist mit euch, ihr seid mein Stolz, bla-bla-bla«, erklärte Leo. »Und ich habe in zwanzig Minuten einen Termin mit ihr, also bitte, legen Sie los.«

»Danke, Sir. Also, mein Name ist Christopher Gorman und ich war in der IT-Abteilung von Curegen angestellt. Letzte Woche habe ich ... nun ich habe mir ein paar E-Mails von den Leuten aus der Forschungsabteilung angesehen, wissen Sie, es war Freitag und es gab nicht mehr viel – «

»Chris«, unterbrach ihn Leo. »Darf ich Sie Chris nennen?«

»Natürlich, Sir.«

»Meine Zeit ist begrenzt. Ich habe hier eine gestörte Vorgesetzte, mit der ich heute noch fertig werden muss, und einen wichtigen Termin nach diesem Einsatz. Bitte fassen Sie sich kurz und kommen Sie zur Sache, Chris.«

Er sah Leo demütig an und nickte. Chris wusste, dass Leo einen wichtigen Termin hatte. Darum ging es ja letztendlich. Die Frage war nur, wie er dieses Thema ins Spiel bringen sollte. Er fuhr fort: »Ein E-Mail-Verkehr kam mir verdächtig vor, weil es um einen Mann namens Victor Theissen ging. Dieser Mann ist seit Monaten verschwunden, wie ich aus Zeitungen erfahren habe. Es war ein kleiner Artikel, eine Art Vermisstenanzeige. Jedenfalls konnte man herauslesen, dass ein Mitarbeiter eine Zusammenarbeit mit ihm anstreben würde.« Chris machte eine Pause und überlegte, wie er Leo die Situation am Besten weiterbeschreiben konnte. »Ich habe mich schlau gemacht über diesen Theissen. Ein studierter Bio-Chemiker, der alleine in einer Villa lebte. Der Mann, der mit Theissen zusammenarbeiten wollte, hieß Vincent Homberg. Er hat bis vor drei Monaten noch hier gearbeitet.«

»Und die beiden machen jetzt gemeinsame Sache in einer verlassenen Villa. Denken Sie das etwa?«

Chris war sich nicht sicher, ob Leo ihn ernst nahm oder sich über ihn lustig machte. Vielleicht war es jetzt an der Zeit, das große Geschütz auszufahren.

»Ja, darauf möchte ich hinaus. Sie müssen verstehen ... ich war schon immer ein Gegner von dem, was die dort drinnen abgezogen haben. Ich brauchte aber einen Job, und die Firma schien vielversprechend. Diese Tierversuche, mein Gott, und dann auch noch Versuche am Menschen? Das ist doch alles krank. Sie haben in ihrem Erfolgsrausch gedacht, die Nebenwirkungen ließen sich eins zu eins auf den Menschen ummünzen. Sehen Sie, was sie angerichtet haben, Hr. Bluefield, sehen Sie sich die Bilder in den Zeitungen an.« Chris holte Luft. »Alles, was ich möchte, ist dorthin zu fahren und überprüfen, was da läuft, und wenn etwas läuft, werde ich Fotos machen und die Sache ans Licht bringen. Ich möchte dagegen etwas unternehmen, verstehen Sie?«

Leo sah auf die Uhr. »Ich hatte Sie gebeten, auf den Punkt zu kommen, Chris. Warum erzählen Sie das, was Sie mir gerade aufgetischt haben, nicht einfach der Polizei? Warum kommen Sie hierher und rufen nach mir?«

Perfekt. Das war die zentrale Frage. Und Chris wollte vermeiden, dass er sie selbst ins Spiel bringen musste. Nun konnte er auch den Rest auspacken. »Ihr Name kam im E-Mail-Verkehr vor. Ich weiß, dass ihr Vater schwer krank ist, und Theissen und Homberg Ihnen die neueste Variante des Myteraxins versprochen haben. Sie entwickeln das Zeug in ihrer Villa weiter, ich weiß es. Und ich weiß auch, dass sie dort heute hinfahren. Deshalb bin ich hier, Hr. Bluefield« Chris prüfte Leos Reaktion und sprach weiter. »Die Polizei hätte kurz in ihrer Datenbank nachgesehen und festgestellt, dass sie diese Villa im Zuge der Vermisstenanzeige bereits durchsucht und nichts gefunden hatten. Aber wir beide wissen, dass dem nicht so ist. Für mein Vorhaben traf es sich einfach hervorragend, dass Sie heute Ihren Einsatz hier und anschließend einen Termin in dieser Villa hatten.«

Leo schlug die Hände vor sein Gesicht und rieb sich die Augen. Was für ein verrückter Tag das heute war. Er musste an das schrecklich entstellte Gesicht des Mannes denken, dem Ramirez in den Kopf geschossen hatte. Chris hatte zweifelsohne Recht damit, dass diese Medikamententests unrecht waren, und als dieser Theissen ihn damals kontaktiert und ihm diesen Vorschlag unterbreitet hatte, hatte Leo zwar ohne lange nachzudenken zugestimmt, aber tief im Inneren wusste er, dass Menschen laufend ums Leben kamen, bevor ein solches Medikament ausgereift genug war. Er vermochte den Spagat zwischen dem, was Chris gesagt hatte und seinem Vater, der ohne dem Myteraxin dem Tod geweiht war, nur schwer zu schließen. Außerdem kam noch etwas dazu. Etwas, das die ganze Situation außer Kontrolle bringen konnte, und das Theissen gestern am Telefon erwähnt hatte: Die drei Detektive, die heute in dieser Villa waren. Theissen und Homberg hatten vor, sie heute Nacht zu betäuben und ihnen dabei gleich noch die neueste Version zu Testzwecken zu verabreichen. Leo hoffte

124

inständig, dass es nicht zum Äußersten kam. Dass es nicht dazu kam, was Theissen am Telefon gesagt hatte. Er wollte doch einfach nur diese verdammte Probe und damit zu seinem Vater, um –

»Hr. Bluefield? Was sagen Sie? Könnten … könnten wir uns zusammentun?«

Er wirkte so unschuldig. Chris wirkte wie ein einsamer Ritter, der verzweifelt versuchte, die Welt besser zu machen und für eine Sache zu kämpfen. Und vor allem wirkte er wie jemand, dem man auch einmal den Rücken zukehren konnte.

»Na schön, wir machen es. Aber ich muss diesen Termin mit Ramirez noch hinter mich bringen. Vielleicht hat sie ausnahmsweise ja was Vernünftiges zu sagen«, antwortete Leo.

»Ramirez?«, fragte Chris.

»Die Verrückte.«

»Oh. Okay.«

»Setzen Sie sich auf den Beifahrersitz meines Wagens und warten Sie, bis ich zu Ihnen komme.«

»Alles klar.«

»Chris, das mit dem E-Mail-Verkehr … ich kann Ihnen vertrauen, oder?«

»Natürlich, Hr. Bluefield, ich weiß, dass Sie das nur für Ihren Vater – «

»Gut. Mehr will ich nicht wissen. Wenn Sie jemand fragt, was Sie in meinem Wagen machen, sagen Sie einfach, dass Sie laut Leutnant Bluefield hier sind.«

»Okay, gut.«

»Und nennen Sie mich Leo.«

9

Robert Stratfort hatte ein paar verrückte Militärfilme in seinem Leben gesehen. In den meisten waren die Oberbefehlshaber einfach nur harte Typen, die allem Anschein nach glaubten, ihre Soldaten würden am besten funktionieren, wenn man sie laufend anschrie und herumkommandierte. Ramirez war ganz und gar nicht der Schrei-Typ. Bei ihr war es etwas anderes, das den Soldaten Respekt abgewann. Etwas Unterschwelliges an ihrer Ausstrahlung, das Robert nicht in Worte, und auch nicht in Gedanken fassen konnte.

Robert und Sergeant William Blarke standen pünktlich um halb drei in Ramirez Büro. Sie hatte bis jetzt noch kein Wort gesagt bis auf »Stellt euch dahin, Jungs.«

Endlich kam Leonardt Bluefield durch die Tür, der ebenfalls vorgeladen war, und auf den Ramirez scheinbar gewartet hatte.

»Verzeihen Sie die Verspätung, Commander. Ein Polizist wollte noch – «

»Ach was, Leo, schlucken Sie's runter und setzen Sie sich«, sagte sie. »Ziehen Sie Ihre Jacke aus und nehmen Sie sich einen Kaffee. Ich bestehe darauf, gelobt sei der Herr.«

Ramirez schien gut gelaunt zu sein. Wie kam das? Na, egal. Er hing seine Jacke an einen der Wandhaken und ging auf die Kaffeemaschine zu.

Als Bluefield ihr den Rücken zugekehrt hatte, gab Ramirez Robert ein Handzeichen, dass er mit einem Kopfnicken bestätigte.

Mit einer Tasse Kaffee in der Hand setzte sich Leo auf einen der freien Stühle, während Robert und William Blarke weiterhin stehen blieben. Leo kannte William Blarke. Er war von der örtlichen Armee hierher berufen worden, um bei der Patrouille und allfälligen Aufgaben Unterstützung zu leisten.

»Haben Sie alles erledigen können, Robert?«, fragte Ramirez.

»Ja, Ma'am«, antwortete Robert.

»Gab es irgendwelche Schwierigkeiten?«

»Nein, Ma'am.«

»In Ordnung, mein Junge, dann können Sie sich jetzt zum Leutnant setzen.«

Robert setzte sich auf den letzten freien Stuhl im Raum.

Leo drehte sich kurz um und warf einen Blick auf Blarke. Er schien nervös zu sein. Fast ängstlich. Herrgott, hatte der arme Kerl etwa Mist gebaut? Warum wird ein Sergeant, der nicht zu Team Phönix gehörte, in Ramirez' Büro zitiert?

Ramirez setzte sich in ihren Stuhl und ließ Blarke in grausamer Ungewissheit stehen.

»Heute habe ich einen Fehler gemacht, Jungs.«, sagte sie schließlich. »Heute morgen habe ich einen Lügner mit einer Aufgabe betraut.« Sie sah betroffen zu Boden, als ob sie wahre Reue verspürte.

Leo beobachtete das. *Das ist mit Sicherheit wieder nur Show*, dachte er.

»Jungs«, sagte sie mit aller Ruhe, die sie ihrer Stimme nur verleihen konnte. »Glaubt ihr an Jesus?«

Robert nickte, ohne zu zögern.

Leo wartete, bis Ramirez ihn ansah und nickte dann ebenfalls.

»Wie ist es mit Ihnen, Sergeant Blarke? Glauben Sie an den Sohn Gottes? Den Heiland Jesus Christus? Sagen Sie mir die Wahrheit.« Sie sah ihn gespannt an.

»Ja, Ma'am, das tue ich.«, antwortete Blarke. Er hatte eine zittrige Stimme.

»Gelobt sei der Herr.« Ramirez öffnete eine Tischschublade und holte ihre PG29 hervor. Sie prüfte das Magazin und entsicherte die Waffe.

Robert wurde jetzt unruhig.

Leo starrte sie gebannt an. Er hatte eine dunkle Vorahnung, was gleich passieren würde.

Blarke gab nur ein nervöses Keuchen von sich, als er die Waffe sah.

Ramirez erhob sich von ihrem Stuhl. Sie stand nun kerzengerade vor den drei Männern, und setzte einen grimmigen Blick auf. Die Waffe befand sich in ihrer rechten Hand. »Meine Unterredung mit Colonel Jefferson – huch, schon wieder eine Beförderung, mit *General* Jefferson wollte ich sagen – ergab, dass die Lage hier stabilisiert ist«, sagte sie und bildete einen Kreis mit Daumen und Zeigefinger. »Er sagte mir auch, dass ihn heute eine Meldung erreichte, wonach eine Frau und ein Kind gestern Abend aus dem Wald spaziert sind. Die Frau sagte, ein junger Soldat mit kurzen, stoppeligen Haaren, Dreitagebart und blauen Augen hätte sie passieren lassen. Na, hört sich das nach Ihnen an, Sergeant Blarke?«

Sein Atem stockte kurz und er verhaspelte sich beinahe, als er antwortete: »Ja, Ma'am. Das war ich. Die Dame hat mir allerdings versichert, dass – «

»Halten Sie die Schnauze.«

Plötzlich herrschte eine Stille in diesem Raum, die wohl vollkommen war.

Leo schielte hinüber zu Robert. Sein ausdrucksloser Blick sah starr auf den Schreibtisch, aber keinesfalls in ihre Augen. Keinesfalls auch nur in die Nähe ihrer Augen.

»Korrigieren Sie mich, wenn ich falsch liege, aber lautete die Anweisung gestern Mittag nicht, keine Personen auch nur in die Nähe des Waldrandes zu lassen? Hatte ich Sie nicht genau deswegen an dieser Brücke postiert?«

»Ja, Ma'am, aber die Frau hatte – «

»Und hatten Sie, Sergeant Blarke, nicht mit *'Ja, Commander'* geantwortet, als ich fragte, ob Sie alles verstanden haben?«, bellte Ramirez. »Antworten Sie mir!«

Dieses mal antwortete Blarke prompt. »Das habe ich, Ma'am. Ich möchte hinzufügen, dass ich die Frau ausdrücklich danach gefragt habe, wo sie hin wolle. Sie wollte mit ihrer Tochter nicht in den Wald, sondern in die Seitenstraße, die zur Wohnsiedlung ihrer Eltern führt.«

»Ach, was? Und wissen Sie mit Sicherheit, dass sich ihre Laune nicht plötzlich geändert hat? Vielleicht wollten sie plötzlich nicht mehr Großmütterchen sehen, sondern einen schönen Spaziergang im Wald machen. Was halten Sie davon, Sergeant? Ist doch ein schönes Herbstwetter, das wir gerade haben, hm?«

Blarke hatte zu schwitzen begonnen und seine Zahnräder im Gehirn mussten auf Hochtouren laufen. Irgendwie wusste er, dass er sich nicht mehr rausreden konnte. Die Frage war nur noch, was sie tun würde. Er dachte besonders gründlich nach, ehe er antwortete. »Ma'am, ich habe ihnen nachgesehen, und bin mir sicher, dass sie nicht in den Wald sind.«

»Schwören Sie es?«

Er sah verstört aus. »Ma'am?«

»Können Sie Ihre Hand heben, mir in die Augen sehen, und sagen: *'Ich schwöre, dass diese hübsche Frau und ihre noch hübschere Tochter nicht in den Wald gegangen sind'*?«

Sergeant Blarke hob seine rechte Hand zum Schwur und gab zur Antwort: »Ich schwöre.«

Mit einer gespenstischen Schnelligkeit, die Robert und Leo aufschrecken ließ, hob Ramirez ihre Handfeuerwaffe, richtete sie aus und drückte ab. Der Schuss war in diesem Raum ohrenbetäubend. Das Projektil trennte Blarkes rechten Mittelfinger von der Hand, der nach hinten an die Wand flog und winzige Blutspritzer darauf hinterließ. Als der Finger zu Boden fiel, begann Blarke zu schreien und sah mit einem Ausdruck reinen Entsetzens seine rechte Hand an. Aus dem verkürzten Fingerglied quoll Blut hervor und lief seinen Arm hinunter, um dann tropfend auf dem grauen Kunststoffboden zu landen.

Erzürnt machte Ramirez einen Schritt nach vorne. »Unterlassen Sie dieses mädchenhafte Geschrei, Sie Hund!«, rief sie.

Weder Leo noch Robert wussten, wie sie reagieren sollten. Jede Reaktion konnte die falsche sein. Sie saßen auf ihren Stühlen und blickten mit großen Augen über die Schulter auf Sergeant Blarke, der sein Schreien auf ein lautes Ächzen zu reduzieren versuchte.

»Robert!«

Robert fuhr zusammen und drehte sich zu Ramirez. »Ja? Ma'am?«

»Denken Sie, Sergeant Blarke ist zu sehr mit seiner scheiß Hand beschäftigt, um die Lektion verstanden zu haben?«

Robert brauchte zwei grauenhaft lange Sekunden, um sich zu sammeln und Ramirez zu antworten. »Ich … «, begann er

zu sprechen. »Ich denke, wenn sich ein Arzt seine Hand angesehen hat, wird er sie verstanden haben.«

Ramirez machte einen erstaunten Gesichtsausdruck, als ob
ihr gerade ein Licht aufgegangen wäre. »Beim Jupiter«, sagte
sie. »Sie haben vollkommen Recht, Robert. Bringen Sie diesen
Mann rasch zur Krankenstation, damit er über diesen Vorfall
reflektieren und daraus lernen kann, gelobt sei der Herr!«

Es gab hier keine Krankenstation, und Robert hatte keine
Ahnung, wo der nächste Arzt in dieser verdammten Stadt zu
finden war, aber es war ein Befehl, der beinhaltete, diesen
Raum zu verlassen. Und das wollte er sehnlichst.

Robert legte dem angeschossenen Blarke einen Arm um die
Schulter und geleitete den Mann hinaus zur Tür. Blarke stöhnte unablässig und tropfte Blut auf den Boden.

Dann verschwanden sie hinter der Tür.

Als die beiden weg waren, und Leo nach wie vor auf seinem Stuhl saß und versuchte, sein Pokerface zu wahren,
huschte Ramirez zurück hinter ihren Schreibtisch und verstau-
te ihre Waffe wieder in der Schublade. Leo fragte sich, ob es
irgendwelche Konsequenzen für sie geben würde, denn Blarke
würde diesen Vorfall sicher nicht für sich behalten. Irgendjemand würde ihn ja sowieso fragen, warum er nur noch neun
Finger hatte.

»Tut mir Leid, aber das musste sein«, sagte Ramirez.

Leo machte eine wedelnde Handbewegung. »Kein Problem,
Ma'am. Manchmal muss man tun, was nötig ist, nicht wahr?«

Hervorragender Schauspieler, dachte Ramirez. *Genau wie
ich. Wir sind gar nicht so verschieden. Eigentlich schade.* »Da
sagen Sie was. Diese Jünglinge sagen immer brav 'Ja' und
'Amen', aber wenn es darauf ankommt, einen Befehl konse-
quent auszuführen, werden sie plötzlich pragmatisch. Sagt mir
dieser Hund bei der Einsatzbesprechung doch tatsächlich '*Ja
ich habe verstanden, Ma'am*', und lässt dann eine Frau und
ein Kind in die Gefahrenzone. Könnten Sie so etwas guthei-
ßen, Leo?«

»Natürlich nicht, Ma'am.«

»Na, da sehen Sie's. Es geht doch nichts über ein bisschen Moralverständnis, nicht wahr? Lieben Sie das Team Phönix, Leo? Lieben Sie es mehr als ihre Frau und ihren ungeborenen Sohn?«

Jetzt nur nichts Falsches sagen, dachte er. *Hier drinnen wird auf Menschen geschossen.* »Das tue ich, Ma'am.« Er musste erneut lügen, wie so häufig in ihrer Gegenwart. Woher zum Teufel wusste Ramirez eigentlich, dass seine Frau schwanger war?

Sie nickte zufrieden, ging hinüber zur Küche und kramte in einer Ablage herum. Sie fischte ein Geschirrtuch hervor, kniete sich hinter Leo auf den Boden und begann, die Blutflecken von Blarke aufzuwischen.

Leo stand auf. »Ma'am, Sie müssen das nicht machen, ich hole –«

»Lassen Sie mich«, sagte Ramirez und wischte beharrlich den Boden auf. Auf ihrer Stirn bildeten sich winzige Schweißperlen. »Mein Vater hat immer gesagt, ein Scheißhaus, das man sauber vorfindet, hinterlässt man auch sauber. Denken Sie das auch, Leo? Denken Sie, das hier ist ein Scheißhaus?«

Er wollte antworten, war aber nicht schnell genug.

»Ich sehe es Ihnen doch an, mein Junge. Sie wollen raus hier, nicht wahr? Wollen wohl den Dienst ablegen, was? Sagen Sie mir die Wahrheit, Leo.« Sie sagte das, ohne ihn anzusehen, wischte nur energisch den blutverschmierten Boden auf.

Die Wahrheit, ja? Ist vielleicht ein schlechtes Timing dafür, dachte Leo, schließlich hatte er mit sich schon vereinbart, dass das hier sein letzter Einsatz mit dieser Verrückten war und nachdem er die Sache in Theissens Villa erledigt hatte, würde er zu seinem Vorgesetzten fahren und sich vom Militär verabschieden. Er wollte die Sache mit Ramirez noch möglichst reibungslos abschließen, und wenn es sich einrichten ließ, sollte sie glauben, dass er seinen Job mochte. Alles andere schien ihm zu … riskant.

»Nun, ich mache mir manchmal Gedanken, ob es langfristig das Richtige für mich ist, aber im Moment fühle ich mich gut aufgehoben«, antwortete er.

»Mhm.« Sie hatte den Boden von den gröbsten Flecken befreit und richtete sich auf. Der Fetzen in ihrer Hand war rot angelaufen. »Hören Sie: Was dort drinnen vorgefallen ist kann ich nachvollziehen, und ich will, dass Sie wissen, dass es für Sie keine Konsequenzen geben wird. Wenn man eine gewisse Anzahl von Menschen … nun, Sie wissen schon, zum lieben Gott befördert hat, dann hört man irgendwann auf, sich allzu viele Gedanken zu machen. Die Verbindung zwischen den Synapsen und dem Finger am Abzug sind dann befreiter. Verstehen Sie, was ich sagen möchte?«

Leo nickte.

Ramirez legte den mit Blut vollgelaufenen Fetzen in die Küchenspüle, wusch sich die Hände und setzte sich in ihren Drehstuhl. »Sie sind gerade mal zwei Jahre dabei, haben eine blitzartige Karriere hinter sich und einige schöne Orden, Leo, das möchte ich Ihnen auch gar nicht schlecht reden, aber ihr Verstand ist noch um einiges gesünder als meiner. Ich war Ihnen dort drinnen böse, das müssen Sie mir erlauben, aber im Nachhinein sieht man alles immer viel klarer und, gelobt sei der Herr, ich versuche einen Menschen zu verstehen, bevor ich ihn kritisiere. Und ich verstehe Sie, Leo. Das tue ich wirklich. Wenn Sie mit diesen Menschen dort drinnen Mitleid hatten, ist das selbst für jemanden wie mich nachvollziehbar.«

Sie machte eine kurze Pause und griff nach ihrer silbernen Münze, die er schon oft an ihr beobachtet hatte. Vermutlich eine Art Glücksbringer, mit der Sinnhaftigkeit dieser Hundemarken, die Leo von einigen Jungs aus Team Phönix kannte. Sie tupfte sich den Schweiß von der Stirn und begann, mit der Münze zu spielen.

»Ich hatte Ihnen gesagt, dass mir solche Sachen nicht leicht fallen, und ob Sie mir das glauben oder nicht, sei Ihnen überlassen, aber ein Einsatz ist nun mal ein Einsatz, und die Menschen in dieser Stadt fühlen sich jetzt wieder sicher. Sie fühlen sich *dank uns* wieder sicher, mein Junge.«

»Ja, Ma'am.«

»Ich schätze Ihre menschliche Seite, Leo, und ich bin sicher, das tun alle in Ihrem Bekanntenkreis. Aber hier, in dieser Welt, sind Sie mein zweiter Mann, und Sie sind ein guter Mann, ein guter Soldat, und ich brauche Sie an meiner Seite wie ein Blinder seinen Stock.«

Leo konnte nicht fassen, was er hier gerade erlebte. Wenn er das irgendjemandem aus dem Team erzählen würde, würden sie ihn auslachen, soviel war sicher. Er wagte es nicht, genauer hinzusehen, aber er meinte, einen dünnen Tränenfilm in ihrem linken Auge erkannt zu haben. Das konnte doch gar nicht sein, oder?

»Dieser Job hat mich zugerichtet. Und er wird auch Sie zurichten, Leo. Es sei denn, Sie zischen ab, und suchen sich etwas, dass Ihnen eher zusagt. Tja, das würde ich Ihnen jedenfalls ans Herz legen. Doch nächste Woche brauche ich Sie zumindest noch einmal an meiner Seite. Dieser Trip in Greenwood wird kein Zuckerschlecken, und ich will Jefferson nicht um einen Ersatzmann bitten müssen. Diese Burschen aus der zweiten Garde können mir wirklich gestohlen bleiben. Ich bitte Sie, mir nächste Woche ein letztes Mal beizustehen, Leo. So wie Josef damals der heiligen Maria beistand. Denn wenn wir die Sache in Greenwood hinter uns haben, werde ich vermutlich abtreten. Dann, mein Junge, könnten wir gemeinsam abtreten, und diesem Leben auf Wiedersehen sagen. Und getrennte Wege gehen. Was halten Sie davon, Leutnant? Kann ich nächste Woche ein letztes Mal auf Sie und Ihre Fähigkeiten zählen?«

Sie hatte ihn wohl ohnehin durchschaut, und er sah keinen Grund mehr, darum herum zu reden.

»Sie können auf mich zählen, Ma'am«, antwortete er. »Ich denke, es wird das Beste für uns beide sein.«

»Das meine ich auch.«

Die Tür öffnete sich und Robert Stratfort betrat den Raum.

»Ma'am. Sergeant Blarke ist jetzt versorgt und auf dem Weg ins nächstgelegene Spital«, berichtete Robert.

Ramirez stand auf und sah ihn mit erfreuter Miene an. »Riechen Sie das, Robert?«, fragte sie ihn.

»Ma'am?«

»Eine Beförderung liegt in der Luft, mein Junge. Sie waren in den letzten Wochen ein ausgezeichneter Sprecher und Adjundant. Gott segne Sie, ich werde das beim General deponieren.«

Robert behielt auf dieses ungewöhnliche Lob hin einen kühlen Kopf und erwiderte zackig: »Vielen Dank, Commander.«

»Leutnant Bluefield und ich haben soweit alles besprochen, denke ich.« Ramirez warf Leo einen letzten vertraulichen Blick zu. »Bitte gehen Sie beide jetzt, und helfen Sie dem Trupp bei der Patrouille. Wir möchten den Zivilisten um jeden Preis das Gefühl von Sicherheit zurückgeben.«

Leo erhob sich und auch Robert wandte sich bereits Richtung Tür. Da hielt sie Ramirez noch einmal auf.

»Ich möchte noch, dass Sie sich das hier ansehen«, sagte sie mit erheitertem Tonfall und einem Lächeln auf dem Gesicht. Mein Gott, sie lächelte, was war denn hier los? »Ein alter Trick, den ich damals vom alten George oben in Irland gelernt habe.«

Sie zückte ihre Münze und schnippte sie in die Luft. Das Silberstück flog fast bis zur Decke und landete in ihrer rechten Hand. Sie ballte beide Hände zu Fäusten, drehte sie kurz zu sich, und dann wieder nach vorne. Dann öffnete sie ihre Handflächen wieder.

Die Münze befand sich in ihrer linken Hand.

KAPITEL 6

Zum Treffen

1

Leo eilte zu seinem Fahrzeug. Als er in seinen Wagen stieg, wartete Chris mit fieberhaftem Blick bereits auf ihn. Möglicherweise hatte er den Schuss gehört, den Ramirez abgefeuert hatte, und den verwundeten Blarke gesehen.

»Was ist passiert? Wie ist es gelaufen?«, fragte Chris.

»Verrückt. Wie immer. Ich erzähl's dir später. Hast du die Adresse?«

»Klar.«

»Gib' sie da ein.« Leo deutete auf sein Navigationsgerät.

Chris tippte die Daten auf dem GPS ein. Bei stehendem Fahrzeug war das noch halbwegs einfach.

»Ich will rasch hier raus und auf die Autostraße, dann können wir auch in Ruhe reden.«

»Okay.«

Leo startete den Motor, legte den Rückwärtsgang ein, setzte den Wagen zurück, und sah sich kurz noch einmal um. Robert war drüben bei den Männern und gab Anweisungen. Ramirez war durch das kleine Fenster des Containers nicht zu sehen.

Er schaltete in den ersten Gang und fuhr los. Leo nahm einen Umweg und bog in die erste Seitenstraße ab, die er entdeckte. Wenn es irgendwie ging, wollte er dem Blickfeld von Ramirez so rasch wie möglich entgehen.

Nach hundert Metern, am nördlichen Rand der Stadt, fuhr er wieder auf die Hauptstraße auf und über die Brücke, auf der Blarke vorigen Abend stationiert gewesen war.

2

Nachdem die beiden Männer den Container verlassen hatten, hatte Ramirez kein Gefühl dafür, wie viel Bluefield von ihrem Getue gefressen hatte. Leo war intelligent und hielt immer die Ohren steif. Es mochte sein, dass er ihre Masche durchschaut hatte. Vielleicht sollte sie es gleich heute tun. Sie hatte für alles vorgesorgt.

»Manchmal muss getan werden, was nötig ist, nicht wahr, Leo?«

Draußen, in dieser kalten Novembernacht, waren die Einsatzkräfte gerade mit den Leichnamen aus dem Curegen-Gebäude beschäftigt, und sie sah zu, wie Robert dem Team Anweisungen gab. *Guter Mann*, dachte sie, *sehr guter Mann*. Robert hatte noch einiges vor sich, wenn er so weitermachte. Er war eben ein Soldat, der wusste, nach welcher Pfeife er zu tanzen hatte.

»Manche wissen es, manche nicht«, murmelte sie.

Sie öffnete ihren Laptop und schloss ein GPS-Gerät daran an. Als sie sah, wie sich die zwei roten Punkte bewegten, fühlte sie sich innerlich bestätigt. Sie wusste, dass Leo etwas im Schilde führte und wieder einmal einen Befehl ignorierte.

Helfen Sie bei der Patrouille, Sie elender Hund, was ist daran so schwer zu verstehen?

Die beiden roten Punkte bewegten sich langsam durch eine Seitenstraße. Ramirez griff zu ihrem Funkgerät und rief Robert Stratfort zu sich, dem sie vorhin aufgetragen hatte, einen Peilsender an Bluefields Wagen und in seiner Jackentasche anzubringen.

»Robert, kommen Sie in mein Büro. Beim Allmächtigen, tun Sie es schnell! Wir haben hier ein Problem«, sagte sie ihm.

Robert bestätigte.

Normalerweise gab Ramirez einen feuchten Furz auf Formalitäten, aber bei Leo wollte sie eine Ausnahme machen. Sie hatte Robert als Zeugen, wie sie Bluefield einen Befehl erteilte, und dieser ihn missachtet hatte. Er war geradewegs auf dem Weg hinaus aus der Stadt. Sie rief sich einen Absatz aus dem

Handbuch der Streitkräfte in Erinnerung, der klar besagt, dass eine Befehlsverweigerung unmittelbar zur Bestrafung durch den Vorgesetzten führen muss. Nun hatte sie also nicht nur einen moralischen Grund diesem Bluefield die Hose stramm zu ziehen, und Robert, gelobt sei der Herr, war ihr Zeuge.

Sie stürmte die Tür hinaus und die Treppe hinunter, um Robert in Empfang zu nehmen, der bereits im Laufschritt unterwegs war.

»Robert. Kate ist doch mit Sicherheit auch heute mit ihrem SUV hier. So, wie sie es bei fast jedem Phönix-Einsatz ist, mein Junge«, sagte Ramirez aufgeregt. »Ja, ich denke, Gott wollte, dass sie auch heute mit diesem Fahrzeug hier ist.«

»Ma'am, ich denke schon, ja.«

»Gut. Ich möchte dieses Fahrzeug da stehen haben, wo ich gerade stehe, Robert. Wenn es Ihnen nichts ausmacht, recht plötzlich. Haben Sie's?«

»Zu Befehl, Ma'am. Geben Sie mir zehn Minuten.«

»Ich gebe Ihnen fünf, mein Junge. Fünf Minuten.«

Robert flitzte los.

Ramirez eilte hinüber zum Zeltlager und schnappte sich das 58er SSG mit zehnfach Zoom aus Corporal Millfields Tasche. Sie ging damit wieder hinüber zu den Containern und kletterte über das Geländer auf das Dach eben jener. Dann sank sie auf den Boden, legte sich bäuchlings auf das kalte Metall und legte an. Sie kalibrierte den Zoom und hielt Ausschau nach Leos Subaru. Er fuhr geradewegs den Highway entlang, der aus Heltana hinaus führte. Vermutlich war sein Ziel die A-89.

Als sie den Wagen im Fadenkreuz erfasst hatte, wurde sie ganz ruhig und blendete alles um sich herum aus.

Sie hätte auch einfach ihren Vorgesetzten verständigen können und Leo hätte auch so sein Fett bekommen, aber sie mochte Jefferson nicht, und das hier war eine persönliche Angelegenheit.

Sie drückte ab. Der Schuss war durch den schalldämpfenden Aufsatz und den umliegenden Lärm der Einsatzfahrzeuge und Menschenmassen kaum zu hören.

3

Chris schrie schockiert auf, als der Seitenspiegel neben ihm nahezu explodierte, und das Geschoss mit einem bedrohlichen *Donk!* auf die Karosserie des Wagens traf.

»Die Alte zielt ja ganz sauber, das muss ich ihr lassen«, sagte Leo.

»Wer? Was ist hier los? Ist das deine Kommandantin, oder was?« Chris' Stimme bebte.

»Jep.« Leo trat aufs Gas und der gute alte Subaru machte einen Satz nach vorne. »Hätte nicht gedacht, dass sie schon so durchgeknallt ist, aber bei ihr irrt man sich leicht einmal.«

Ein weiterer dumpfer, metallischer Laut war zu hören. Leo vermutete einen Treffer an der Stoßstange.

»Dort vorne biegen wir ab, dann hat sie uns nicht mehr im Visier.«

»Im Visier?!«

Leo sah zu Chris hinüber und musste feststellen, dass er die Situation alles andere als gelassen nahm. Chris schwitzte und sein Blick wirkte panisch. Er hatte sich tief in seinen Sitz sinken lassen. Leo realisierte, dass er hier nicht mit einem der knallharten Jungs aus Team Phönix unterwegs war, sondern mit einem durchschnittlichen Alltagsbürger, der Gewalt wohl nur in Form von Bildern aus dem Fernsehen kannte.

»Hey, ganz ruhig, Partner, dort vorne ist die Abzweigung, sieh mal.« Leo drückte noch eine Spur mehr aufs Gas und der Wagen heulte auf. »Gleich sind wir außer Reichweite und können – «

Der nächste Schuss zischte mit einem knackenden Geräusch durch die Heckscheibe und ließ auch Leo kurz aufatmen. Die Patrone musste irgendwo zwischen Scheibe und Rückbank Halt gefunden haben. Dieses verrückte Weib!

Wenige Sekunden nach dem letzten Treffer bog Leo auf die Heltana-Landstraße ab, die nach Osten führte und war vollständig außer ihrem Sichtfeld.

4

Sie liefen umher wie aufgescheuchte Hühner. Die verrückten Journalisten, die beharrlich versuchten, weitere Informationen aus den Polizeisprechern herauszukitzeln, und die Beamten selbst, die die Menschenmengen in Schacht hielten und beim Abtransport der Leichen halfen. Auch Team Phönix hatte sich wieder in Bewegung gesetzt.

Irgendwie gefiel Ramirez dieses Gewusel.

Sie hatte noch einen letzten Treffer gelandet, hatte sogar die Scheibe erwischt – leider nicht Bluefield – und wartete jetzt auf Robert. Sie hatte ihm fünf Minuten gegeben und sie hatte nicht auf die Uhr gesehen, aber verdammt nochmal, das mussten schon mindestens sieben sein.

Endlich fuhr Robert mit dem SUV von Linda Clarrey vor. Genau genommen war es nicht einmal ihr Wagen, sondern Eigentum der Bundeswehr, aber da Linda ihn bei Phönix-Einsätzen so gut wie immer fuhr, wurde er ihr nun einmal zugeschrieben. Im Fahrzeug befand sich hauptsächlich EDV-Kram, aber auch zwei vollständige Ersatzausrüstungen mit zwei Handfeuerwaffen und einer Automatik.

Robert wollte die Tür öffnen und aussteigen, aber als er sah, wie eilig es Ramirez hatte, nahm er die Hand von der Fahrertür und legte sie wieder ans Steuer.

»Steigen Sie drauf, Robert«, sagte Ramirez, als sie Platz genommen hatte. Sie montierte das GPS-Gerät, auf dem Bluefields Position laufend erkennbar war, auf das Armaturenbrett. »Immer dem roten Punkt nach, mein Junge.« Dann griff sie nach ihrem Funkgerät. »Ich rufe Linda Clarrey, Dienstnummer 0256931. Kommen Sie, mein Mädchen«, sagte sie.

Am anderen Ende des Kanals ertönte Lindas Stimme. »Ja, Commander. Clarrey meldet sich.«

»Linda, schön ihre Stimme zu hören. Sie haben eine sehr beruhigende Stimme, mein Mädchen. Wissen Sie das?«

»Vielen Dank, Ma'am.«

»Hören Sie, Linda, ich benötige Ihre Hilfe. Ich möchte, dass Sie alle Sender, die mich in meinem Büro erreichen wollen, auf mein mobiles Funkgerät umleiten. Kriegen Sie das hin, Mädchen?«

»Natürlich, Commander.«

»Wie lange?«

»Etwa zwanzig Minuten, Ma'am.«

»Gut. Legen Sie los.«

»Jawohl.«

Robert fuhr einfach. Er hätte es nicht gewagt, irgendetwas zu hinterfragen. Nicht, wenn Ramirez wieder eine ihrer … Episoden hatte. Wenn man während ihrer besonderen Gemütslagen beschloss, umständlich zu werden, konnte man sich auch gleich selbst erschießen. Er wusste das.

Und so folgten die beiden Bluefield und seinem Begleiter … folgten immerzu dem roten Punkt, und irgendwie wusste Robert ganz genau, worauf Ramirez es anlegen würde, und immer mehr wurde ihm klar, dass er sich in einer richtigen Scheiß-Situation befand.

5

Auf der Autobahn kamen sie ungehindert und zügig voran. Wenn sie dieses Tempo halten konnten, wären sie in anderthalb Stunden bei der Villa.

Leo dachte darüber nach, was er nach dem Militär machen würde. In jedem Fall würde er sich eine ordentliche Auszeit nehmen und für seinen Vater da sein, solange er sich noch unter den Lebenden befand. Aber wer weiß, vielleicht hatten Theissen und Homberg ja tatsächlich ein Wundermittel entwickelt. Vielleicht musste es ja noch gar nicht das Ende sein.

»Du wolltest mir erzählen, wie du auf sie gekommen bist«, sagte Chris.

»Ach ja, stimmt.« Leo hatte angefangen, Chris zu erzählen, wie er zum Militär gekommen war, und hatte unterbrochen, als er gerade auf Theissen und Homberg zu sprechen kam, weil er die aktuellen Verkehrsmeldungen hören wollte. »Sie sind auf mich zugekommen, Chris. Sie haben mir gesagt, dass sie mich ausgeforscht haben, weil sie – auf welche Art und Weise auch immer – über meinen kranken Vater Bescheid wussten. Sie bezahlen mich sogar dafür, dass ich es meinem Vater verabreiche, dieses Myta … ach, ich weiß nicht wie –«

»Myteraxin.«

»Ja, genau. Sie suchen eben nach Probanden, und dafür würden sie mich zahlen. Und dafür, dass ich etwas Unangenehmes für sie erledige. Nun, das heißt, falls es wirklich dazu kommt.«

»Etwas Unangenehmes?«

Leo wirkte kurz verunsichert. Er hatte das Telefongespräch nicht mehr genau in Erinnerung. »Ich weiß auch nicht genau. Theissen hat von drei Detektiven gesprochen, die sich jetzt gerade in der Villa herumtreiben müssten, und sollte etwas nicht nach Plan laufen, soll ich sie exekutieren, während Theissen und Homberg in ein neues Versteck abhauen. Aber das werde ich nicht tun, Chris, keine Sorge.«

»Sie wollen also heute abhauen?«

»Ja. Und das mit den Detektiven müsste dir doch gut passen, oder? Ich meine, du willst ihre Machenschaften doch ans Licht bringen, nicht wahr? Theissen und Homberg verschwinden, ich bekomme meine Mytrax … – was weiß ich – Probe, und du hast gemeinsam mit den Spürnasen freies Haus.«

»Hm. Wenn du das sagst.«

»Na klar. Wichtig ist nur, dass du dich irgendwo versteckst, bis sie weg sind. Aber das besprechen wir nachher.«

Chris lag noch etwas auf der Zunge. Er wusste es genau. Aber er wollte es irgendwie nicht ansprechen. Diese Ramirez hatte ein Loch in die Heckscheibe geballert und einen Seitenspiegel zerschmettert. Sie hatte auf sie *geschossen,* verdammt. Würde das eigentlich irgendwelche Konsequenzen für diese Frau haben? Durfte sie das? Hatte Leo vielleicht etwas getan, das dazu führte? Etwas Unrechtes? Chris hatte Leos veränderte Stimmlage wahrgenommen, als er vorhin über Ramirez gesprochen hatte. Die Verrückte. Und er schien vor ihr keinen Respekt zu haben. Dafür aber Furcht. Zumindest schien sie ihm Unbehagen zu bereiten. Irgendwie wollte er mit Leo darüber sprechen aber irgendwie … wagte er es nicht. Es war wie mit dem Teufel. Man durfte nicht über ihn sprechen, ansonsten würde er kommen und einen holen.

Chris lehnte sich zurück, verscheuchte diese Gedanken und versuchte, die Fahrt zu genießen.

6

Hätte sie jemand gefragt, warum sie ihren zweiten Mann quer durch das Land verfolgte, wäre ihr keine plausible Antwort eingefallen. Sämtliches Vernunftverständnis eines gesund denkenden Menschen hätte sie bereits zur Umkehr gezwungen, doch die Vernunft war ihr in den letzten Jahren abhanden gekommen. Im Moment verspürte Ramirez nur ein Bedürfnis: Leonardt Bluefield auszulöschen, ihn zu tilgen, wie einen schweren Rechtschreibfehler in einer literarischen Arbeit. Sie hatte ihm die Chance gegeben, sich zu bessern, und er hatte dieses großzügige Angebot von ihr wohl nicht einmal erkannt. Im Gegenteil, er wurde wieder aufsässig und arrogant, so wie sie es von ihm gewohnt war. Deswegen musste ihm jetzt die Rechnung präsentiert werden. Es war schon lange überfällig.

»Du hattest deine Chance, mein Junge«, murmelte Ramirez auf dem Rücksitz des SUV.

»Wie meinen Sie das, Ma'am?«, fragte Robert und warf einen nervösen Blick in den Rückspiegel.

»Schon in Ordnung, Robert. War nicht an Sie adressiert.« Ramirez erkannte ein Schild über der Autobahn mit der Aufschrift: **Raststation 1000m.** »Fahren Sie nach einem Kilometer ab, mein Junge. Wir wollen schließlich nicht liegen bleiben. Herrgott, das würde noch fehlen.«

Robert Stratfort hatte seine Vorgesetzte vor einer halben Stunde darauf aufmerksam gemacht, dass sie mit dem vorhandenen Sprit noch etwa dreihundert Kilometer weit kommen würden. Mittlerweile war die Nadel der Spritanzeige in den roten Bereich gerutscht. Das rührte daher, dass Ramirez darauf bestanden hatte, das Tempo zu erhöhen und den Abstand zum roten Punkt zu verringern. Die Reichweite dieses Senders war begrenzt, und Leonardt Bluefield zu verlieren kam nicht in Frage. Robert wusste, dass ihm nichts Gutes widerfahren würde, wenn er es fertig brächte, den roten Punkt zu verlieren. Deshalb hatte er getan, wie ihm befohlen wurde. In den jüngsten vierzig Minuten dieser Fahrt hatte er eine Durchschnittsgeschwindigkeit von hundertvierzig Stundenkilometern erreicht, den Rückstand zu Bluefields Subaru um fünf Kilometer verkürzt, und den Tank seines Fahrzeuges um zehn Liter Benzin erleichtert.

»Jawohl, Ma'am«, antwortete er und reihte sich auf die rechte Spur der Autobahn ein.

Die Raststation bestand lediglich aus drei Zapfsäulen und einem altmodischen Tankstellengeschäft. Robert parkte den Wagen neben der Tankanlage.

»Soll ich auch Proviant besorgen?«, fragte er.

Darum liebte sie diesen Jungen. Er war nicht nur ein gehorsamer Soldat, sondern setzte auch die breiige Masse in seinem Kopf ein, die Gott jedem Homo Sapiens mit auf den Weg gab. Ramirez hatte keinen Schimmer, wohin die Fahrt noch gehen würde, und wenn Bluefields Reise in den Keller einer ägyptischen Pyramide führen sollte, dann würde sie seinem Arsch auch dorthin folgen und ihm in einem Pharaonensarg auflauern.

»Gut mitgedacht, Robert. Tun Sie das. Aber kaufen Sie kein Sprite. Wenn Sie das tun, mein Junge, dann schlage ich Sie zusammen.«

Robert musste sich ein Lächeln verkneifen, auch wenn er wusste, dass Ramirez keineswegs scherzte. »Jawohl.«

Ramirez machte sich auf den Weg ins Gebüsch.

Nachdem sie sich ihre Cargohose wieder hochgezogen hatte, marschierte sie aus dem Gestrüpp und gelangte an die Rückseite des Ladens, als sie plötzlich einen lauten Knall hörte. Den Schuss einer Pistole.

»BITTE. Tun Sie mir nichts!«, hörte man eine Stimme schreien.

Ramirez wusste, dass es ohne Zweifel der Schuss einer Waffe gewesen war, aber beim Herrgott, welche unglückliche Seele gebrauchte in ihrer Anwesenheit eine Waffe? Robert konnte es unmöglich sein. Ramirez' handverlesene Leute aus Team Phönix konnten nahezu jede bedrohliche Situation mit ihren bloßen Händen abwehren. Robert würde eine Waffe hier draußen nur dann ziehen, wenn Ramirez den ausdrücklichen Befehl dazu gab.

Sie trat hinter dem Gebäude hervor und entdeckte zwei männliche Gestalten mit zerfetzten Jeans und schwarzen Lederjacken, die neben ihrem SUV standen. Einer der beiden bedrohte den Tankstellenwärter mit einer Waffe, der gerade begonnen hatte, ihren Wagen zu betanken und jetzt beide Hände in die Luft hielt. Der andere Kerl durchsuchte die Rückbank des SUV und zog schließlich Ramirez' Reisetasche heraus. Darin befanden sich die Einsatzpapiere für Heltana, ihre Reise- und Passdokumente, ihr Portmonee, Zivilkleidung, und natürlich das Handbuch der Streitkräfte.

Sie machte sich Gedanken darüber, ob sie die beiden Kerle am Leben lassen sollte und kam zu dem Schluss, dass dies wohl eine Spur zu großzügig wäre.

Schade für die beiden.

Sie hob ihre Hände und scharrte mit ihren Stiefeln kurz am Boden, um sich die Aufmerksamkeit dieser armen Kerle zu verschaffen.

»Hey. Hey Zack. Hey Zack, sieh doch ma da rüber«, sagte einer der Männer.

»Was'n, wo denn?«

Die beiden entdeckten Ramirez. Sie hatte ihre Jacke vorhin im Auto gelassen und trug nur ein enges T-Shirt.

»Ik glaub' misch trifft ein Pferd. Dave, haschte solche prallen Titten schon ma gesehn?«

»Ne, nur im Film, Mann. Komm lass den Alten liegen.«

Die Männer ließen vom Tankstellenwärter ab und näherten sich dem tödlichen Radius.

»Bitte tut mir nichts … nicht schießen, bitte nicht«, sagte sie mit der ängstlichsten Stimme, die sie in der Lage war zu erzeugen.

»Sieh mal die Hose an, Zack. Ist so wie bei den Militärs.« Dieser Zack begann zu lachen.

Die beiden hielten ihre Knarren mittlerweile gesenkt.

»Mann, was für ne durchgeknallte Fotze.«

»Klar tun wir dir nichts, Baby«, sagte Zack und fasste Ramirez an die Hüfte.

Als seine Finger ihre Kleidung berührten, griff sie danach. Mit ihrer linken Hand umschlang sie seinen kleinen Finger und den Ringfinger. Ramirez leckte sich die Oberlippe. Ihre Augen begannen förmlich zu leuchten. Und im nächsten Moment, als sie entdeckte, wie Dave seine Waffe wegsteckte, drehte sie seine Finger mit einem Ruck um neunzig Grad nach außen.

Die Glieder krachten und Zack schrie schmerzerfüllt auf. Sie zog ihre Waffe mit einer Bewegung, die so präzise und geschmeidig wirkte wie der dringend erforderliche Eingriff eines höchst erfahrenen Chirurgen, und jagte Zack eine Kugel in den Brustkorb. Sein Freund wollte soeben wieder seine Waffe ziehen, als auch ihn eine Patrone in den Leib traf.

Beide gingen zu Boden und Ramirez kickte ihre Waffen zur Seite, die sie fallen gelassen hatten. Sie tötete die zwei Männer nicht gleich, sondern stellte sich mit einem Blick reiner Befriedigung neben sie und sah zu, wie sie sich vor Schmerz am Boden wanden, nach Luft rangen und Blut husteten. Sie genoss die gurgelnden, gequälten Geräusche, die ihre beiden Opfer von sich gaben. Bevor sie vor Gott traten, sollten sie noch Buße tun, und im besten Fall ihre Lektion für das nächste Leben lernen.

Und sie wartete weiter. Wartete. Wie ein Geier der ausharrte, bis das getötete Kaninchen das richtige Stadium wohlschmeckender Verwesung erreichte.

Nachdem sie mit den Hinrichtungen fertig war, wandte sie sich dem zu Tode verängstigten Mann neben der Zapfsäule zu.

»Ich hoffe für Sie, dass mein Wagen vollgetankt ist«, sagte sie.

Als hätte man seinen Arsch unter Strom gesetzt, sprang der Mann auf und machte mit der Betankung des Fahrzeuges weiter.

»Robert!«, rief Ramirez. »Ich möchte in spätestens einer Minute wieder auf der Autobahn sein.«

Robert, der das Schauspiel beobachtet hatte, flitzte los. Er zeigte dem Mann die Sachen, die er eingekauft hatte. »Sind siebzig Euro für den Sprit und das hier ausreichend?«, fragte er den Mann.

Er bekam keine Antwort auf seine Frage. Der Typ sah ihn einfach nur entgeistert an.

»HEY!«, brüllte Robert.

Der Mann zuckte zusammen. Nach kurzer Überlegung nickte er.

Robert steckte ihm das Geld in seine Jackentasche, verlud den Proviant in den Kofferraum, warf den Tankrüssel zur Seite, und schloss die Öffnung an der Seite des Wagens. Dann lief er um den Wagen herum, öffnete die Fahrertür und sprang in den Sitz.

Als er wieder auf die Autobahn auffuhr, war die Minute bereits um gewesen. Aber er lebte noch.

Gelobt sei der Herr.

7

Sie kamen am Waldrand an, und wie Leo richtig vorhergesagt hatte, gab es hier draußen kaum Empfang. Er hatte Chris auch seinen Plan für später erläutert: Chris sollte gemeinsam mit Leo in die Villa spazieren und sich dann in einem Nebenraum verstecken. Homberg und Theissen warteten im hinteren Gebäudeflügel auf Leo. Dort sollte das Treffen stattfinden. Aber für den Fall, dass sie trotzdem beobachten würden, wie Leo einen ungebetenen Gast in das Herrenhaus führte, hatte

Leo eine Ausrede parat, die seiner Meinung nach *schon ir-gendwie ziehen würde.*

»Was hast du danach eigentlich vor?«, fragte Leo.

»Naja, ich hätte vorgehabt, die Polizei zu überzeugen, dass sie sich diesen Ort genauer ansehen. Mit den Fotos und den E-Mails. Aber wenn dort wirklich Detektive sind, wie du sagst, dann dürfte sich das erübrigen.«

»Mhm.« Leo warf kurz einen prüfenden Blick zur Seite, als er auf die Forststraße einbog. »Also suchst du als erstes die Detektive und erzählst ihnen, was du weißt?«

»Ja, ich denke, das werde ich tun«, erwiderte Chris. »Und du bist dir sicher, dass Theissen und Homberg vorhaben, heute zu verschwinden?«

»Ja. Das haben sie ausdrücklich erwähnt. Es gibt ja auch allen Grund dafür, wenn drei Schnüffler dort aufkreuzen, oder?«

Chris nickte und sah beim Fenster hinaus. Der Wald wirkte wie ein schwarzes Ungetüm, und als die Lichter des Subaru in die Dunkelheit eintauchten, wurde ihm irgendwie unwohl zumute. Er freute sich zwar, dass er diesem verrückten Treiben mit den Menschenversuchen ein Ende bereiten konnte, aber vorgestern hatte er sich noch ein letztes Mal über Theissen informiert. Und über diesen Ort hier. Er hatte es bei Google Maps eingegeben, und er hatte diesen isolierten Ort gesehen, diese von einem dichten Wald abgeschottete Villa, und er hatte gedacht *Mann, so eine Scheiße, welcher kranke Kerl würde da gerne wohnen?*, und deshalb lief ihm jetzt wieder ein kalter Schauder über den Rücken, als sie den Forstweg entlang fuhren. Und er stellte fest, dass der Name dieses Waldes einfach einzigartig zu seiner tatsächlichen Beschaffenheit passte. Die Bäume wirkten wie dürre Gestalten, die das Licht der Scheinwerfer zu absorbieren schienen, um eine Reihe dahinter wieder vollständige Finsternis zu erzeugen.

Der Forst hieß Schwarzer Wald.

| Dritter Teil |
Schwarzer Wald

Geh nicht gelassen in die gute Nacht,
Brenn, Alter, rase, wenn die Dämmerung lauert;
Im Sterbelicht sei doppelt zornentfacht

- Dylan Thomas (Curt Meyer-Clason)

KAPITEL 7

Die Heldentat

1

Daddy war nicht zu Hause. Wenn er nach Hause kam, dann wollte er, dass sie bereits im Bett war und tief und fest schlief. Mami war auch nicht zu Hause. Sie war im Krankenhaus, weil Daddy nicht zufrieden mit ihr war. Immer, wenn er unzufrieden war, holte er mit seiner Hand aus und schlug ihr damit ins Gesicht. »Ich bin so gar nicht zufrieden mit dir, Jessica. Ich fürchte ich muss dir noch einiges beibringen«, sagte er dabei manchmal, und schlug sie nochmals. Mami begann oft zu weinen und sagte zu ihr, dass sie in ihr Zimmer gehen sollte. Sie wollte nicht, dass sie das sieht.

Manchmal war Daddy auch böse mit ihr.

Sie war noch nicht eingeschlafen, weil ihr der Schrank Sorgen machte. Im Schrank hauste eine Kreatur, die über sie herfallen würde, wenn sie ihn aus den Augen ließ. Sie konnte jetzt nicht schlafen, dafür war es schon zu spät. Und zu dunkel. Gut einschlafen konnte sie nur, wenn es draußen noch hell war, oder die Stimme von Mami aus dem Wohnzimmer zu hören war. Oder der Fernseher der Nachbarn, oder Autos auf der Straße. Aber um Mitternacht war es bereits sehr still. Da konnte sie das Einschlafen vergessen.

Sie stand auf, lief zur Zimmertür und wollte sie öffnen, doch sie ging von selbst auf.

Daddy stand vor ihr. Er hatte die roten Augen.

»Hab' ich dir nicht gesagt, du sollst im Bett sein? Ist das wirklich so schwer zu begreifen? Du kommst ganz nach deiner Mutter.« Seine Stimme war sehr laut. Sehr *unzufrieden*.

Manchmal, wenn Daddy spät nach Hause kam, hatte er eine fremde Frau dabei. Und er hatte dann immer diese laute Stimme und diesen scharfen Geruch, der aus seinem Mund kam. Und diese roten Augen. Immer, wenn das der Fall war, hatte sie große Angst vor ihm.

»Ich verstehe. Du hast vergessen, dass du mir gehorchen musst. Ich muss dich nur zusammenschlagen, dann ist alles wieder gut. Dann vergisst du es nicht mehr.«

Er öffnete seinen Gürtel, nahm ihn ab, und schloss die Schnalle am Ende. Das metallische Klicken hallte laut in ihrem Kopf.

»Bitte nicht weh tun, Daddy! Ich vergesse es nicht mehr! *Ganz bestimmt nicht! Bitte –* «

Die Gürtelschnalle schnellte auf ihre Hüfte und sie begann zu schreien. Er mochte es nicht, wenn sie schrien. Ganz und gar nicht.

»Ich muss dir jetzt ordentlich weh tun, Simona. Gelobt sei der Herr! Es ist zu deinem Wohl, verstehst du das?!«

Sie kauerte in verängstigter Haltung in einer Ecke ihres Zimmers, hatte den Kopf tief nach unten gebeugt, und wartete auf den nächsten schmerzenden Hieb.

Doch er blieb aus.

Wir sind da. Soll ich ihn da vorne abstellen?

Sie spürte bloß ein Kribbeln an ihrem Knie. Irgendetwas berührte sie an ihrem Knie.

»Daddy?«

Ma'am, wir sind da! Wachen Sie auf, …

2

» … wir sind da!«

Ramirez schnappte nach Luft und riss die Augen auf.

»Ich bin wach. Ich bin wach, mein Junge«, sagte sie. »Wo sind wir?«

»Wie es aussieht am Ziel.« Robert zeigte mit dem Finger durch die Windschutzscheibe. »Bluefield hat seinen Wagen abgestellt und befindet sich laut GPS im Gebäude.«

Vor ihnen befand sich ein riesiges Anwesen, das mit einem drei Meter hohen Gitter umzäunt war. Neben Bluefields Subaru befand sich noch ein weiterer Wagen, und für einen Augenblick fragte sich Ramirez ernsthaft, was denn hier zum Herrgott nochmal los war. Sie waren ihm an einen Ort gefolgt, der abseits jeglicher Zivilisation zu liegen schien. Und an diesem Ort gab es nur drei Dinge: Einen dichten Wald, ein hohes Gebirge, das sich vor ihnen erstreckte, und eine Villa. Eine verdammte Villa, die vor ihrer Nase stand wie ein Elefant in einem riesigen Zirkuszelt.

Ramirez schüttelte den Kopf und lud ihre Waffe durch. Es konnte ihr nur recht sein, wenn sich an diesem Ort außer ihr und Leo kaum andere Personen aufhielten. Und die Wenigen, die ihr in den Weg kommen würden, würde sie sie ganz einfach auch umnieten. Das sollte nun wirklich kein Problem darstellen. Das Einzige, das sie nachdenklich stimmte, und das ihr schon seit der Abfahrt in Heltana keine Ruhe ließ, war die Frage danach, was zum Teufel Leo hier bloß zu schaffen hatte.

»Sollen wir warten, bis sie wieder raus kommen, Commander?«, erkundigte sich Robert.

Vielleicht wäre es wirklich die bessere Variante gewesen, sich hier draußen auf die Pirsch zu legen und abzuwarten, bis Bluefield sich im Visier zeigte. Doch Ramirez hatte in ihren Dienstjahren schlechte Erfahrungen mit passiven Methoden gemacht, und überhaupt passte Abwarten so gar nicht zu ihrem Stil. Sie fasste Robert durch den Rückspiegel ins Auge. »Gott hat unseren Arsch nicht unversehrt hierher gebracht, um jetzt abzuwarten, Robert«, sagte sie. »Wir gehen rein.«

Sie freute sich schon darauf, Bluefields Gesicht zu sehen, wenn sie vor ihm stand und er den Lauf ihrer 29er vor der Nase hatte. *Wie schmeckt Ihnen das, mein Junge? Ich wollte noch schnell sehen, wie Sie reagieren.*

»Parken Sie den Wagen zwischen den Bäumen dort vorne.«

»Ja, Ma'am.« Robert manövrierte das Fahrzeug in eine von Ästen und Sträuchern durchwachsene Waldschneise.

»Wie genau haben wir seine Position?«

»Nicht sehr genau. Wir wissen nur, dass er im hinteren Teil des Gebäudes ist.«

»Das muss reichen. Aber wir nehmen das GPS mit.«

Nachdem Robert den Wagen möglichst unauffällig zwischen dem Geäst geparkt hatte, montierte er das Navigationsgerät ab und zoomte auf den roten Punkt, der den Peilsender in Bluefields Jackentasche darstellte. Dann näherten sich die beiden der Einfahrt und stellten sich an die Säule, neben der sich das geöffnete Einfahrtstor befand.

»Robert.«

»Ma'am?«

»Wenn Bluefield uns entdeckt und seine Waffe zieht, dann wissen Sie, was zu tun ist, oder?«

»Natürlich, Commander. Bluefield soll eliminiert werden.«

»Genau so ist es, mein Junge.« Natürlich wollte Ramirez um jeden Preis vermeiden, dass Robert ihn abknallte. Dieses Privileg sollte unbedingt ihr vorbehalten sein. Aber für den Fall einer Notsituation brauchte sie vollste Gewissheit, dass Robert wusste, worauf sie es anlegte.

Sie spähte hinter der Säule hervor und gab Robert ein Handzeichen. Er hatte das GPS an seinen Parka geschnallt und ging nun voraus. Die Einfahrt war lang, und Ramirez hoffte, dass niemand sie entdecken würde, während sie daran entlang schlichen.

Als sie den Vorhof erreichten, hörten sie plötzlich ein dumpfes Geräusch, das seinen Ursprung irgendwo hinter dem großen Gebäude haben musste und auf diesem Terrain unheimlich widerhallte. Ramirez blieb stehen und lauschte. Der seltsame Laut und diese bizarre Umgebung hier lösten ein aufregendes Kribbeln in ihr aus, das sich bis in ihre Fingerspitzen erstreckte, die ihre 29er festhielten. Es war ein herrliches Gefühl.

»Robert.« Ihr Blick war in die Ferne gerichtet, in die Richtung, aus der der Schuss gekommen war. Sie redete sich ein, dass es ein Schuss gewesen war. Sie *wollte*, dass es ein Schuss gewesen war.

»Ma'am?« Robert flüsterte.

»Die Party fängt ohne uns an. Im Laufschritt!«

»Ja, Commander.«

Und im Laufschritt bewegten sie sich durch die Einfahrt und über den Hof, bis sie zur Eingangstür gelangten. Diese stand einen Spalt weit offen, aber die beiden hockten sich links und rechts davor hin und horchten eine Weile, ob im Raum dahinter jemand anwesend war. Dann nickte Ramirez Robert zu und er öffnete den offen stehenden Türflügel komplett. Ramirez zielte in das Gebäude und schritt aufmerksam voran. Der Geruch in dem Raum schmeckte, als ob hier drinnen schon lange niemand mehr geatmet hätte. Es roch alt, nach Teppich und Staub. Sie sah nach hinten zu Robert und deutete dann auf die Treppe, die sich mitten in der Eingangshalle befand. Er bestätigte mit einem Nicken und ging hinauf. Ramirez sah sich noch einmal um, bevor sie ihm folgte.

»Zeigen Sie mir das Ding«, flüsterte sie ihm zu, als sie im Flur des ersten Stocks angelangt waren.

Robert drehte das Display des GPS in ihre Richtung. Der rote Punkt war zu sehen, aber nicht ihr Standort.

»Was soll ich damit anfangen, Robert?«

»Unser Standort wird nicht mehr angezeigt, seit wir tiefer in den Wald gelangt sind. Scheint eine Art Funkloch zu sein, Ma'am.«

Ramirez biss sich auf die Unterlippe. Das hatte gerade noch gefehlt. Dieses Anwesen war riesig, und ohne das GPS könnten sie Bluefield hier lange suchen.

Doch dann fuhr Robert fort: »Wir haben aber immer noch die Referenz zum Peilsender in seiner Jacke, sehen Sie? Sein roter Punkt bewegt sich am anderen Ende des Gebäudes.«

Das muss wohl reichen, dachte sie. »Na schön, mein Junge. Wenn es sich einrichten lässt, machen wir Bluefield hier kalt. Behalten Sie aber unter allen Umständen den Punkt im Auge. Sollte er zu seinem Wagen zurückkehren, müssen wir uns sputen. Beim Herrgott, haben Sie das verstanden, Robert?«

»Ja, Ma'am, klar und deutlich.«

Sie gelangten in einen mit Glas überdachten Korridor, der in einen anderen Gebäudeflügel zu führen schien. »Links halten und ducken, Robert«, befahl Ramirez, als sie bemerkte, dass sich auf der rechten Seite dieses Trakts eine Reihe von Fenstern befand.

Sie gingen in die Hocke und pirschten in geduckter Haltung den Gang entlang, und an dessen Ende dachte Ramirez schon, dass sie außer Form war, so wie ihre Schenkel brannten, doch dann blickte sie zurück und sah, dass es mindestens hundert Meter gewesen sein mussten, die sie mit gebeugten Knien zurückgelegt hatten. Was für ein gewaltiger Gebäudekomplex.

Sie kamen am Ende des Verbindungstrakts an und Robert überprüfte noch einmal den roten Punkt auf dem Navigationsgerät. Mittlerweile mussten sie schon relativ nahe an Bluefield dran sein, wenn sein Orientierungssinn ihn nicht komplett im Stich ließ und das GPS anständig funktionierte und eine gute Verbindung zum Sender aufbauen konnte. Natürlich wusste er, dass ihnen das Gerät nicht verraten würde, ob sie sich auch auf der gleichen Höhe mit ihrem Ziel befanden. Er hoffte, dass sich Ramirez dessen ebenfalls bewusst war, hatte aber so seine Zweifel. In den letzten Stunden hatte er sich angewöhnt, die Überbringung von schlechten Nachrichten stets hinauszuzögern.

Ramirez öffnete die Tür. Dahinter lag ein Flur, in dem sie drei Türen zählte.

»Bleiben Sie da, ich sehe mir die Zimmer an«, sagte sie.

Robert bildete einen Kreis mit Daumen und Zeigefinger.

Die erste Zimmertür war geschlossen und Licht drang durch den Spalt am Boden hervor. Sie betrat den Raum ohne mit der Wimper zu zucken. Wer heute an diesem gottverlassenen Ort war, hatte nun einmal Pech gehabt. Vielleicht wusste die Person ja sogar, wo sich Bluefield befand. Dann würde sie wenigstens einen Nutzen für sie haben, bevor sie sie ins Jenseits beförderte.

Als Ramirez das Zimmer betrat, war jedoch niemand zu sehen. Allerdings musste vor kurzem jemand hier gewesen sein. Das Bettzeug war benutzt und neben dem Bett entdeckte sie einen Rucksack und eine Jacke. Sie wollte keinen Gedanken daran verschwenden, verließ das Zimmer wieder, und ging auf die nächste Tür zu.

Auch dieses Zimmer war leer, und ebenfalls schien hier jemand zu wohnen oder zumindest gewohnt zu haben.

»Könnte sein, dass wir noch Gesellschaft bekommen, Robert«, sagte sie. Ihrer Stimme hätte man beim ersten Hinhören Besorgnis zugesprochen, aber in Wirklichkeit steigerte der Umstand, dass es hier bald zur Sache gehen könnte, ihre Laune beträchtlich.

Robert schien nicht sonderlich überrascht zu sein. »Töten wir sie auch, Commander?«

»Nur, wenn sie uns in die Quere kommen, oder sie unser Gesicht sehen, kapiert?«

Er nickte. Roberte hatte inzwischen realisiert, dass Ramirez alles tun würde, um Bluefield zu exekutieren. Und dabei keine Zeugen zu hinterlassen, durfte seiner Kommandantin wohl ein wichtiges Sekundärziel sein. Er blickte gerade durch ein kleines Fenster hinunter in den Arkadenhof, als Ramirez sich der letzten Tür auf diesem Flur näherte.

Sie öffnete die letzte Tür in der Erwartung, das gleiche Bild wie bei den vorangegangenen vorzufinden aber dort drinnen in dem Bett lag eine Frau.

Ramirez schlang den Zeigefinger um den Abzug und ging auf sie zu. Die Frau schien sich im Tiefschlaf zu befinden. Ihr Atem ging langsam und leise, und ihr Haar lag weit offen auf dem Kissen. Wenn sie so fest schlief, war sie keine Gefahr, und wenn sie Glück hatte, würde sie in der nächsten Stunde erst gar nicht aufwachen. Ramirez dachte darüber nach, einfach weiterzugehen, aber nach genauerer Überlegung kam sie zu dem Schluss, dass ein Kopfschuss nicht schaden könnte. Sicher ist sicher.

Was für ein hübsches Ding, dachte Ramirez noch, hob ihre 29er und richtete sie auf Vals Schläfe aus.

»Commander, kommen Sie! Schnell!«, zischte Roberts Stimme aus dem Flur.

Ramirez fuhr herum, senkte ihre Pistole und eilte hinaus. Behutsam schloss sie die Zimmertür hinter sich, und für den Hauch eines Moments hatte sie sich eingebildet, dass sich die Schranktür neben dem Bett bewegt hatte. Aber das war jetzt egal. Robert hatte etwas gesehen.

»Christus sei mit uns, Robert! Was haben Sie entdeckt?«

Robert zeigte durch das Fenster. Dort unten liefen zwei Männer quer über den Hof. Und sie schienen es eilig zu haben. Sehr eilig.

»Was sollen wir tun, Ma'am?«

»Jetzt ist es wichtig, die Ruhe zu bewahren, gelobt sei der Herr. Die Kerle dort unten gehen uns im Moment nichts an«, antwortete sie. »Bewegt sich unser Knabe?«

Robert warf einen Blick auf das GPS. »Nein, Ma'am. Die beiden kamen wohl von seiner Position.«

»Ich will Ihre Augen fürs Erste nirgendwo anders haben als auf diesem Ding, verstanden?«

»Jawohl.« Robert steckte seine Waffe weg und trug das GPS mit beiden Händen vor sich.

»Wir gehen dorthin.«

3

Dass manche Dinge nicht so laufen, wie man sie gerne gehabt hätte, und man bei einer solchen Unternehmung ein gewisses Risiko ins Kalkül miteinbeziehen musste, war Viktor Theissen vollkommen klar, als er Vincent dabei zusah, wie er die letzten Proben vorsichtig in seine Tasche packte. Es war ihm auch schon lange zuvor klar gewesen. Er hatte sich die letzten paar Monate alle möglichen Antworten zurechtgelegt, wie er die

Weiterentwicklungen und Tests an diesem Medikament rechtfertigen sollte, für den Fall, dass die polizeilichen Arbeiten auf die versteckten Kellergewölbe seines Anwesens stoßen würden. Doch er konnte beim besten Willen keine plausible Antwort finden, die ihm bei einer Anhörung vor Gericht auch nur einen Deut geholfen hätte. Was Vincent und er in den letzten Monaten vollbracht hatten, war zweifelsohne ein bedeutender Schritt in der Geschichte der Medizin. Aber es war schlichtweg auch außerhalb des gesetzlichen Rahmens. Viktor Theissen wollte allerdings gar nicht erst darüber nachdenken, gegen wie viele ethische und juristische Grundsätze sie hier verstoßen hatten, und wie viele Jahre das umgerechnet im Gefängnis ergeben würden.

Die meisten »Freiwilligen«, die sie hierher gelotst hatten, waren den Nebenwirkungen kläglich erlegen. Aber nicht die letzten fünf Personen. Die letzten fünf hatten nicht nur erstaunlich lange durchgehalten, sondern auch bemerkenswerte Ergebnisse geliefert: So konnte beispielsweise ein Mann, an dem ein Geschwür an der Prostata festgestellt wurde, drei Tage nach der Einnahme wieder schmerzfrei urinieren. Solche Befunde waren insofern hilfreich, da sie den Rückgang der Tumore physisch nicht feststellen konnten. So wie die Sachlage nach Vincents Ankunft war, hatte Curegen bereits Unglaubliches geleistet, was die Abtötung bösartigen Zellwachstums anbelangte. Der Fokus lag also bei der Bekämpfung der Nebenwirkungen.

Viktor hatte zunächst nicht geglaubt, dass die Mittel und Gerätschaften, die er selbst aus diversen medizinischen Forschungseinrichtungen und Universitäten, und die Vincent aus Curegen mitgenommen hatte, überhaupt ausreichen würden, um die Arbeit an dem sogenannten Myteraxin fortzusetzen. Er wurde eines Besseren belehrt. Aufgrund der Protokolle aus Curegen konnten sie zunächst Mischverhältnisse analysieren und so einfache, abgeänderte Varianten erstellen. Später begannen sie mit Beimengungen neuer Wirkstoffe, die die teils vehementen Nebenwirkungen schwächen sollten.

Als die Polizei vor Monaten hier angerückt war, hatte Viktor noch keine Bedenken. Es waren nur zwei Streifenwagen, vier Beamte, die das Grundstück untersuchen sollten. Sie hatten keine Spürhunde dabei. Das war gut. Hätten sie Spürhunde bei sich gehabt, hätte er wohl einpacken können. Aber die Polizei sollte vorerst nicht das Problem an dieser Unternehmung darstellen.

Das Problem waren die Leichen.

Vincent hatte vorgeschlagen, dass man sie in den Wald hinauffahren könnte, wo der Übergang zum felsigen Gebirge begann. Dort gab es einige Kluften und Felshinterschnitte, wo man die Körper problemlos hätte abladen können. Viktor hielt das allerdings für keine gute Idee. Er dachte immerzu an die Spürhunde. Als Jugendlicher hatte er einmal an einer Treibjagd teilnehmen dürfen und er wusste seitdem, dass Hunde, die auf die Witterung von Fährten abgerichtet waren, eine Spur so gut wie immer zurückverfolgen konnten. Wenn sie ein Dutzend Leichen nach draußen zerren würden, würde das für die Tiere eine Spur hinterlassen, die ungefähr so schwer zu übersehen war wie eine Autobahn. Deshalb räumten sie einen Raum im Tunnelsystem vollständig leer und deponierten die Verstorbenen darin. Dieser Prozess bereitete den beiden die größten Schwierigkeiten – in mentaler Hinsicht wohlgemerkt –, aber sie waren sich zu jeder Zeit einig darüber, dass das, was sie hier taten, es wert war. Dieses Medikament befand sich in einem solch fortgeschrittenen Stadium, dass irgendjemand es einfach weiterentwickeln *musste*, dass jetzt der falsche Zeitpunkt war, um aufzugeben.

Hatte Curegen es zu eilig gehabt, es an Menschen zu testen? Aus Sicht der Forschung keineswegs. Jedoch standen sie als offiziell anerkanntes Institut nun mal im Zentrum der Öffentlichkeit und hätten überlegter handeln müssen. Vincent hatte es kommen sehen, als er vor Monaten mit Viktor ins Gespräch kam. Und genau wie er es vorhergesehen hatte, trat bei Curegen eine öffentliche Katastrophe ein. Diesen Stoff erneut an einem Menschen zu untersuchen war auf legalem Weg nun unmöglich. Deshalb hatten sie weitergemacht. Und dieses

Herrenhaus, das er vor knapp vierzig Jahren geerbt hatte, hatte sich ausgezeichnet dafür geeignet.

Das ist das letzte Kapitel in dieser verfluchten Villa, dachte Viktor Theissen, als er den muffigen Geruch der Abstellkammer einatmete, in der seit Ewigkeiten nicht mehr gebrauchte Gartenwerkzeuge, ein Rasenmäher und ein paar alte Autoreifen untergebracht waren. Er und Vincent waren hier mit Leonardt Bluefield verabredet, um die letzten Details zu besprechen und natürlich die Bezahlung abzuwickeln. Danach würden sie ein für alle Mal von hier verschwinden.

»Haben wir was vergessen?«, fragte er Vincent. Der Tag war anstrengend gewesen und ein leichter Schweißfilm lag auf der Haut seiner Stirn. Sie hatten sehr viel Zeit und Gedanken darin investiert, für diese verfluchten Detektive alles verschwinden zu lassen.

Vincent starrte Viktor einige Sekunden nachdenklich an bevor er antwortete: »Nein. Nein, ich denke, wir haben alles.« Er war sich einigermaßen sicher, dass sie alles hatten, auch wenn er gerade keinen klar strukturierten Gedanken dafür aufbringen konnte, was sie alles in ihren Wagen verstaut hatten und was nicht. Denn dieser Jakob Langert bereitete ihm Sorgen. Der Detektiv, den sie vorhin nicht erwischt hatten. Und außerdem dauerte das alles hier viel zu lange.

Wo bleibt dieser Bluefield?, wollte Vincent soeben fragen, als sich die Tür öffnete.

»Ausgezeichnetes Timing, Herr Bluefield«, lobte Viktor Theissen.

Leo betrat den Raum.

»Wieso kommen Sie fast eine halbe Stunde zu spät, wenn ich fragen darf? Wir haben doch über die Pünktlichkeit gesprochen, oder?«, sagte Vincent, bevor Leo überhaupt ein Wort in den Mund nehmen konnte.

»Nur die Ruhe.« Theissen versuchte, mit seinen Händen eine möglichst beschwichtigende Geste zu erzeugen. »Dafür gibt es doch sicher eine Erklärung, oder?«

»Wir haben darüber geredet, ja«, erwiderte Leo. »Aber die Sache in Heltana war eben ein ziemliches Schlamassel. Der Einsatz hat länger gedauert als erwartet.«

Vincent wollte nachfragen, wie sich die Probanden verhalten und wie sie ausgesehen hatten, aber Leo fuhr fort.

»Meine Herren, könnten wir das möglichst schnell über die Bühne bringen? Ich glaube, das wäre in unser aller Interesse.«

Viktor griff in seinen Rucksack und kramte eine Weile darin herum. Er zog ein Bündel an 500-Euro-Scheinen heraus. »Sie haben natürlich Recht, mein Guter. Sie müssen wissen, dass wir Ihnen wirklich dankbar sind für das – «

»Ja, ich weiß«, unterbrach er ihn und entnahm ihm die Geldscheine. »Die Forschung und die Menschheit wird es mir danken, nicht wahr?«, sagte Leo, während er die lilafarbenen Scheine auf die vereinbarte Summe prüfte. Er versuchte, das klassische Abbild eines egozentrischen Heeressoldaten zu verkörpern.

»So ist es.«

Als Leo die Scheine in die Innentasche seiner Jacke stecken wollte, spürte er etwas Metallisches, das zwischen seine Fingern gelangte. Er fragte sich, was das wohl sein mochte, wollte es sofort überprüfen und aus seiner Tasche ziehen, doch Theissen meldete sich zu Wort und er schenkte ihm seine Aufmerksamkeit.

»Eine Sache wäre da noch, bevor wir Ihnen die Probe aushändigen.«

»Nämlich?«

Viktor fuhr fort. »Zwei der Detektive haben wir wie geplant mit unserem letzten Stand versehen und in Narkose versetzt. Es ist ein Mann mit kurzen, blonden Haaren und eine Frau mit brünettem Haar. Die beiden werden in etwa ein bis zwei Stunden aus ihrer Betäubung erwachen. Bis dahin sollten Sie natürlich schon weg sein, aber nur für den Fall, dass Sie sie doch noch sehen: Diesen beiden darf absolut *nichts* zustoßen. Sie sollen diesen Ort verlassen können, und wir werden nach einigen Tagen ihren Standort ermitteln, um zu sehen, wie sie den Letztstand vertragen haben.«

»Alles klar, kein Problem. Noch etwas?«

»Ja.« Dieses Mal antwortete Vincent. »Den dritten Detektiv haben wir nicht erwischt. Entweder er ist weggelaufen – was ich allerdings nicht glaube – oder er versteckt sich hier irgendwo. Wir möchten, dass Sie noch nach ihm suchen, bevor Sie gehen. Sein Name ist Jakob Langert, blaue Jeans, braune, mittellange Haare. Wenn Sie ihn sehen, erschießen Sie ihn. Es könnte sein, dass er uns belauscht hat, als wir vorhin im Hof waren. Sollten Sie ihn in einer Stunde nicht gefunden haben, verschwinden Sie, denn dann wachen die anderen beiden auf. Wenn Langert überlebt, ist das vielleicht nicht günstig, aber auch keine Tragödie.«

»Gut. Das ist kein Problem. Ist das alles?«, fragte Leo.

»Ja. Das ist alles.«, antwortete Theissen. Er griff erneut in seinen Rucksack und zog eine PET-Flasche daraus hervor. Ihr Inhalt wirkte unter dem schwachen Licht dieses Schuppens bräunlich.

»Das hier ist unser Letztstand. Vincent und ich könnten schwören, dass er Ihren Vater wieder auf die Beine bringt.«

»Es ist der *beste* Stand, den wir haben«, fügte Homberg hinzu. Die Aufregung über Leos Verspätung hatte er vergessen. Seine Stimme drückte neben Worten Stolz und Zufriedenheit aus.

»Hier noch die Anleitung zur Verabreichung. Sollten Sie auch per Mail bekommen haben.«

»Ja, habe ich«, sagte Leo. »Und was, wenn es tatsächlich erfolgreich wirkt? Ich meine, soll ich Sie verständigen oder – «

»Nein. Das kriegen wir schon mit. Wir haben ab heute keinen Kontakt mehr miteinander, in Ordnung?«

»Alles klar.« Leo packte die Flasche behutsam in seinen Rucksack. »Also gut, dann werde ich mich noch nach diesem Langert umsehen.«

»Ja, tun Sie das bitte.«

»Komm schon, Viktor.« Homberg stand bereits an der Tür und wartete.

»Noch einmal vielen Dank, Herr Bluefield.«

161

»Warten wir ab. Vielleicht muss ich mich bei *Ihnen* bedanken.«

Theissen lächelte. Es war ein Lächeln, das auf Hoffnung schließen ließ. Ein Lächeln, das einem sagte: *Ja. Ja, das wäre schön.* Und irgendwie symbolisierte dieses Lächeln auch Erlösung. Das Gefühl der Bestätigung, dass sich die Risiken und all die Zweifel, die während der Arbeit an ihm genagt hatten, schließlich auszahlten.

4

Er hätte froh sein müssen, dass alles so glatt abgelaufen war, doch es kam keine wirkliche Freude in ihm auf. Und er wusste, warum. Als er vorhin das metallische Ding in seiner Jackentasche gefühlt hatte, war eine fast unscheinbare Woge der Panik über ihn gekommen. Er hatte etwas Böses geahnt. Es war nur eine Ahnung, ja, aber irgendwie war es auch eine Gewissheit. Jedenfalls die Gewissheit, dass er sich dieses Ding keinesfalls selbst in seine Jacke gesteckt hatte. Und das war nicht gut. Das war schlecht.

Er wollte nicht überprüfen, was da drinnen war – weil er es schon ahnte. Aber er musste. Leo öffnete den Reißverschluss, nahm die Bündel an Scheinen heraus, packte sie in seinen Rucksack, und langte erneut in die Jackentasche.

Da war es wieder. Er zog das Ding heraus. Es war keine zwei Zentimeter groß, hatte an einem Ende eine metallische Kapsel aus Aluminium und am anderen eine kleine, elektronische Platine, von der dünne, aber stabile Drähte abstanden. Auf der Rückseite befand sich eine Batterie von etwa einem Zentimeter Durchmesser.

Leo spürte, wie sein Körper Adrenalin freisetzte. Für den Moment hatte er das Gefühl, als ob die Wände ihn beobachten würden. Als ob sie sich in den Wänden befinden würde und nur noch auf den richtigen Moment wartete. Er hielt den Peilsender in seiner Hand und zerquetschte ihn. Dann setzte Leonardt Bluefield seinen Arsch in Bewegung, denn plötzlich konnte er Ramirez' Anwesenheit so deutlich spüren wie eine Antilope, die das Heranpirschen eines Geparden hinter den Sträuchern einer Savanne witterte.

5

Während ich die hellen Lichtkegel betrachtete, die Bluefields Fahrzeug vor uns in die Dunkelheit stanzte, versuchte ich die Geschichte zu verdauen, die er mir gerade erzählt hatte. Theissen und Homberg waren weg, aber das war nicht das Problem. Leos Worten zufolge war eine bewaffnete Psychopathin hinter ihm her. Oh, ein kleines Detail hätte ich beinahe vergessen: Sie war eine ranghohe Militärkommandantin, eine Person, die einen Treffer landete, wenn sie tatsächlich auf einen anderen Menschen anlegte, und nicht vorher zehnmal daneben schoss.

Leo trat auf die Bremse und brachte den Wagen ruckartig zu stehen.

»Was ist los?«, fragte ich.

»Dort unten.« Er sah durch das Fenster neben mir »Was ist das?«

Ich schaute beim Fenster der Beifahrertür hinaus und erkannte, was seine Aufmerksamkeit erregt hatte: Eine Lichtquelle, die zwischen den Baumstämmen aufblitzte, und sich fortzubewegen schien. Es war ein Fahrzeug, dass die Serpentinen hochgefahren, und uns somit entgegen kam.

»Na klasse«, sagte Leo. »Das sind deine Gastgeber. Jetzt kriegst du Theissen doch noch zu Gesicht, wo ihr doch extra wegen ihm hergekommen seid.« Er stieg leicht aufs Gas und manövrierte den Wagen an den rechten Rand des Forstweges, sodass links neben uns gerade noch eine zweite Wagenbreite Platz hatte. Dann stellte er den Motor ab.

»Ist das etwas Schlechtes?«, fragte ich ihn.

»Ja, das würde ich schon sagen«, antwortete Leo. »Ich wette, die haben irgendwo eine Überwachungskamera im Haus und haben gesehen, dass ich mit dir gemeinsam abgehauen bin.« Er fasste sich an die Stirn.

Ich hielt das für etwas weit hergeholt. »Aber dann bräuchten sie doch ein Anzeigegerät in ihrem Wagen mit Live-Übertragung der Kamerabilder. Das ist eher unwahrscheinlich, Leo.« Ich versuchte ihn zu beruhigen und tat mir schwer damit, zu glauben, dass ein hochgradiger Soldat aus einer Militärspezialeinheit Probleme mit so einer Situation haben konnte. Vielleicht hatte er heute einfach einen schlechten Tag. Vielleicht hatte er mir etwas verschwiegen? Vielleicht aber hatte ich den Ernst der Lage ganz einfach noch nicht erkannt und seine Sorge war berechtigt. »Es könnte doch sein, dass sie einfach was vergessen haben und deswegen zurückkommen, oder?«

»Wie auch immer, sie fahren zurück.«

»Wir könnten einfach an ihnen vorbeifahren. Die sind doch nicht auch so wie deine … Vorgesetzte, oder?«

»Und dann?« Leos Gesichtsausdruck wirkte verblüfft, als ob er nicht glauben konnte, was ich gerade gesagt hatte. »Wenn die beiden wirklich zurückfahren, dann werden sie Ramirez begegnen. Ich kann mir nicht vorstellen, dass sie hier draußen jemanden am Leben lässt, der ihr Gesicht sieht. Nicht bei so einer Harakiri-Aktion.«

Das war mir nicht in den Sinn gekommen. Schließlich hatte ich wieder einmal nur an mich selbst gedacht. Ich fragte mich, ob sich mein Charakter in absehbarer Zeit bessern würde, oder ich den Rest meines Lebens ein solch egoistischer Arsch bleiben mochte. Von dem Mann, der hier neben mir saß, konnte ich mir jedenfalls ein Stück abschneiden.

»Das stimmt wohl«, murmelte ich. »Du hast recht.«

»Es nützt ja nichts. Wir müssen sie warnen. Ich muss ihnen sagen, was ich dir gesagt habe.«

»Und Ramirez?«

»Ich weiß. Es muss eben schnell gehen.«

Die Lichter kamen näher und bogen nun in die Kurve ein, die sich etwa hundert Meter vor uns befand.

»Und du bist dir sicher, dass die beiden nicht gefährlich sind? Wie gesagt, ich habe beobachtet, wie in der Villa jemand meinen Freund niedergeknüppelt hat.«

»Die sind harmlos. Mit denen kann man reden, mach dir da keine Sorgen. Die Frage ist nur, wie schnell wir es ihnen beibringen können. Vermutlich werden sie aufgebracht sein, dass ich mit dir hier eine Spazierfahrt mache.« Leo starrte einen Augenblick nachdenklich zu Boden. Dann sah er mich direkt an. »Hören Sie, Jay, ich weiß nicht, inwieweit Sie mir überhaupt glauben, was ich Ihnen erzählt habe, aber es ist die Wahrheit. Dieses Weib da hinter uns hat es auf mich abgesehen, und wenn sie Sie mit mir zusammen sieht, dann haben Sie automatisch das gleiche Los wie ich gezogen, kapisch?«

Ich nickte und schluckte.

»Ich weiß nicht, wohin das heute noch führt, aber nehmen Sie meine Ersatzwaffe zur Sicherheit. Sie brauchen sie nur noch entsichern und – «

»O nein, vergessen Sie es.« Ich machte sofort eine abweisende Handbewegung. »Das wird nicht nötig sein. Seien Sie nicht so pessimistisch, Leo. Wir erklären den beiden, was Sache ist und dann geben wir wieder Gas. Das dauert höchstens eine Minute oder zwei. Soviel Vorsprung haben wir doch locker.«

Leo ließ meine Worte eine Weile auf sich wirken. Dann entspannte sich sein Gesicht und er maß mich mit einem urplötzlich ernsten und fokussierten Blick. In seinen Augen war nun keine Spur von Nervosität oder Panik mehr zu erkennen. Es war, als hätte er in einen anderen Modus geschaltet. Als wäre er jetzt voll und ganz bereit, jeder Gefahr gegenüber zu treten.

Diese Militärs, dachte ich, *die haben doch alle einen an der Waffel.*

»Gut, wie Sie meinen. Falls es zu lange dauert, hauen Sie aber ab. Die Landstraße ist nur noch ein paar hundert Meter weit entfernt, okay?«

»Alles klar.«

Der Wagen, der uns entgegen gekommen war, stand jetzt direkt vor uns, sodass mich das kalte Licht der Xenon-Scheinwerfer blendete. Leo und ich öffneten die Türen und stiegen aus. Ich hörte noch kurz den Motor des Fahrzeugs, das uns gegenüberstand, der dann aber abgestellt wurde und verstummte. Die Leuchtweite der Scheinwerfer zuckte kurz und schaltete anschließend auf das Parklicht um. Ein paar Sekunden später öffneten sich die Fahrzeugtüren. Das Gesicht, das aus der Fahrerseite ausstieg, war mir vertraut: Es war Vincent Homberg, der Mann, der uns vor einigen Stunden in der Villa begrüßt hatte. Die Person, die auf der Beifahrerseite ausstieg, war mir zunächst fremd, doch dann rief mir mein Gedächtnis die Fotos von Viktor Theissen in Erinnerung, und als er vor das Licht der Autoscheinwerfer trat, stellte ich fest, dass es sich um keinen anderen handelte. Das war der Mann, der als vermisst galt, und wegen dem wir überhaupt hier waren.

Vincent Homberg, der mittlerweile die Tür zugeknallt hatte und auf uns zugekommen war, wirkte alles andere als gelassen. Er war auch der erste von uns Vieren, der das Wort ergriff. »Also ich bin mir nicht sicher, welche unterschiedlichen Auffassungen es vom Begriff der Diskretion gibt«, sagte er, »aber meines Wissens versteht man darunter ein gewisses Maß an Vertraulichkeit. Halten Sie es für vertraulich, diesen Mann in seiner Funktion als Detektiv – ich wiederhole: Detektiv – hier herumzukutschieren, Herr Bluefield? Wo wollten Sie denn mit ihm hin, wenn ich fragen darf?«

Alle meine Zweifel daran, dass dieser Homberg jemand anderer war als er uns vorhin weiß machen wollte, wurden soeben in die Luft gejagt. Für den ersten Moment erstarrte ich in Ehrfurcht vor der Eloquenz seiner Worte und dem Tonfall seiner Stimme. Es hörte sich ein bisschen so an, als ob ein abgeklärter Professor einem abgehobenen Studenten erläutern musste, wie das schlechte Prüfungsergebnis zu Stande kam.

»Ich hielt es für notwendig, weil etwas völlig Unvorhergesehenes passiert ist«, antwortete Leo.

Homberg zog ungläubig seine Augenbrauen hoch. »Jetzt bin ich aber gespannt«, sagte er.

Theissen dagegen sah etwas besorgt aus. »Etwas Unvorhergesehenes? Ihnen ist jemand gefolgt, habe ich Recht?«, fragte
er.

»So ist es«, antwortete Leo knapp und beobachtete zugleich, wie sich Homberg die Haare raufte. »Bitte hören Sie
mir jetzt ganz genau – «

»Nein, ich würde sagen, Sie hören mir jetzt zu, mein Guter.
Haben Viktor und ich Ihnen nicht genau erläutert, worum es
hier für uns geht? Wir hatten eine Vereinbarung, dass sie
höchsten Wert auf Diskretion legen. Ist es für einen Militär,
der einem Spezialteam angehört, wirklich so schwer, das zu
realisieren? Sie haben von uns Geld bekommen und die Zusi-
cherung, ihrem Vater zu helfen, sobald das Medikament –«

Ich stand nur völlig perplex neben Leo, als dieser Homberg
unterbrach. »Sie brauchen das nicht alles zu wiederholen, verdammt nochmal«, sagte er.

Homberg verstummte für den Moment.

»Glauben Sie etwa, dass ich Ihnen nicht dankbar bin, dass
mein Vater die Chance auf eine Heilung hat? Glauben Sie, die
Sache hier war mir egal? Hier, nehmen Sie ihr Geld zurück.«
Leo warf Homberg ein Bündel an Geldscheinen zu. »Der Person, die mir gefolgt ist, ist ihre Forschung scheißegal, dass
können Sie von mir aus schriftlich und in dreifacher Ausferti-
gung haben.«

Welche Forschung? Wovon sprach er da?

»Sie ist hinter mir her, weil sie einen Groll gegen mich hegt
und psychisch labil ist«, fuhr Leo fort. »Und sie ist gefährlich.
Es ist meine Vorgesetzte im Spezialteam Phönix, von dem ich
Ihnen erzählt habe.«

»Eine psychisch Gestörte als Militärkommandantin? Ich
denke, Sie sollten an Ihrer Glaubwürdigkeit arbeiten«, entgegnete Homberg.

»Es ist mir egal, ob Sie mir glauben, aber ich musste sie
warnen. Ich muss mit Herrn Langert jetzt runter auf die Straße und Ihnen rate ich das auch, denn sie wird jeden töten, der
ihr Gesicht sieht, verstehen Sie das?«

Homberg und Theissen schienen zu verstehen, aber sie waren fassungslos darüber, dass Leos Worte tatsächlich der Wahrheit entsprechen sollten.

»Falls es Sie in irgendeiner Weise beruhigt«, fuhr Leo fort, »Herr Langert weiß über Ihr ... Projekt rein gar nichts. Zumindest hat er von mir nichts erfahren, das versichere ich Ihnen«

Ich nickte zustimmend und möglichst gelassen, als die beiden Männer mich ansahen. Schließlich entsprach es der Wahrheit, was Leo soeben gesagt hatte. Ich meine, ich hatte vermutet, dass dort drinnen irgendetwas vor sich ging, hatte aber keinen Schimmer, worum es sich handeln könnte.

Viktor Theissen machte zwei Schritte auf mich zu. »Herr Langert, Sie und ihre Kollegen sind doch nur aus einem Grund hierher gekommen, nämlich, um mich zu finden. Habe ich nicht recht?«

»Das war der Auftrag im Wortlaut, ja.«

»Nun, mein Name ist Viktor Theissen, Sie haben mich hiermit gefunden. Ich gehe davon aus, dass Ihnen mein Gesicht bekannt ist.«

Aus den Augenwinkeln bemerkte ich, wie sich Leo nervös umsah. Der Wind brauste durch den Wald und erzeugte ein lautes Rauschen.

»Ist es.«

»Was halten Sie davon, wenn Sie Ihren Auftrag als erfolgreich ausgeführt betrachten, und dieses Gespräch hier vergessen?«

Na sicher Kumpel, das hättest du wohl gerne. »Klar, damit hätte ich kein Problem«, sagte ich.

Homberg und Theissen setzten ein zufriedenes Lächeln auf.

»Aber mich würde interessieren, ob sie meinen Kollegen Stefan Sommerer irgendwo gesehen haben? Ich kann mich noch gut an ihn erinnern. Vor zwei Stunden, liegend im Innenhof. Etwas leblos möchte ich hinzufügen. Klingelt es da bei Ihnen?«

»Jay, wir sollten uns wirklich beeilen.«

»Nur einen Moment noch, Leo. Mich würde wirklich interessieren, was der Herr darauf zu sagen hat?«

Theissen musterte mich mit einem angriffslustigen Blick. »Was halten Sie von: Ich weiß nicht, wovon sie reden?«, erwiderte er.

Ich überlegte kurz, ob ich es dabei belassen und zu Leos Wagen gehen sollte. Aber ich konnte mir den Konter einfach nicht verkneifen: »Was halten Sie von: Zu unserer Ausstattung gehören Nachtbildkameras, und: Wir lassen uns nicht verarschen?«

Jetzt maß mich Theissen mit einem giftigen, zornerfüllten Blick und ich sah wie sich Hombergs Kinnlade langsam öffnete. Ich hatte glatt gelogen, verspürte aber ein Bedürfnis, diesen Ärschen eines auszuwischen. Dass die beiden hinter dem Angriff auf Steve steckten, stand nun außer Frage und ich würde mir eher wünschen, von Leos Verfolgerin einen glatten Kopfschuss zu bekommen, als diese Verbrecher laufen zu lassen, ohne ihnen zumindest Schiss gemacht zu haben.

»Sie können sich sicher sein, dass ich das zur Anzeige bringen werde. Also, vielleicht sieht man sich ja bald wieder«, setzte ich nach und streckte Theissen die Hand entgegen. Mit dem freundlichsten Lächeln, das ich heute noch im Stande war aufzubringen.

»Jay! Kommen Sie jetzt endlich!« Leo stand bereits vor der Motorhaube seines Wagens. Er hatte seine Waffe gezogen und blickte gebannt in den immer noch dunklen, aber durch den Sonnenaufgang bereits leicht erhellten Wald. Wenn diese Ramirez kommen würde, dann würden wir sie doch hören, oder nicht? Ja, ganz bestimmt. Wir würden den Motor ihres Wagens hören, und dann hätten wir immer noch Gelegenheit, rasch zu verschwinden. Doch was, wenn nicht? Was, wenn sie das Licht aus der Ferne erkannte, ihren Wagen rechtzeitig abstellte und dann zu Fuß weiter ging? Wahrscheinlich konnte diese Ramirez so unauffällig und leise durch das Unterholz dieses Waldes schleichen wie ein Guerilla des Vietkong. Wir würden sie nicht bemerken …

Theissen reichte mir die Hand und lenkte mich von meinen Gedanken ab. Er hatte ein zynisches Lächeln aufgesetzt und sein Händedruck war so fest, dass er schon fast schmerzte. Vermutlich hätte er mich lieber an der Kehle gepackt. »Wie Sie sagen, Herr Langert, wie Sie sagen. Ich bin auch sehr zuversichtlich, dass wir uns bald – «

Seine letzten Worte endeten in einem unverständlichen Röcheln. Den lauten Knall der Schusswaffe, die irgendwo links von mir aus den Wäldern ertönte, nahm ich für die ersten Sekunden nicht einmal wahr. Meine Aufmerksamkeit galt Theissens Hals, an dessen rechter Seite ein Projektil und ein paar kleine Blutspritzer heraus schossen, und ich wusste zunächst nicht, ob es Einbildung war, aber da war so ein ploppendes Geräusch zu hören, als die Kugel durch seinen Hals zischte, so als ob man ein Ventil öffnete, das unter Luftdruck gestanden hatte. Theissens Röcheln ging bald in ein Gurgeln über und er fasste sich an seine Kehle, an der das Blut mittlerweile begonnen hatte, heraus zu sprudeln. Als er realisierte, was da an ihm passiert war, weiteten sich seine Augen zu blankem Entsetzen und seine Hand tastete auf dem blutenden Hals herum. Er machte seltsame, erstickte Geräusche.

»IN DECKUNG!«, schrie Leo, packte meine Hand und zerrte mich mit einem Ruck zum Wagen.

Ich stolperte und fiel zu Boden, und im nächsten Moment erfolgten in kurzen Abständen dumpfe, knallende Geräusche, die mich an Feuerwerkskörper erinnerten, die zu Silvester am Himmel hoch gingen. Erst als Leo mich wieder am Arm packte und erneut »Gehen Sie in Deckung, Sie Trottel« rief, realisierte ich, dass wir unter Beschuss standen.

Leo und ich schafften es, uns rechtzeig vor die Stoßstange seines Wagens zu werfen, und so von der Richtung abgedeckt zu sein, aus der die Schüsse kamen. Die Geschosse schlugen noch für eine Weile neben uns auf dem Boden ein, dann wurde das Feuer eingestellt.

Bevor ich mich vor dem Auto zu Boden geworfen hatte, konnte ich noch einen flüchtigen Blick in den Wald werfen. Ich hatte dort keine Personen gesehen, aber einen kleinen Funken, der mindestens hundert Meter weit entfernt war. Wenn unsere Angreifer uns aus einer solchen Entfernung beschossen hatten, dann bestand durchaus eine gute Chance für uns, zu entkommen. Denn rechts neben uns befand sich eine steile Böschung, die recht dicht von Bäumen bewachsen war, und uns zu schweren Zielen machen dürfte.

»Schauen sie dorthin«, sagte Leo, und deutete mit dem Zeigefinger dem Sonnenaufgang entgegen, der zwischen den Ästen hindurch funkelte. »Genau in diese Richtung liegt die Landstraße. Wenn ich bei Drei bin, legen Sie alles rein, was Sie haben, verstanden?«

»Okay.« Ich sah Theissen, wie er drei Meter vor mir lag und toter als tot aussah. Homberg hatte es geschafft, sich hinter seinem Wagen zu verstecken und blickte hasserfüllt zu uns. Er hielt sich sein rechtes Bein mit der Hand, zwischen deren Fingern Blut hervorquoll.

»Eins ... zwei ... DREI!«

Ich rannte los und Leo begann, seine Waffe abzufeuern. Das irritierte mich zunächst, da ich davon ausgegangen war, er würde mit mir kommen. Doch jetzt war kein guter Zeitpunkt, um zu zögern und ich lief einfach weiter. Es dauerte nicht lange, bis die Schüsse, die Leo abgab, erwidert wurden. Dieses mal hörten sich die Laute der Schusswaffen nicht mehr so dumpf wie vorhin an, dafür aber um einiges näher. Und lauter. Die Kugeln schlugen mit bedrohlich lauten Geräuschen in die Karosserie von Leos Wagen ein und ich begann mich langsam zu fragen, wie es sich wohl anfühlen mochte, eines dieser Projektile abzubekommen. Unter den gegenwärtigen Umständen war die Wahrscheinlichkeit, dass ich diese Erfahrung machen würde, nun wirklich nicht gering.

Nach wenigen Metern erreichte ich die Böschung und sprang waghalsig und ohne zu zögern den Abhang hinab, in der Hoffnung, dass unsere Angreifer so nicht genug Zeit hatten, um mich zu erfassen. Ich landete auf dem steilen Gelände und auf meinen Beinen ohne mir etwas zu brechen und sauste den Hang hinab. Neben mir hörte ich zwei abgehackte, knackende Geräusche, die Geschosse, die in die Baumstämme neben mir einschlugen, was unweigerlich bedeutete, dass sie mich gesehen hatten. Beinahe hätte sich mein rechter Fuß an einem riesigen Ast verfangen, der vor mir aus dem Boden ragte, hätte ich nicht rechtzeitig zu einem Sprung angesetzt. Und ebenfalls beinahe schaffte ich es, wieder auf den Forstweg zu gelangen, ohne dabei ein einziges Mal gestolpert zu sein oder mich irgendwo verletzt zu haben. Aber auf den letzten paar Metern des Steilstücks hatte ich bereits derartig rasant an Fahrt aufgenommen, dass ich den massiven Baumstamm, der vor mir wie aus dem nichts auftauchte, unweigerlich frontal geküsst und mir die Zähne ausgeschlagen hätte, wenn ich nicht im letzten Moment zur Seite gehechtet wäre. Das Unglück, den Baum zu rammen, blieb mir auf Kosten einer brennenden Abschürfung auf dem linken Unterarm erspart, die ich mir zuzog, als ich zu Boden fiel.

Ich richtete mich auf. Die Schüsse hinter mir waren verstummt und ich hatte kurz Zeit, meine Gedanken zu sammeln.

Jetzt im Nachhinein, als ich mir diesen dicht bewachsenen Steilhang so ansah, musste ich mich darüber wundern, wie ich es bei diesem Tempo überhaupt geschafft hatte, hier runter zu kommen ohne auch nur einmal Massivholz an den Kopf bekommen zu haben.

Ich wollte nach Leo rufen und gleichzeitig abhauen. Ich wollte mit Leonardt Bluefield – dem ich allem Anschein nach mein Leben verdankte – gemeinsam von hier verschwinden, aber ich wollte auch die Polizei rufen, denn ich würde es mit dieser Ramirez nicht aufnehmen können. Wenn es jemand hier mit ihr aufnehmen könnte, dann Leo.

Wollte er das? Vielleicht wollte er eine Konfrontation mit dieser Ramirez, auch wenn er dabei sterben würde. War das möglich?

Du musst die Polizei rufen, dachte ich.

»Ja, das musst du«, murmelte ich und entschied mich, nicht nach Leo zu rufen. Ich entschied mich, nicht nach oben zu gehen und nach ihm zu sehen, wandte mich von der Böschung ab und lief zur Landstraße, die schon so nahe war, dass man

172

den grauen Asphalt durch die Sträucher und Bäume erkennen konnte.

Ich machte also das, was ich schon immer am Besten konnte.

Nein.

Ich holte Hilfe. Das war es, was ich tat und nichts anderes. Leo hatte vorhin gesagt, dass sie keine Polizisten erschießen würde. So weit würde Ramirez nicht gehen, hatte er gesagt. Aber hatte seine Stimme wirklich selbstbewusst geklungen, als er das gesagt hatte? Meinte ich in seiner Stimme nicht erkannt zu haben, dass er nicht sonderlich überzeugt von seinen eigenen Worten war? Dass er es nur gesagt hatte, um mich davon zu überzeugen, dass es die richtige Entscheidung war, von hier zu verschwinden?

Eine Hand wäscht die andere, Jay. Was ist das für ein Feigling, der da in dir herangewachsen ist? Wie konnte das passieren, hm? Geh nach oben und hilf ihm!

Ich bin Kanonenfutter, wenn ich da rauf gehe. Ich werde ihm keine Hilfe sein können.

Ohne ihn wärst du tot, Jay. Tot.

Ja. Dank ihm lebe ich. Und? Sollte ich daraus nicht etwas Sinnvolles machen? Sollte ich nicht schnellstmöglich die Polizei verständigen?

Wenn du das tust, stirbt er, und nur darum geht es. Glaubst du, dass diese Ramirez sich von einer Polizeistreife fangen lässt? Glaubst du, die Jungs kommen mal schnell vorbei und legen ihr Handschellen an? Glaubst du das im Ernst? Wenn du nicht nach oben gehst, stirbt Leonardt Bluefield, der Mann, dem du dein Leben verdankst. Und Homberg – falls er noch lebt – läuft euch nicht davon. Der läuft heute nirgendwo mehr hin, so wie das ausgesehen hat.

Verflucht.

Du weißt, wie du tickst, Jay. Wenn du jetzt wegläufst, verfolgt dich diese Sache vielleicht dein Leben lang.

Ich stand noch einige Sekunden lang da, atmete die kühle Morgenluft und den seltsam alten Geruch dieses Waldes ein, während ich in Gedanken mit mir selbst rang. Und dann kamen mir ausgerechnet die Worte von Laura Kopensky in den Sinn, die sie im September 2011 zu mir gesagt hatte; einer Zeit, in der man unser Verhältnis wohl noch als intakt hatte bezeichnen können. Damals wusste ich, dass ich diese Aussage niemals vergessen würde, auch wenn ich nicht genau wusste, warum, und jetzt schossen mir ihre Worte von damals in den Kopf wie der blitzartige Stich eines Eispickels, der sich in einen Gletscher grub:

Du denkst immer nur an dich selbst, Jay. Immer nur an dich selbst.

Eine kalte Brise Wind wehte mir ins Gesicht.

Drauf geschissen.

So rasch und leise ich nur konnte, kletterte ich die Böschung wieder hoch.

6

Ramirez und Robert schlichen nun schon seit einer Viertelstunde in diesem Herrenhaus herum. Laut dem GPS und Roberts Orientierungssinn sollte sich Bluefield in unmittelbarer Nähe befinden. Aber er war nicht hier. Vielleicht wäre es besser für sie, einfach zurück zu Bluefields Wagen zu gehen und ihm dort aufzulauern. Vielleicht war es nicht die richtige Entscheidung gewesen, ihm in die Villa zu folgen. Wenn er ihr entkommen würde, dann –

Nein. Nein, das durfte einfach nicht passieren. Sie würde Bluefield finden und ihm sein renitentes Hirn –

»Commander, wir haben ein Problem!«

Ramirez überlegte schon, ob sie Robert für diese klischeehafte Bemerkung eine runterhauen sollte, aber an seiner Mimik erkannte sie, dass er wirklich bestürzt wirkte, so als ob es sie auch interessieren könnte, was er da entdeckt hatte. Und irgendetwas verriet ihr, dass es ihr ganz und gar nicht schmecken würde. Hatte Bluefield etwa … nein, beim Herrgott, bitte nicht.

»Sagen Sie es mir, Robert, oder ich schlage Sie zusammen.«

»Es ist der Punkt von Bluefields Wagen, Ma'am. Er bewegt sich.«

Robert hörte noch, wie Ramirez einen unverständlichen Fluch murmelte, und dann war sie auch schon weg. Sie hatte sich umgedreht und zum Sprint angesetzt. Er folgte ihr so schnell er konnte und er hätte dieses lästige GPS, das ihn noch ins Grab bringen würde, sollte es tatsächlich zu einem Feuergefecht kommen, am liebsten beiseite geworfen. Aber da hätte er sich auch gleich selbst abknallen können, das wusste Robert. Wenn Ramirez ihr Ziel nicht bald erreichte, wenn noch mehr Dinge aus dem Ruder laufen würden, dann war es geschehen um ihn. Es sei denn, er überlegte sich etwas. Wenn Ramirez mit Bluefield beschäftigt war, könnte er doch einfach … könnte er da nicht –

»Halten Sie Schritt, Robert, jetzt schnappen wir ihn uns!«

»Jawohl. Zum Wagen, Commander?«

»Wohin denn sonst? Mein Gott, Robert, hat Ihnen die Luft hier draußen nicht gut bekommen?«

Sie hatten sich in einer alten Scheune, einer Art Abstellkammer befunden, und sie hätten auch einfach durch das Scheunentor laufen können, um so in den Innenhof und direkt zur Eingangshalle zu gelangen, aber Ramirez zog es vor, den Weg, den sie kannten, auch wieder zurückzulaufen. So bestand kein Risiko, dass sie etwas Unbekanntem oder gar einer verschlossenen Tür begegneten, was bloß Zeit kosten würde.

Im Verbindungstrakt erreichte Ramirez ihre Höchstgeschwindigkeit. Robert sah förmlich, wie sie sich von ihm entfernte und den Flur entlang beschleunigte.

»Wie rasch bewegt er sich?«

Er versuchte, einen konzentrierten Blick auf das Display zu werfen, um Ramirez eine Auskunft geben zu können, aber das war bei diesem Affenzahn gar nicht so leicht.

»Nicht sehr schnell, Ma'am«, keuchte Robert. »Aber er ist schon im Wald.«

»Soll uns recht sein, mein Junge.«

Die beiden kamen in der Eingangshalle an und Robert hatte nicht genau hingesehen, aber in diesem Moment hatte er geglaubt, gesehen zu haben, wie Ramirez die Treppe nach unten in drei Schritten – oder besser gesagt: Sprüngen – genommen hatte. Jedenfalls war sie schon bei der Eingangstür, als Robert noch auf der Treppe war. Er musste sich sputen. Wenn sie vor ihm beim Wagen ankam, wenn sie wegen ihm warten musste und Zeit verlor … heiliger Strohsack, dann konnte er sein letztes Gebet sprechen.

Aber dazu sollte es nicht kommen, denn Ramirez blieb vor der Eingangstür stehen und drehte sich noch einmal um, was es Robert ermöglichte, zu ihr aufzuschließen.

»Stimmt etwas nicht, Ma'am?«, flüsterte er.

Sie beachtete die Frage nicht und starrte nachdenklich auf die Tür, die zur Küche führte.

Robert blickte kurz über die Schulter und erkannte sofort, was seiner Kommandantin aufgefallen war: Unter einem Türspalt in der Eingangshalle drang ein gelblicher Lichtstreifen hervor. Das Licht hatte zuvor nicht gebrannt, das wäre ihnen aufgefallen. Vermutlich hatte Ramirez gerade überlegt, ob sie das überprüfen sollten. Doch sie hatte sich dagegen entschieden, was Robert spätestens jetzt, wo seine Vorgesetzte schon wieder fünf Meter Vorsprung hatte, aufgefallen war.

Er hastete nach draußen.

7

»Waren das gerade Schritte?« Steve klang kurz etwas verwundert und wandte sich dann wieder Chris zu. »Nur damit ich das richtig verstehe: Dieser Bluefield macht gemeinsame Sache mit Theissen und Homberg und die beiden sind vorhin verduftet, richtig?«

»So in etwa. Ja«, antwortete Chris. Auch er schien verblüfft darüber, dort draußen Schritte gehört zu haben. Eigentlich konnte das nur Leo gewesen sein, oder aber die Freunde von Steve. »Vielleicht deine Kollegen?«

»Hm.« Steve öffnete die Tür zur Empfangshalle. Er warf einen Blick aus der Küche und sah, dass die Eingangstür offen stand. Draußen war es jetzt heller geworden. Die Sonne schien diesen Ort also doch zu erreichen. »Ich sehe mal kurz nach draußen.«

»Warte, ich komme mit.« Chris sprang von seinem Platz auf und verschüttete dabei fast den restlichen Kaffee, der sich noch in der Tasse befand. Dann betrat auch er die Eingangshalle, wo Steve stirnrunzelnd einen Blick in den Hof hinaus warf. »Was ist? Was siehst du?«

»Nur zwei rote Rücklichter, die in den Wald hochfahren. Ist das der Wagen deines Freundes? Bluefield meine ich.«

Chris blinzelte kurz. »Keine Ahnung. Zu weit weg. Zu dunkel.«

»Wollte er dich nochmal treffen?«

»Ja, schon. Er hat gemeint, wir treffen uns um vier Uhr in der Eingangshalle und ich sollte mich bis dahin in dem Keller verstecken, in dem ich dich gefunden habe.«

Für Steve ergab das alles noch nicht viel Sinn. Er glaubte Chris. Er glaubte ihm die Geschichte, die er erzählt hatte, aber da war doch noch etwas, oder? Irgendwas ist komisch.

»Homberg und Theissen sind weg«, murmelte Steve. »Val schläft, Jay ist nicht auffindbar. Wen also haben wir da grade gehört? Wer fährt da den Wald hoch?«

Chris sah Steves nachdenklichen Blick. Seine Überlegungen beunruhigten ihn ein wenig. Es beunruhigte ihn auch schon, dass er Leos Bitte, sich bis 5 Uhr im Keller zu verstecken, in den Wind geschlagen hatte.

»Wie auch immer«, fuhr Steve fort. »Ich muss hier raus und die Polizei verständigen. Gibt's noch was, das ich wissen muss? Noch irgendwelche … Nebenwirkungen vielleicht?«

Beide mussten lachen. Chris schien es zu amüsieren, dass Steve die Sache so locker sah. Zumindest *schien* er es locker zu nehmen.

»Nein, wie gesagt, wenn du jetzt noch bei klarem Verstand bist, dann droht dir nicht das Schicksal der Probanden aus Heltana. Aber viel Wasser trinken und Bettruhe ist angesagt, alles klar?«

»Sobald ich hier raus bin, Partner.«

»Hat mich gefreut, Steve.«

»Ja mich auch. Man sieht sich.«

»Ja?«

»Na klar. Ich arbeite für die Unterabteilung eines Polizeireviers, schon vergessen? Rate mal, wen ich als erstes als Zeugen benenne.«

»Homberg?« Was für ein kolossaler Insider-Witz. Steve lachte zwar wieder, aber er wusste, dass es ganz und gar nicht zum Lachen war. Es war eher traurig. Sie wurden 1-A hinters Licht geführt. Wie Dilettanten waren sie hier rein gestolpert und überlistet worden, und wäre Chris nicht gewesen, wäre er wie ein dummes Schaf erwacht, und hätte nicht einmal gewusst, was hier los war.

»Der braucht höchstens einen teuren Anwalt.«

Die beiden schüttelten sich die Hand und Steve marschierte zur Tür.

»Soll ich jetzt hier warten, bis deine Kollegin wach wird? Ich hätte mich unten noch gerne umgesehen.«

Ach ja, da war ja noch Val, das hatte Steve fast vergessen. *Die verschläft den ganzen Spaß hier*, dachte er.

»Ja, mach nur. Sollte sie aufwachen, findet sie dich sowieso. Leute finden kann sie ziemlich gut, musst du wissen.«

»Wie du meinst.«

8

»Halten Sie an!«

Noch ehe Robert den Wagen zum Stillstand brachte, hatte Ramirez bereits die Tür geöffnet und ihre Stiefel auf das Unkraut am Rand des Forstweges gesetzt.

»Schalten Sie das Licht aus, Robert.«

Robert machte die Scheinwerfer aus.

Nein, sie hatte sich nicht getäuscht. Dort vorne schimmerte Licht. Ramirez warf noch einen prüfenden Blick auf das GPS, um sich zu vergewissern, dass der rote Punkt sich auch wirklich nicht mehr bewegte. Dann ging sie um den Wagen und näherte sich dem Waldgebiet zu ihrer Linken.

Robert wusste zunächst nicht so recht, was er tun sollte. Ramirez hatte diese kurze Fahrt über kein Wort gesagt und nur abwechselnd und gebannt durch die Windschutzscheibe und dann wieder auf das GPS gesehen. Er fand den Gedanken vollkommen verrückt, aber er glaubte, dass sie ihn roch. Sie konnte Bluefield riechen.

Schließlich öffnete er die Tür und folgte ihr. Sie kletterte gerade auf eine Formation von Granitfelsen und dahinter erkannte nun auch Robert eindeutig einen Lichtschimmer. Für ihn ergab das alles keinen Sinn mehr. Warum blieb Bluefield jetzt plötzlich stehen? Hatte er einen Unfall? Und dann schoss Robert noch etwas in den Kopf, was Ramirez in ihrem Übereifer wohl kaum in den Sinn gekommen wäre: Was, wenn Bluefield einen Hinterhalt vorbereitet hatte? Würde er tatsächlich soweit gehen? Konnte er den Schluss gezogen haben, von Ramirez verfolgt zu werde, als er den Peilsender in seiner Jacke ausfindig gemacht hatte? Robert überlegte, ob er Ramirez von seiner Befürchtung in Kenntnis setzen sollte.

»Kommen Sie hier hoch«, zischte Ramirez und riss ihn aus seinen Gedanken. Sie hockte bereits hoch oben auf einem der Felsen und spähte auf die andere Seite hinunter. Robert musste zu seinem Leidwesen feststellen, dass Ramirez ihn gerade dabei erwischt hatte, wie er in Gedanken versunken und nicht bei der Sache war. Das war gar nicht gut.

Innerhalb weniger Sekunden war auch Robert auf den Aussichtspunkt hinauf gehechtet und platzierte sich neben seiner Vorgesetzten. Er kam gerade rechtzeitig, um unten auf dem Forstweg Leonardt Bluefield aus seinem Wagen aussteigen zu sehen. Und noch jemanden auf der Beifahrerseite. Und da! Stand da vor ihnen noch ein weiterer Wagen? Er wurde scheinbar aufgehalten.

Plötzlich spürte er einen Schlag auf seiner Schulter, der ihm für kurze Zeit das Blut gefrieren ließ. Ihre Hand packte fest zu.

»Sehen Sie mich an, Robert.« Ramirez Tonfall klang wie ein unterdrücktes Beben reiner Wut.

Er sah sie an und da bemerkte er, dass er Ramirez seit Heltana nicht mehr ins Gesicht gesehen hatte. Vielleicht war es nur das schwache Licht, die Dunkelheit dieses Waldes, aber Robert erkannte in ihrem Gesicht eine Veränderung. Die Dominanz und Irrwitzigkeit, die man von ihren Augen gewohnt war, schien sich nun in reinen Wahn und Besessenheit verwandelt zu haben. Ihr Atem strömte auf seine Gesichtshaut und fühlte sich glühend an, als sie zu ihm sprach.

»Von ihrem Schwanz wie er größer wird können Sie zu Hause bei ihrer Mutter träumen, aber ganz sicher nicht, wenn sie an meiner Seite kämpfen. Haben Sie das?«

Robert nickte ehrfürchtig.

»Dieser verfluchte Tag wird immer schlimmer und beim Allmächtigen und all seinen Abgesandten, ich will Bluefield hier und jetzt zur Strecke bringen. Wenn Sie das versauen, mein Junge, dann kann Ihnen Gott nicht mehr helfen. Dann kann Ihnen niemand mehr helfen, das schwöre ich Ihnen. Haben Sie das jetzt gefressen, Sie Hund?«

Er nickte erneut. »J-ja, Commander.«

Sie ließ von ihm ab und wandte sich wieder ihrer Beute zu, die dort unten im Scheinwerferlicht stand und anscheinend glaubte, genug Vorsprung zu haben, um sich einen kurzen Zwischenstopp erlauben zu können. *Falsch gedacht, Sie Mistkerl*, dachte Ramirez. *Einfach nur falsch gedacht. Bin schon gespannt wie Sie »reagieren«, Leutnant Bluefield.* Bei Jesus Christus, dem gütigen Sohn Gottes, was auch immer Bluefield gerade aufhalten mochte, der Herr sei noch einmal ausdrücklich dafür gelobt und er möge es segnen und schützen und seinen –

»Entschuldigen Sie, gehört der Wagen Ihnen?«

Ramirez erschrak und fuhr herum.

Am liebsten hätte sie dem Trottel, die hinter ihr aufgetaucht war, ohne zu zögern in die Fresse geschossen, aber stattdessen prüfte sie, ob Bluefield und seine Gesellschaft etwas gehört hatten.

Als sie versichert war, dass der gute Leutnant weiterhin ahnungslos war, wandte sie sich wieder dem Neuankömmling zu und setzte ein seltsames Lächeln auf, das eher wie eine Grimasse als ein Ausdruck der Freundlichkeit aussah. Es hätte das Lächeln eines Kinderschänders sein können, der ein kleines Mädchen auf eine Tasse Kakao einlädt.

9

Die Zigaretten bringen dich noch einmal um, Stefan.

Diesen Satz hatte er von seiner Mutter oft gehört. Jetzt brauchte er sie nicht mehr dazu, denn mittlerweile konnte er sich dieses Gerede auch von seinen Freunden, und sogar von Jay anhören, wenn sie einen Abend in der Bar verbrachten. Aber das war nicht schlimm. Schließlich meinten sie es gut mit ihm, und außerdem wusste er es. Er wusste, dass er eines Tages daran sterben würde, wenn er so weiter machte, aber mein Gott, an irgendetwas musste letztendlich jeder sterben. An Tagen, an denen er eine Erkältung hatte, und bei jedem Hustenanfall seine Lunge rasselte als hätte sich ein defekter Ventilator darin verfangen, dachte er manchmal, dass es keine Rettung mehr gäbe, und es jetzt an der Zeit war, Lebewohl zu sagen. Und dann will er mit dem Rauchen Schluss machen. Ja, manchmal war er ganz kurz davor. Aber im tiefsten Inneren hatte Steve nicht das geringste Bedürfnis, den Zigaretten zu entsagen. Deshalb rauchte er nach wie vor seine zwei Packungen pro Tag, komme was da wolle.

Aber heute nicht.

Heute hatte er Pech gehabt. Er war einfach an die falschen Leute geraten. Das konnte schon mal passieren. Leute, die jemanden von hinten bewusstlos schlagen, in einen Keller zerren, einem dort ein unausgereiftes Medikament einflößen, dessen Nebenwirkungen bisher in zehn von zehn Fällen zum Tod führten, und ihn dann dort unten liegen lassen. Damit aber nicht genug der Gastfreundlichkeit. Seine Autoschlüssel, seine Geldbörse und seine drei Päckchen Chesterfield waren auch

181

verschwunden. Scheinbar hatten sie seinen Rucksack durchwühlt und sie einfach genommen. Wenn es stimmte, was dieser Chris Gorman ihm erzählt hatte, hatten sie ihm die Zigaretten möglicherweise weggenommen, um das Medikament nicht zu stören, aber was hätte er in diesem Moment nicht alles gegeben. Für nur einen Zug.

Nachdem er sich entschieden hatte, Val und Jay vorerst alleine zu lassen – auch wenn er sich nicht sicher war, ob sich Jay überhaupt noch dort drinnen aufhielt –, befand sich Steve auf dem Weg zu seinem Wagen. Er wollte so rasch wie möglich hier raus, bis sein Handy wieder Empfang hatte, und dann würde er ganz einfach die Polizei rufen. Er würde gleich die Zentrale in Clarentown anrufen, damit sie ihn zur Abteilung C durchstellten, wo automatische Waffen zur Standardausrüstung gehörten.

Diese Warmduscher Theissen und Homberg dachten wohl, dass sie Steve hier festhalten konnten, nur weil sie jetzt seine Autoschlüssel hatten. Aber da hatten sie die Rechnung ohne ihn gemacht.

Steve kam am Ende der Ausfahrt an, wo er seinen Wagen abgestellt hatte, und er wollte schon auf die Knie gehen, um nach seinem Ersatzschlüssel greifen, der sich in einem Kunststofffach unterhalb der linken hinteren Tür befand, als er seinen Schlüsselbund unter den Scheibenwischern glitzern sah. Auch seine Geldbörse lag dort. Er wollte schon wieder beginnen, darüber zu grübeln, entschied sich dann aber, dass es ihm vorerst egal war. Alles, was er im Moment wollte, war, Hilfe zu holen, um dann gemeinsam mit Jay und Val zu verschwinden. Heute Abend noch zwei oder drei Bier und dann ins Closed Street Pub? Ja, das hörte sich nach einem Plan an.

Steve setzte sich ans Steuer seines Wagens und als er die Tür hinter sich schloss und die Stille des leeren Mercedes ihn umhüllte, nahm er seine körperliche Verfassung erst so richtig wahr. Er fühlte sich ausgemergelt, ihm war immer noch übel und sein Mund schmeckte so trocken als hätte er auf einer Hand voll Sand herumgekaut. Er hatte sich eine Flasche voll Wasser mitgenommen aber er konnte nicht daraus trinken. Als

er es vorhin versucht hatte, wäre es beinahe wieder hochgekommen. Er hatte auch ein paar Schokoriegel und eine Packung Chips dabei und auf eine merkwürdige Art und Weise
sahen die Snacks verlockend aus und gleichzeitig auch absto-
ßend. Er sehnte sich nach Essen, aber schon alleine an den
Vorgang des Schluckens zu denken, brachte seinen Magen dazu, sich langsam zu regen. Es fühlte sich nicht so an, als ob er
in den nächsten paar Stunden wieder einen gesunden Appetit
entwickeln konnte. Und: Jemals wieder Fertigmahlzeiten?
Nein, danke!

Er ließ den Motor an und wandte den Wagen. Seine zittern-
den Hände beruhigten sich erst, als er mit ihnen das Lenkrad
umklammerte. Steve wusste nicht, ob das Zittern den Entzugs-
erscheinungen, diesem Medikament oder seinem kleinen
Abenteuer in diesem Kellerloch geschuldet war. Vermutlich
von allem ein bisschen was.

Heilige Filzlaus, hoffentlich lebe ich morgen noch, dachte er.

Steve trat aufs Gaspedal. Bei der Ankunft war ihm das
leichte Gefälle aufgefallen. Jetzt kam es ihm nicht mehr wie
ein leichtes Gefälle, sondern wie eine steile Bergwertung vor,
die hinein in die dunklen Schatten des Nadelwaldes führte.
Steve weigerte sich, einen Blick zurück zu werfen, aber er tat
es doch. Er wollte es noch einmal sehen. Er wollte sehen, wie
diese elende Gegend in der Dunkelheit aussah. Aber diese
Dunkelheit war rein gar nichts gegen die Schwärze, die Steve
vor noch einer Stunde ausgestanden hatte. Im Gegenteil, die
Sonne färbte den Himmel bereits in ein dunkles Blau, und die
Villa wirkte – so absurd das auch klingen mochte – weniger
abschreckend, als sie es unter Tageslicht getan hatte. Die dür-
ren und ausgetrockneten Sträucher und Bäume, die verbliche-
ne Fassade des Gebäudes, und die weitläufigen Wälder hinter
dem Anwesen kamen unter dem kaum vorhandenen Licht
nicht ausreichend zur Geltung, um ihre abschreckende Wirkung zu entfalten.

Steve sah wieder nach vorne und gab etwas mehr Gas, um
in den dritten Gang schalten zu können. Dann verschwanden
auch die Rücklichter seines Wagens im Forst.

10

Während sie das Anwesen durch die Einfahrt verließ, durch die Jay, Steve und sie vor ein paar Stunden gekommen waren, dachte Val darüber nach, wie sie es am Besten anstellen sollte. Es gab natürlich die Möglichkeit, sich einfach eine Schusswaffe an den Gaumen zu richten und abzudrücken. Doch sie hatte an dieser Variante so ihre Zweifel. Was, wenn der Schuss daneben ging, nicht ihr Gehirn traf, und die Kugel irgendwo seitlich neben dem Ohr hinauszischte? Wenn das passieren würde, müsste sie nochmal schießen, und was, wenn der zweite Schuss auch daneben ging? Oh Gott, nein. Sie würde sich ganz einfach ein hohes Gebäude suchen, mit dem Lift ins oberste Geschoss fahren und sich dann aus dem Fenster werfen. Da bestand keine Gefahr des Überlebens, dafür würde der wuchtige Aufprall schon sorgen. Sie überlegte, ob sie zu Chris zurückgehen, und ihn fragen sollte, was er denn von dieser Variante hielt. Er hätte ihr sicher seine Meinung dazu schildern können, mit allen Vor- und Nachteilen und allem drum und dran. Schließlich hatte er es auch in einer unverblümten Art und Weise geschafft, ihr beizubringen, dass sie ein Medikament intus hatte, das in letzter Zeit keine allzu zahlreichen Überlebensfälle zu verzeichnen gehabt hatte.

Nun, sie hatte sich für ein Hochhaus entschieden. Sie wusste auch schon genau, welches. Kurz und schmerzlos würde das gehen.

Sie kam am Beginn der Einfahrt an. Steves Wagen war nicht mehr hier. Scheinbar war *niemand* mehr hier. Egal, was spielte das noch für eine Rolle?

»Ok. Also, was machst du?«, murmelte sie und betrat den Weg, der in den Wald führte. Er war größtenteils mit Unkraut übersät, aber aus den Fahrspuren schimmerte hier und da das matschige Erdreich hervor.

Val sah auf ihr Handy und erhaschte noch einen Blick auf die Uhrzeit, bevor der Akku endgültig den Geist aufgab. Was hatte Chris gesagt? Etwa 24 Stunden bis zu den ersten Nebenwirkungen? Wenn sie Glück hatte, hatte Steve bereits Hilfe geholt, dann wären sie in ein paar Stunden zu Hause, und sie konnte sich noch von allen verabschieden, bevor sie an diesem Medikament zugrunde ging.

»Egal, einfach weg von hier.« Sie begann zu joggen und als sie oben am Waldrand war, warf sie noch einen letzten Blick zurück. Die aufgehende Sonne, die den Gebirgszug hinter dem Anwesen und über den Wäldern in ein malerisches Orange tauchte, schwächte die Selbstmordgedanken ein wenig ab. Vielleicht sogar etwas mehr als nur ein wenig. Vielleicht sogar bedeutend. Bevor sie wahnsinnig wurde oder gar starb, wollte sie auf jeden Fall noch herausfinden, was hier vorgefallen war. Chris hatte Val einiges erzählt, ja, aber irgendetwas gab es da noch. Etwas, über das Chris auch nicht Bescheid wusste. Eine Ungereimtheit. Sie konnte aus den Erinnerungen und Informationen, die sie hatte, nicht herausarbeiten, was es war. Aber sie wusste, dass es eine Ungereimtheit gab.

Also folgte sie dem Weg hinein in den Forst. Die Reifenspuren waren frisch.

Als sie bereits unglaubliche drei Kilometer in neun Minuten zurückgelegt hatte, wusste sie das natürlich nicht, aber sie spürte durchaus, wie ihre Lunge ordentlich zu brennen begonnen hatte und ihre Oberschenkel auf Betriebstemperatur liefen. Trotzdem lief sie unaufhörlich weiter. Val war einige Marathons in den letzten Jahren gelaufen und spulte ohnehin jeden zweiten Tag nach der Arbeit einen Kurzstreckenlauf von zwei bis drei Kilometer herunter. Jetzt den Laufschritt zu unterbrechen, würde nur ihren Rhythmus stören, und außerdem tat es ihr gut. Gerade hatte sie noch Selbstmordgedanken gehabt und schon waren sie wieder weg gewesen. Sie war diesen schnellen, trabenden Schritt einfach gewöhnt und er hatte auch viele positive Nebenwirkungen auf ihren Verstand.

Sie hatte kein Gefühl dafür, wie weit es bis zur Landstraße wohl noch war. Wenn Steve oder Jay bereits die Polizei verständigt hatten, würde das die Sache um einiges erleichtern, aber darauf konnte sie sich nicht verlassen. Vielleicht musste sie diesen verrückten Tag retten. Vielleicht zählte jede Sekunde. Jay und Steve konnte durchaus etwas passiert sein. Und das war für sie Grund genug, um weiterzulaufen.

Oh Mann, Ricky, wie lange kann das noch gut gehen? Diese Frau läuft immer weiter, ist das zu fassen?

Ja, Tom, ich bin ganz deiner Meinung. Wir werden hier Zeuge einer überragenden sportlichen Leistung und diese Valerie Wolff scheint immer noch Reserven zu haben. Unglaublich!

Sie begann wieder mit den Gedankenspielen, um sich bei Laune zu halten und keine Verzweiflung aufkommen zu lassen. Und irrwitzigerweise spornten die Stimmen diverser Sportkommentatoren, die sie sich in ihrem Kopf vorstellte, noch mehr an.

Sie hörte nicht auf zu laufen.

11

Vielleicht war es ja alles halb so schlimm. Er fühlte sich zwar nicht besonders, aber was körperlich kränkliche Verfassungen anbelangte, konnte Steve ein großes Register von weitaus Schlimmerem vorweisen. Und wer sagte überhaupt, dass dieser Theissen es nicht geschafft hatte, das Medikament einsatztauglich zu machen? Steve fühlte sich schlecht, ja, aber er fühlte sich nicht so, als ob er jeden Moment abkratzen könnte. Was hatte Chris noch gleich über die Probanden erzählt? Infekte und Hautveränderungen, oder? Steve knipste das Licht oberhalb des Rückspiegels an und betrachtete seine Arme und Hände.

Sieht doch alles ganz normal aus, dachte er, auch wenn er seinen Arm noch nie zuvor so genau unter die Lupe genommen hatte.

Durch die ausführliche Inspektion seines Unterarms war Steve etwas vom Weg abgekommen und riss das Steuer seines Wagens mit einem Ruck nach links.

Mein Gott, dachte er, *du machst dich bloß verrückt. Wenn dich hier etwas umbringt, dann bist du es wahrscheinlich selbst.*

Und an diesem Gedanken war schon etwas dran. Steve hatte stets gewusst, wie er sich das Leben selbst erschweren konnte, sei es durch stundenlange Grübeleien über irgendwelche Belanglosigkeiten oder durch ach so heldenhafte Aktionen wie damals gegen Eduard Orthmann. In Situationen wie heute, wo Steve Sorgen um seine körperliche Gesundheit hatte und *echte* Probleme in sein Leben traten, hatte er es immer geschafft, sich selbst nicht so ernst zu nehmen und sich den Wert der Grundbedürfnisse in Erinnerung zu rufen: Steve hatte ein zu Hause (es war nicht einmal eine Mietwohnung, sondern ein richtig echtes zu Hause), verdiente beim CPR ausreichend, um sich ein schönes Dasein auf diesem Planeten zu bereiten, und hatte gute Freunde wie Jay, die ihm auch regelmäßig gute Ratschläge in verschiedensten Belangen des Lebens erteilten, damit er sie anschließend ignorieren konnte. Und war da nicht noch etwas? Na klar war da noch etwas. Sahra Hausmann, so hieß das Mädel, das er vorgestern im Closed Street kennengelernt hatte und mit dem er am Mittwoch verabredet war. *Italiener in der Neuwurfgasse 59 um 17:00 Uhr.* Steve hatte alles im Kopf. Sie hatte ihn an der Bar gefragt, ob sie es ihm aufschreiben sollte, aber das war nicht nötig. Solche wichtigen Anlässe behalte er immer im Kopf, hatte er auf seine charmante Art zu ihr gesagt. O ja, das würde ein richtig feiner Abend werden, und wer weiß, vielleicht war sie ja genau die Richtige für ihn.

Steve fragte sich, ob seine neue Freundin ihm diese Geschichte hier glauben würde. Ob er es ihr lieber nicht erzählen sollte, was er hier gerade erlebte, weil sie ihn dann für verrückt halten könnte. Aber nachdem was er im Closed Street alles zu ihr gesagt hatte, musste sie ihn sowieso für ein bisschen verrückt halten. Da konnte diese Story hier wohl nicht das Züglein an der –

Er musste anhalten.

Vor ihm war ein Wagen aufgetaucht, der mitten auf dem Waldweg stand, und dessen Motor scheinbar abgestellt war. Durch die Heckscheibe waren keine Personen zu erkennen und die Lichter waren aus.

Steve wartete einen Moment lang und stellte sein Fahrzeug anschließend ab.

Der Weg machte dort vorne eine kleine Biegung und er sah nicht was dahinter lag, weshalb er ausstieg und ein Stück weit nach vorne gehen wollte. Unter normalen Umständen hätte er wie ein kleines Mädchen gezögert, sich aus dem Wagen und in den dunklen Wald zu wagen, aber das Erlebnis vorhin im Kellergewölbe (wenn man das so nennen mochte) hatte ihn ausreichend gestählt, um die Situation entschlossen zu überprüfen.

Gerade als er am Wagen vor ihm ankam, um einen genaueren Blick ins Innere zu werfen, fiel seinem Auge eine zuckende Bewegung im Wald auf, der er sogleich seine Aufmerksamkeit schenkte. Dort hinten war ein schwacher Lichtschimmer und davor eine mit Moos überdeckte Felsformation, auf dessen Spitze zwei Personen hockten und scheinbar auf die andere Seite hinunter spähten.

Steve verlies den Weg und näherte sich den Felsen. Er kam den beiden Gestalten näher und erkannte jetzt einige Details. Eine oder einer der beiden trug einen Rucksack und hielt irgendeine Gerätschaft in der rechten Hand. Beide trugen schwarze Stiefel und Hosen mit unzähligen Reißverschlusstaschen und Gürteln mit … mit Magazinhalterungen. Steve kannte diese Art von Bekleidung nicht einmal aufgrund von Filmen, sondern hatte seinen befehlshabenden Offizier aus der Grundwehr so in Erinnerung. Was auffälig war: Die beiden hatten Steve nicht bemerkt, obwohl unter seinen Schuhen einige Äste geknackst hatten und er sich nicht wirklich um eine leise Annäherung bemüht hatte. Die beiden hockten nur auf ihrem Fels und starrten unablässig auf die andere Seite hinunter. Er vermutete, dass einer der beiden wohl Bluefield sein musste, von dem Chris gesprochen hatte. Vielleicht war die Person neben ihm sein Adjudant oder so.

Wie auch immer. Um hier weiter zu kommen, musste das Fahrzeug weg.

»Entschuldigen Sie, gehört der Wagen Ihnen?«

Zuerst war er dankbar und auch erleichtert, dass sie sich sofort zu ihm umdrehten und er sich nicht noch näher heranschleichen musste, was die Situation noch peinlicher gemacht hätte. Die Erleichterung verschwand allerdings genauso plötzlich, wie sie gekommen war. Wie ein schwacher Staubfilm, der kurzerhand von einem Mop weggefegt wurde. Steve dachte, es sei einfach ihre Erschrockenheit darüber gewesen, dass hinter ihnen jemand aufgetaucht war, aber in ihren Gesichtern erkannte er viel mehr als nur einen Schrecken. Sie wirkten ertappt.

Für ein paar Sekunden lang starrten sie sich einfach nur an. Sie, das waren Steve, ein dunkelhäutiger Soldat, und eine hellhäutigere Soldatin, die sogleich zu lächeln begann. Es war ein falsches Lächeln. Steve erkannte das sofort.

Irgendetwas sagte ihm, dass er sofort von hier verschwinden musste. Dass er hier zur falschen Zeit am falschen Ort war. Wer waren diese Personen?

»Wer sind Sie?«, fragte Steve. Doch eine Antwort blieb aus. Keiner der beiden schien auch nur den Hauch von Interesse an dem zu zeigen, was er sprach.

Die Frau hatte ihr Lächeln nun wieder abgesetzt und gab dem Soldat neben ihr eine Anweisung, die Steve akustisch nicht verstand. Dann kam der Mann auf Steve zu und Steve beobachtete, wie sich die Frau wieder abwandte, um irgendetwas hinter den Felsen zu beobachten. Sie hatte auch eine Waffe gezogen, mit der sie nun auf etwas zu zielen schien.

»Es tut mir Leid«, sagte der Mann, der nun von den Felsen heruntergestiegen war. Er zog seine Waffe und richtete sie direkt auf ihn.

»Nein, nein! Warten Sie –« Das waren Steves letzte Worte, als er die Waffe entdeckte. Im nächsten Augenblick traf ihn ein kaltes Objekt in die Brust, das ihm nicht nur die Stimme, sondern auch den Atem abrupt abschnitt. Er fiel durch die Wucht des Projektils nach hinten und zu Boden und schlug mit dem

Kopf gegen irgendetwas sehr Hartes. Eigentlich hätte das weh tun müssen aber Steve spürte rein gar nichts, bis auf die Kälte in seiner Brust. Kläglich versuchte er Atemzüge zu tun, doch stattdessen füllte sich sein Hals mit warmem Blut, das ihn langsam zu ertränken schien.

Er hob noch ein letztes Mal seinen Kopf und sah, wie die Frau oben auf dem Felsen auf irgendetwas dahinter zielte und Schüsse abfeuerte. Steves Denkprozesse waren noch intakt genug, um sich zu fragen, was zum Teufel hier eigentlich los war, und ob dieser Chris ihm die ganze Wahrheit erzählt hatte. Und dann sah Steve die pechschwarze Mündung der Handfeuerwaffe unmittelbar vor seinen Augen.

Er hörte noch den ohrenbetäubenden Klang der Schusswaffe und spürte ein dumpfes, knackendes Geräusch in seinem Schädel, bevor seine Gedanken vollständig erloschen.

12

War das gerade eben ein Schuss?

Sie blieb nicht stehen, betete aber, dass es kein Schuss –

O Gott, es war ein Schuss.

Und weitere folgten. Sie hörte die Feuerstöße, konnte aber nicht ausmachen, aus welcher Richtung sie kamen. Und weil sie das nicht konnte, so dachte sie, sprach nichts dagegen, einfach weiterzulaufen. Val lief und lief und sie verlangsamte ihr Tempo erst, als die knallenden Geräusche so laut und unmittelbar waren, dass sie eine abschreckende Wirkung auf sie hatten. Sie wurde langsamer und blieb letztendlich stehen, als sie vor sich ein Fahrzeug sah. Es waren zwei. Zwei Fahrzeuge und eines davon war … ja, eines davon war eindeutig das von Steve.

Oh Mann, Scheiße, dachte Val. *Da steht Steves Wagen. Und irgendwo dort vorne eine Schießerei? Oh Mann, Scheiße.*

Sie näherte sich den Fahrzeugen und erkannte, dass beide leer waren, aber der fremde Wagen hatte hinten einen Laderaum und Val machte ihn auf, weil sie nun mal nicht gleich wusste, was sie als nächstes tun sollte, weil sie irgendwie aus dem Affekt heraus handelte, während sie vor sich die Schüsse von Pistolen hörte, aber irgendwie auch, weil sie hoffte, dass dort drinnen …

Ihre Hoffnung wurde bestätigt.

Dort drinnen befanden sich Handfeuerwaffen und sie hatte die Kurse noch gut in Erinnerung, die sie letztes Jahr besucht hatte. Es waren Nahkampfübungen und Schießübungen gewesen und sie wusste nicht nur, wie man solche Dinger entsicherte, sondern auch, wie man damit Ziele traf. Jay war damals auch dabei gewesen, hatte mit den Zielübungen mehr Probleme gehabt als sie, aber die beiden hatten eine Menge Spaß.

Und jetzt wurde aus Spaß möglicherweise Ernst.

13

Er hat mich gespürt, dachte Ramirez. *Er wusste, dass ich hier bin.* Anders hätte sie es sich nicht erklären können, dass Bluefield instinktiv aus dem Licht der Scheinwerfer zurückgewichen war.

Näher ran konnte sie nicht, das wäre einfach zu riskant gewesen. Auf der anderen Seite der Felsen war ein Haufen Geröll und darum herum zu gehen war keine Option. Sie durfte ihn jetzt nicht mehr aus den Augen verlieren. Bluefield war fast an die Landstraße gelangt, und dort hätte sie ihn nicht mehr eingeholt. Es musste eine göttliche Fügung gewesen sein, dass Bluefield und seine Begleitung noch einmal Halt gemacht hatten. Verantwortlich dafür schienen die beiden Kerle zu sein, die ihnen entgegen gekommen waren. Gott möge diese beiden Männer segnen, und ihnen alle Wünsche im Jenseits erfüllen.

Ramirez konnte sich nicht daran erinnern, mit ihrer 29er schon einmal einen Abschuss über eine solche Distanz erzielt zu haben, aber sie war gewillt, es hier und jetzt zu tun. Leider hing zwei Meter vor ihr ein riesiges Geäst, das ihr die Sicht auf Bluefield versperrte, der sich, feige wie er war, zum Wagen und aus dem Scheinwerferlicht zurückgezogen hatte. Aber egal. Wenn sie die anderen drei zuerst erledigte (worum sie scheinbar ohnehin nicht herum kam), stand wenigstens nichts mehr zwischen ihr und Bluefield. Und die Flucht mit seinem Subaru konnte er vergessen, solange vor ihm auf dem Weg ein anderer Wagen stand.

Sie legte an und zielte auf den Kerl in der grauen Jacke, und als sie hörte, wie Robert hinter ihr gerade den Störenfried exekutierte, gab auch sie ihren ersten Schuss ab.

Der erste saß, das sah sie so klar wie die Kimme, aber der zweite ging daneben. Dann feuerte sie noch dreimal und sie glaubte, dass davon zwei Schüsse ihr Ziel gefunden hatten. Die zwei Personen, auf die sie gezielt hatte gingen zu Boden und Ramirez legte gerade auf den Typ an, der mit Bluefield unterwegs war. Doch als sie den ersten Schuss auf ihn eröffnete, wurde er von Bluefield zur Seite gezogen, sodass auch er aus ihrem unmittelbaren Sichtfeld verschwand.

Den Rest ihres Magazins sparte sie, lud jedoch ein neues nach.

Ramirez deutete mit einem raschen Fingerzeig auf eine breite Fichte, die sich etwa vier Meter vor beziehungsweise unter ihr und Robert befand und die nicht nur eine hervorragende Deckung, sondern auch eine übersichtlichere Distanz zu Bluefields Wagen bot. Die beiden hüpften über den Felsvorsprung hinab auf das Geröllfeld und schlitterten auf dem Hosenboden den steilen Untergrund hinunter.

Bluefield würde damit rechen, dass sie schnell vorrücken und ihre Position wechseln würden, aber das würde ihm jetzt auch nichts mehr helfen. Ramirez hatte nicht vor, sich einem Feuergefecht mit ihm hinzugeben. Das würde Robert übernehmen. Vielleicht würde sich dieser Hund dann das Träumen während eines Einsatzes abgewöhnen.

14

Es steigt der Mut mit der Gelegenheit.

Hauptsache, solche dämlichen Sprichwörter gingen mir gerade durch den Kopf. Falls ich diesen verrückten Tag überleben sollte, dann würde ich mein eigenes Sprichwort erfinden. Mit Schlaumeier-Wortlaut und allem drum und dran.

Beim Aufstieg hatte ich die Lichter der Scheinwerfer aus den Augen verloren und war von der Bahn abgekommen. Doch jemand hatte wieder begonnen zu ballern und ich konnte den Geräuschen halbwegs die Richtung zuordnen.

Einfach dem Feuerwerk folgen, dachte ich, und mir wurde immer mehr klar, dass ich mich – rational betrachtet – geradewegs meinem Tod entgegen bewegte. Absichtlich und in vollstem Bewusstsein. Dort oben war eine Profi-Killerin – geistig gestört und bewaffnet – und ich lief ohne Umschweife dort hinauf, weil ich mir erhoffte ...

Weil ich mir was erhoffte? Bluefield zu retten? Unbewaffnet gegen eine Militärkommandantin? Nein. Hier ging es doch um was anderes, und da spielte es gar keine Rolle mehr, wie meine Aussichten dort oben waren. Wichtig war nur, dass ich oben angelangte und sie sah. Und dass sie mich sah. In Wirklichkeit ging es nur darum, mir selbst etwas zu beweisen. Es war an der Zeit, diesen inneren Schweinehund zu überwinden, diesen feigen Flegel, der mir immer einredete, mich vor Entscheidungen und Verantwortung zu drücken, wenn es darauf ankam. Der Flegel in meinem Verstand, der zu nichts zu gebrauchen war, aber immer feine Ausreden parat hatte, wenn es darum ging, etwas anzupacken, der immer eine verführerische Stimme hatte und es stets geschafft hatte, mich für sich zu gewinnen.

Aber heute nicht. Heute hatte ich diesen Wichtigtuer zu fassen bekommen. Ich hatte ihn fest im Griff und jetzt musste ich entscheiden, was mit ihm geschehen sollte. Ihn töten? Nein, das wäre zu gut für dieses Schlitzohr, das hätte er nicht verdient. Es wäre vielmehr angebracht, ihm eine Tracht Prügel zu verpassen, ihn ordentlich in die Mangel zu nehmen, und das hieß, dass ich nicht nur oben ankommen, sondern mich auch dieser Ramirez stellen musste, wenn es darauf ankam. Und wenn sie mir kurz und knapp in den Kopf schießen würde? Kein Problem, dann würde diese feige Ratte wenigstens auch drauf gehen.

»Ich bin verrückt«, murmelte ich und merkte, wie schwer mein Atem mittlerweile ging. Ich war nun beinahe wieder oben angelangt und konnte die Lichter schon deutlich sehen. Die Schüsse waren seit einigen Sekunden verstummt und ich achtete darauf, mich möglichst leise fortzubewegen.

15

Wenn es so enden sollte, dann sollte es eben so enden.

Leonardt Bluefield hatte sich in der kurzen Zeit, in der er vor der Motorhaube seines Subarus kauerte und vor Ramirez Schüssen in Deckung ging, mit dem Unausweichlichen abgefunden. Dem Tod. Sein Ausbildner hatte ihm damals gesagt, dass man sich bei jedem Einsatz an der Schwelle des Todes befindet, auch wenn es ein vermeintlicher Routineauftrag war. Als Soldat, als jemand, der befugt ist, eine Waffe zu tragen und einzusetzen, wird man schließlich nicht einberufen, um Geschirr zu waschen.

Theissen sah mausetot aus. Und Homberg? Mit dem schien auch nicht mehr viel los zu sein. Er hatte sich seit einigen Minuten nicht mehr vom Fleck gerührt und hielt sich sein angeschossenes Bein. Wenn die beiden es wirklich geschafft hatten, dieses Medikament einsatztauglich zu machen, dann wäre es ein verdammter Jammer, wenn niemand mehr für den Einsatz sorgen könnte. Er hätte seinen Vater, der mit 61 Jahren einfach viel zu früh an diesem Scheiß erkrankt war, gerne wieder auf die Beine gebracht, aber im Moment musste Leo zusehen, dass er sich selbst auf den Beinen hielt. Irgendwie hatte Leo den Tod schon vor Augen, aber war es wirklich das Ende? Ramirez sollte ruhig kommen. Noch war er am Leben und hatte ein Wörtchen mitzureden, wenn es um das Ende dieser Geschichte ging.

Er festigte den Griff um seine Handfeuerwaffe und musterte seine Umgebung. Durch das Morgenlicht der Sonne waren mittlerweile klare Strukturen erkennbar. Sein Blick drang tief und aufmerksam in die Formationen der Nadelbäume ein und versuchte, Bewegungen auszumachen.

Und da!

Er sah eine Bewegung, allerdings nicht dort, wo er sie erwartet hätte. Es war das kurze Zucken eines Astes, und als Leo genauer hinsah, entdeckte er den Kopf der Person. Es war dieser Langert. Wie ein Wahnsinniger war er vorhin die Böschung hinunter gesprungen – Leo hatte schon gedacht, er würde sich dabei den Hals brechen – und jetzt war er wieder hochgekommen.

Der Kerl hat Mumm in den Knochen, dachte Leo zunächst, aber dann fiel ihm ein, dass er vorhin seine Ersatzwaffe abgelehnt hatte. Hätte Jakob Langert sie angenommen, dann wäre er ihm jetzt wirklich eine Hilfe gewesen. So war er einfach nur lebensmüde.

»Kleine Rettungsaktion, hm?«, murmelte Leo und legte seinen Zeigefinger an die Lippen.

Jakob Langert hockte dort im Gestrüpp und nickte. Wenn er das Überraschungsmoment auf seiner Seite behielt, konnte er Leo vielleicht wirklich eine Hilfe –

Plötzlich erhob sich vor ihm eine Gestalt. Der Wagen von Theissen und Homberg stand dort vorne und dahinter tauchte wie aus dem nichts Ramirez auf und richtete ihre Waffe auf Leo.

Sie hat mich umlaufen, dachte er. Und damit erübrigte sich die Frage, ob sie jemanden mitgebracht hatte. Vermutlich war es Robert Stratfort, mit dem er sich vorhin ein Feuergefecht geliefert hatte.

Ramirez schoss. Die Kugel traf ihn an der rechten Schulter, was dazu führte, dass seine Bewegung, seine Waffe zu heben und auf Ramirez zu richten, mit einem Mal unterbunden wurde.

Leo schrie auf, zunächst vor Schock, dann vor Schmerz, und als er merkte, dass seine rechte Hand bewegungsunfähig war, wollte er die Pistole rasch mit seiner linken Hand greifen aber Ramirez hatte das schon auf der Rechnung. Der zweite Schuss landete punktgenau in seiner linken Schulter. Leo spürte, wie sie ihn durchbohrte und an die Kühlerhaube des Fahrzeugs drückte. Es fühlte sich an, als wäre er an den Wagen genagelt worden.

Ramirez kam auf ihn zu, hob seine Waffe auf und verwahrte sie in ihrem Parka. Dann ging sie vor ihm in die Hocke, sah ihm mit einer kranken, befriedigten Miene in die Augen und tätschelte seine linke Wange mit ihrer Hand.

»War es das, was sie wollten, mein Junge? Sind sie jetzt zufrieden?«

Leo keuchte nur vor Schmerzen, versuchte ihrem Blick zu trotzen und ein schmerzerfülltes Stöhnen zu unterdrücken. Seine Schultern glühten und fühlten sich an, als würden sie gleich explodieren. »Sie brauchen einen Arzt, Sie altes Miststück«, brachte er irgendwie hervor. »Mehr als ich jetzt.«

»Und Sie hätten eine anständige Erziehung gebraucht, sowie eine anständige Ausbildung. Vielleicht finden Sie im nächsten Leben jemanden, der sich Ihr Rotz gefallen lässt.« Ramirez hob ihre Waffe und zielte auf seine Stirn.

Leonardt Bluefield schloss die Augen. In seinem Verstand schienen in diesem Moment Millionen von Gedanken und Erinnerungen aufzublitzen.

»Freut mich, Sie kennenzulernen!«, schrie jemand mit ungebändigter Entschlossenheit. Jemand, der sehr nahe war.

Ramirez sah hinter sich. Als nächstes würde sie Robert umlegen, das war schon in Stein gemeiselt. Dieser Trottel schaffte es nicht einmal, ihr Deckung zu geben, träumte wahrscheinlich schon wieder von einem größeren Schwanz und einer –

Kaum hatte sie sich umgedreht, rempelte sie jemand von der Seite an und stieß sie gegen den Wagen. Der Stoß war so kräftig, dass sie ihr Gleichgewicht verlor und zu Boden ging.

Ramirez versuchte gerade, sich zu orientieren und ihren Angreifer ins Blickfeld zu bekommen, da traf sie die geballte

Wucht eines Faustschlages direkt auf den linken Kiefer. Sie
war schon lange nicht mehr ins Gesicht geschlagen worden.
Allmächtiger, wie lange musste das jetzt her sein? Tief ihm Inneren fühlte sich der Schlag – der Schmerz – einfach nur geil
an. Aus irgendeinem perversen Grund gefiel es ihr, wie sie gerade eine Rechte eingesteckt hatte, aber bei Jesus und all seinen zwölf Aposteln: Der Junge, der es gewagt hatte, sie anzu-
rempeln und sie sogar zu schlagen, müsste schon verflucht
schnell im Reden sein, wenn er heute noch vorhatte, sein letztes Gebet zu sprechen. Dieser Junge würde sich gleich wünschen, er wäre auf der anderen Seite des Planeten.

16

Ich hatte noch nie jemanden ins Gesicht geschlagen, hatte keine Ahnung, wie sich das anfühlen würde. Es tat weh, soviel
stand fest. Meine Faust wallte vor Schmerz, nachdem ich den
Kieferknochen dieser Frau getroffen hatte und ich wollte noch
einmal ausholen, wollte ihr noch eine verpassen, aber dieses
Mal fing sie meinen Arm mit einer gekonnten Bewegung ab,
so als ob das eine ihrer leichtesten Übungen wäre. Sie hatte
meinen rechten Arm so fest im Griff, dass ich ihn kaum rüh-
ren konnte, und als ich meine Faust öffnete, fasste sie mit der
anderen Hand nach meinen Fingern. Sie bekam den kleinen
und den Ringfinger zu fassen. Dann drehte sie um. Ich konnte
fühlen, wie sich die Sehnen und die Haut unter den gebroche-
nen Fingergliedern dehnten, und noch bevor der höllische
Schmerz einsetzte, noch bevor ich zu schreien begann, ließ Ramirez von mir ab, machte einen kleinen Schritt zurück und
trat mir anschließend mit ihrem rechten, besonders massiven
und unnachgiebigen Stiefel zwischen den Schritt. Der Tritt war
so wuchtig, dass ich dabei kurz vom Boden abhob. Danach
sackten meine Beine einfach zusammen. Der Schmerz in meinen Eiern war wie ein furchtbarer Albtraum.

Ich musste mir in den Schritt fassen, um dort nach dem
Rechten zu tasten. Aber wollte ich das wirklich? Eigentlich

wollte ich gar nicht wissen, wie sie sich anfühlten und … ach du Scheiße, waren sie überhaupt noch da?

»Gibt es hier sonst noch jemanden, der eine Lektion braucht?«, sagte eine Stimme von irgendwo weit her, während ich verzweifelt in meiner Hose herumwühlte. »Gelobt sei der Herr.«

Gelobt sei der Herr? Was war denn mit der los?

Leo hatte sich unterdessen nicht von der Stelle gerührt. Er sah ganz und gar nicht so aus, als könnte er hier noch etwas zum Positiven wenden.

Ramirez widmete ihre Aufmerksamkeit nun wieder mir. Erst jetzt, wo sie mir zugewandt war, sah ich ihr Gesicht und mit einem Mal war mir klar, dass dieser Mensch böse war. Schlicht und einfach böse. Dieser Blick strahlte etwas aus, das weder Sympathie noch Freude in einem Menschen erwecken konnte. Im Gegenteil: Diese beiden Zustände würden durch die Abscheulichkeit ihrer Augen abgetötet werden.

»Es gibt keine Überlebenden«, murmelte sie mit einem Ausdruck reiner Irrwitzigkeit und hob ihre Waffe. »Keine … Überlebenden.«

Das war's also, ich würde sterben. Aber heiliger Bimbam, war dort hinten jemand?

O ja, hinter Ramirez und hinter Leos Wagen, dort war wie aus heiterem Himmel jemand aufgetaucht. Und ich kannte diesen Jemand. Ich kannte *sie*. Ihr Haar war zerzaust, ihr Gesicht und ihr Shirt klatschnass vor Schweiß, aber ich erkannte sie eindeutig.

Dort stand Val.

Meine Fresse, hatte sie den ganzen Weg hier rein in den Wald etwa zu Fuß zurückgelegt?

»Wenn ich nicht auf euch aufpassen würde.« Ihre Stimme klang erleichtert, aber irgendwie auch genervt. Und im nächsten Moment entdeckte ich in ihrer rechten Hand eine Waffe, aus der sich kurz darauf zwei Schüsse lösten.

Für Ramirez ging es dieses Mal zu schnell. Als sie Vals Stimme hörte, hatte sie lediglich genug Zeit, um sich umzudre-

198

hen. Die beiden Feuerstöße trafen beide in ihre Brust und sie fiel rücklings zu Boden.

Instinktiv spurtete ich auf die Gefallene zu, stellte mich auf ihren Arm, und trat so fest ich konnte auf ihre Hand, in der sie ihre Waffe hielt. Beim ersten Mal ließ sie das Ding noch nicht los und ich trat ein weiteres Mal zu. Ramirez gab einen seltsamen Laut von sich, der ein Stöhnen hätte sein können, und gab letztendlich die Waffe frei.

Ich hob die Pistole auf und entfernte mich rasch ein paar Schritte von dieser Soldatin. Sie bleckte ihre Zähne und maß mich mit einem abwertenden Blick. Ihr Gesichtsausdruck hatte jetzt etwas eigenartig dämonisches an sich. Ob sie mir vorhin einfach in den Kopf geschossen hätte? Vermutlich hätte sie etwas Schlimmeres mit mir vorgehabt.

»Jay«, sagte Leo mit aller Kraft, die er noch aufbringen konnte. »Bringen Sie das jetzt zu Ende, oder was?«

Ich nickte und ging auf Ramirez zu, und als ich die Waffe auf sie richtete, sagte sie folgendes: »Ich hol' Sie mir im nächsten Leben, mein Junge. Gelobt sei der Herr.«

Ich drückte ab.

Wie fühlte es sich an, gerade einen Menschen erschossen zu haben? Darüber würde ich mir später den Kopf zerbrechen. Nicht jetzt. Jetzt war es an der Zeit, Hilfe für Leo zu rufen. Sein Gesicht war kreidebleich geworden und die Jacke an seiner Schulter mit Blut vollgesaugt.

Val hatte sich bereits vor ihm hingekniet und versuchte, ihm seinen Parka auszuziehen. Doch Leo machte eine abweisende Handbewegung und schüttelte nur den Kopf. »Lassen Sie das mal, Sie hübsches Ding«, sagte er zu ihr. Als ich ihm näher kam, bemerkte ich, wie stark er schwitzte. Und blutete. »Wenn Sie beide an der Sache dran bleiben wollen, dann sehen Sie jetzt lieber mal nach hinten.«

Leo deutete mit dem Kopf hinter uns und genau in diesem Moment hörten wir, wie Homberg den Motor seines Wagens anließ. Er hatte es geschafft, sich trotz seiner Verletzung irgendwie in das Fahrzeug zu hieven und schloss gerade die Fahrertür, als Val und ich ihn entdeckten.

»Sofort aussteigen!«, rief Val und richtet dabei sogar ihre Waffe – woher hatte sie die eigentlich? – auf die Windschutzscheibe seines Vehikels. Aber sie würde nicht abdrücken. Das wusste ich, und das wusste auch sie.

Und Homberg schien das auch zu wissen. Er setzte seinen Wagen mit Vollgas zurück.

»Wir müssen hinterher«, sagte ich, lief los und wurde zugleich durch unsägliche Schmerzen daran erinnert, dass ich vorhin einen Tritt in den Schritt bekommen hatte.

Val folgte mir. »Das Kennzeichen«, rief sie.

»Ich weiß.« Aber es war einfach noch zu dunkel und der Wagen schon zu weit weg.

Val und ich sprinteten bereits und Homberg kam schließlich zur Kurve. Der letzten Kurve. Danach ging es auf einem gekiesten Weg weiter hinaus zur Landstraße, und dort hätten wir keine Chance mehr, zu ihm aufzuholen. Die Kurve dort vorne war unsere einzige Chance, aufzuschließen und einen Blick auf das Kennzeichen zu ergattern.

»Rechts über die Böschung? Ihm den Weg abschneiden?«, schlug Val vor.

»Nein. Weiter gerade aus.« Über die Böschung kämen wir nicht schnell genug voran. Außerdem hatte ich so meine Zweifel, ob Homberg anhalten würde, nur weil wir uns ihm in den Weg stellten.

Homberg kam bei der Kurve an, und dort war ein kleiner Auslauf, eine Schneise in den Wald hinein, den er nutzen konnte, um seinen Wagen rasch zu wenden. Das heißt, *wenn* er es konnte.

Er konnte es. Und wie.

Er schob seinen Wagen rückwärts in die Waldschneise und blieb kurz stehen. Dann folgte ein ratterndes Geräusch des Getriebes und das Fahrzeug setzte sich unter dem scharrenden Geräusch der durchdrehenden Räder wieder in Bewegung.

Val und ich hatten unsere Höchstgeschwindigkeit erreicht. Der Wagen fuhr etwa zehn Meter vor uns vorbei. Das sollte reichen. Ich blieb stehen, während Val noch ein Stück weiter lief, und konzentrierte mich auf das Nummernschild.

L ... P ... 3 ... X ... M ... 9 ... verdammt.

LP3XM9, und daneben waren noch zwei Zeichen gewesen, die ich nicht mehr entziffern konnte. Klar zu erkennen waren nur noch die roten Rücklichter.

Val kam auf mich zu. »Und?«

»LP3XM9. Was hast du?«

»LP3XM97K.«

»Bei den letzten beiden bist du sicher, ja?«

»Ja.«

»LP3XM97K.«

»Genau.«

»Du auch.«

»LP3XM97K.«

»Was zum Schreiben?«

»Dein Handy?«

Sie schüttelte den Kopf. »Kein Akku.«

Ich holte mein Handy aus der Tasche und gab die Zeichen der Reihe nach ein. »Okay. Erledigt.« Dann setzte ich mich.

Auch Val setzte sich und für eine Minute lang saßen wir einfach nur auf dem Kies der Waldstraße und waren still.

Nach einer Weile sagte sie etwas und ich wusste nicht, ob es ein Vorwurf oder Humor war. Aber sie lächelte dabei und das war gut. Es war immer gut, wenn sie lächelte. »Regel Nummer drei, Jay. Regel Nummer drei«, sagte sie.

»Ja«, erwiderte ich. »Ich weiß. Regel Nummer drei.«

Val und ich tauschten uns aus, und endlich ergab dieser verrückte Tag für mich einen Sinn.

Nach der kurzen Verschnaufpause eilte Val zurück zu Leo und ich hinunter zur Straße, um Hilfe zu rufen. Als ich das tat, war ich glücklich. Und ich war froh, dass mit der aufgehenden Sonne, die durch die Nadelbäume hindurch blinzelte, ein Teil von mir unterging, auf den ich noch nie stolz gewesen war.

Die Albträume, in denen ich von einer wahnsinnigen Militärkommandantin verfolgt wurde, waren im letzten Monat bis
auf ein erträgliches Maß abgeklungen. Das Erstaunen darüber,
wie gut mein Verstand mit der Tatsache klarkam, dass ich
einen Menschen erschossen hatte, war immer noch im gleichen Ausmaß präsent wie kurz nachdem ich es getan hatte. Es
musste daran liegen, dass ich nicht Ramirez, sondern das feige
Biest in mir erschossen hatte. Nun, vielleicht nicht erschossen,
aber zumindest schwer verletzt. Es kroch noch in meinem Verstand herum, doch immer, wenn es versuchte, sich durch die
Hintertür hereinzuschleichen, hatte ich eine Alarmanlage installiert und rief sofort die Gedankenpolizei, um es in Handschellen und Fußfesseln abzuführen. Bis zum nächsten Mal!

Val und ich saßen mit unseren neuen Freunden Chris und
Leo im Red Berry. Vor einem Monat war jeder von uns am
Tod vorbeigeschrammt. Der eine knapp, der andere weniger
knapp. Jetzt saßen wir an diesem Tisch und tranken das beste
Bier dieser Stadt, und das würden wir noch öfter tun, soviel
stand fest. Val schien über den schrecklichen Mord, der hier
stattgefunden hatte, hinweg zu sein. Sie schien auch über Steves Tod hinweg zu sein. Bei mir würde das noch eine Weile
dauern. Der Schock, als ich seine Leiche sah, war zunächst eine Mischung aus Panik und Trauer gewesen. Bald darauf folgte die Erkenntnis, dass er ein Teil meines Lebens war. Diese Erkenntnis konnte ich jetzt auf eine A4-Seite niederschreiben
und mir übers Klo hängen. Aber ich konnte mich nicht mehr
bei ihm für die gemeinsame Zeit bedanken.

»Es geht ihm gut.« Leo hatte gerade einen Anruf von seinem Vater bekommen, dem er seit drei Wochen heimlich das
Myteraxin verabreichte. Das Zeug, das auch Val und Steve intus hatten, nachdem sie die Villa verlassen hatten.

»Was, wenn sie es merken?«, fragte Chris.

»Dann gehe ich vermutlich ins Gefängnis. So wie Homberg.« Homberg wurde vor drei Tagen gefasst, nachdem eine landesweite Suchaktion nach dem Wagen stattgefunden hatte, dessen Kennzeichen Val und ich gerade noch erspäht hatten.

»Vielleicht wird er nicht verurteilt, wer weiß«, merkte ich an.

»Bei den Menschen, die er auf dem Gewissen hat?«

»Wie viele waren es?«

»Siebzehn«, informierte uns Val. »Alleine in der Villa. Heltana nicht eingerechnet.«

»War es das wert?« Chris lehnte sich nach vorne. »Haltet ihr das für richtig?«

»Die Frage lässt sich nicht beantworten«, sagte ich, »ohne zu wissen, unter welchem Vorwand die Menschen in die Villa gelockt wurden. Hat man ihnen Heilung versprochen? Hat man ihnen die Möglichkeit des Todes klar gemacht? Wir wissen es nicht.«

»Wenn die Leute über die Risiken aufgeklärt wurden, spricht nichts dagegen«, sagte Leo.

Val und ich nickten zustimmend.

»Okay, okay.« Chris begann zu lächeln. »Angenommen die Menschen wurden korrekt informiert und das Zeug wirkt erfolgreich: Was, wenn Homberg für das, was er getan hat, inhaftiert wird? Gerechtfertigt? Ja oder Nein?«

Das brachte uns alle für einen Moment zum Nachdenken. Und ich war es, der Chris eine Antwort gab. Es waren die letzten Worte, die wir über dieses Thema verloren.

»Ich denke, einen Schritt weiter zu gehen als andere, wird immer mit einem Risiko verbunden sein«, sagte ich.

Michael Kamleitner
11. August 2016

Printed in Germany
by Amazon Distribution
GmbH, Leipzig